DER GEFÄHRTE DER FÄHRTENSUCHERIN

Ingrid Seymour

Imprint: Ingrid Seymour
ingrid.seymour@gmail.com
www.ingridseymour.com

DER GEFÄHRTE DER FÄHRTENSUCHERIN

First edition. May 1, 2022.
Deutsche Erstveröffentlichung: Berlin 2022
Zuerst 2021 erschienen unter dem titel: The Tracker's Mate
Autor: Ingrid Seymour.

KAPITEL 1

Verhängnisvolle Anziehungskraft ist ein Fluch.

Nein, Moment mal. Das klingt fast wie dieser Film. So kann ich es nicht nennen. Hmm...

Heftige Anziehungskraft? Blinde Anziehungskraft? Dumme Anziehungskraft?

Klar, warum nicht? Das kann ich nehmen.

Dumme Anziehungskraft ist ein Fluch.

Man kennt's. Man kann es nicht kontrollieren, man wird unbelehrbar, es bringt einen dazu, blödes, blödes Zeug zu tun.

Jep, es ist ein Fluch und ich wünsche es niemandem.

Das war die Art von animalischer Anziehung, die mich zu Jacob Knight führte.

Diesem Bastard!

Er war in meinem letzten Schuljahr in mein Leben stolziert. Davor war ich glücklich bei meinen Eltern und Geschwistern aufgewachsen: zwei Schwestern und einem Bruder. Und dann *bumm*! Sobald ich das sichere Familiennest verlassen hatte, ging alles bergab. Ich dachte, dass ich bereit wäre, loszufliegen und die Flügel auszubreiten wie ein Adler, aber es stellte sich heraus, dass ich ein tollpatschiger Strauß war, der dazu verdammt war, abzustürzen. Im großen Stil.

Dafür gebe ich Jakes silbernen Augen, seinem gemeißelten Gesicht, seinem Körper, bei dem einem das Wasser im Mund zusammenläuft und seinem Playboyruf die Schuld.

Er war in der Schule zwei Jahrgänge über mir. Er war mir immer aufgefallen, schon im Kindergarten, als ich stattdessen auf meinen Wachsmalern hätte herumkauen sollen. Für mich schien er unerreichbar, wie ein Promi in einer Zeitschrift.

Nur, dass er mich auf einer Spring Break Party in meinem Abschlussjahr bemerkte.

An diesem Tag brachte er meine Welt und meinen Körper aus dem Gleichgewicht. Ich hätte mich eigentlich dafür schämen müssen, dass ich fast meine Jungfräulichkeit verloren hätte, nachdem er mir ein paar köstliche Worte ins Ohr geflüstert hatte, aber ich fühle keine Scham. Im Gegenteil, zum ersten Mal im Leben fühlte ich mich wie eine Frau, so wild und durch und durch erfüllt.

Danach waren wir fünf Monate zusammen. Alle waren schockiert.

Jacob Knight ging keine Beziehungen ein.

Er verführte Frauen, bekam, was er wollte und machte unbekümmert mit seinem Werwolf-Leben weiter. Aber das machte er nicht bei mir. Er war verliebt. Jedenfalls dachte ich das.

Dessen war ich mir so sicher, dass ich nach meinem Abschluss meine Sachen packte und zu ihm zog. Mom versuchte mich davon zu überzeugen, nichts zu überstürzen, aber der Fluch der dummen Anziehungskraft war wie Blut auf Vampirzähnen. Jake hatte mich in seinen Bann gezogen und mein Geist und mein Körper gehörten nicht mehr mir.

Er hatte eine kleine Wohnung und große Pläne. Wir passten toll zusammen und das nicht nur als Paar. Wir waren ein brillantes Fährtensucherteam und halfen den Leuten. Wir lösten sogar einen großen Vermisstenfall für die Polizei und fanden ein achtjähriges Mädchen, das von einem Vampir entführt worden war, der es auf Kinder abgesehen hatte. Ich war glücklich, auch wenn es ätzend war, meine Fährtensucherkräfte zu benutzen und ich Jake nichts davon sagen konnte, wie sie funktionierten, weil ich Angst hatte, dass er sich sorgen und beschließen würde, dass wir nicht mehr zusammenarbeiten konnten. Es lief super zwischen uns und ich wollte, dass es für immer hält.

Dann, drei Monate nachdem ich zu ihm gezogen war, wachte ich auf und fand nur noch ein Bündel Geldscheine – genug, dass ich zwei Monate lang davon leben konnte – und eine Notiz vor, dass er mich verlässt.

Mein Leben implodierte und ich lernte auf einen Schlag zwei wichtige Lektionen: Verliebe dich nie und halte dich immer an Lektion Nummer Eins.

Den Hexenlichtern sei Dank ist er nicht mehr Teil meines Lebens.

Ich verdiene meine Brötchen damit, Gefährten für Leute aufzuspüren.

Für Menschen, Vampire, Werwölfe, Fae. Ganz egal. Durch mich kann man viel besser zueinanderfinden, als man es mit Tinder je könnte.

Der Job ist nicht einfach für mich, aber wenn ich es schlau anstelle, kann ich damit viel erreichen. Seit ich meine Agentur Sunder's Gefährtenvermittlung eröffnet habe, kann ich alle meine Rechnungen bezahlen und meine Kleidung hat keine Löcher mehr. Noch besser: sie stinkt nicht. Klar, meine monatliche Rechnung von der Reinigung ist höher, als ich es mir je hätte vorstellen können, aber ich sehe total gut aus.

Verdammt, in der Nacht, als alles begann, sah ich auch unglaublich gut aus. Eine Hose aus echtem Leder, Louis-Vuitton-Stiefeletten, eine Designerjacke in Roségold-Metallic, die wunderbar zu meinen pinkfarbenen Haarspitzen passte und eine Föhnfrisur, die meine Locken so seidig wie Rosenblütenblätter machte. Dazu noch meine großen braunen Augen, die olivfarbene Haut, die vollen Lippen...

Eine Augenweide!

Allen Männern auf der Party schien zu gefallen, was sie sahen. Zu schade, dass sie mir nicht gefielen.

Außerdem war ich nicht da, um jemandem aufzureißen, sondern um die nächste Klientin für unsere Agentur zu gewinnen. Ich musste gut aussehen, also hatte ich mir die Klamotten gegönnt. Ich sah aus, als wäre ich eine Million schwer und *fühlte* mich auch so.

„Hier." Rosalina, meine beste Freundin und Geschäftspartnerin, kam zu mir herüber und reichte mir einen Cosmopolitan.

Ich nahm sofort einen Schluck. „Mmm, danke."

Sie stieß ihr Glas gegen meines und genoss dann ihr Getränk.

Rosalina López war drei Jahre älter als ich und wann immer sie konnte, besorgte sie mir Cocktails. Ich wurde erst in fünf Monaten einundzwanzig und obwohl ich einen ziemlich gut gefälschten Ausweis hatte, versuchte ich, mir den Aufwand zu ersparen.

„Wann ist die große Enthüllung?" Sie deutete auf den herabhängenden Vorhang, hinter dem sich das maßstabsgetreue Modell von „Zukunftswandler" verbarg, einer Einrichtung mit cleverem Namen, die, wenn sie einmal gebaut wäre, fehlgeleiteten Wandlerjugendlichen helfen würde, auf den richtigen Weg zu kommen.

Wir waren bei einer Wohltätigkeitsveranstaltung in einem schicken Laden im Stadtzentrum. Das Modell stand in der Mitte, umgeben von edlen Tischen, die mit feinem Geschirr gedeckt waren. Weiter hinten im Raum stand ein Podium mit einem riesigen Bildschirm. Blumen, Lianen und Wasserinstallationen ließen den Raum wie die Hängenden Gärten von Babylon wirken. Die Hexen und Zauberer, die dafür angeheuert worden waren, hatten es allerdings übertrieben, denn mein empfindlicher Riecher hatte jetzt schon zu viel von dem blumigen Duft.

Wir waren hier, um unsere zukünftige Klientin zu treffen. Celina Morelli. Ich hätte mir diesen Ort nicht für ein Treffen ausgesucht. Nicht im Geringsten. Der Grund: der Gründer von „Zukunftswandler", Ulfen Erickson, schmiss die Party und wir waren keine Freunde – nicht, seitdem ich mit seinem Sohn zusammen gewesen war und Ulfen es sich zur Aufgabe gemacht hatte, uns auseinanderzubringen.

Aber Celina hatte darauf bestanden und gesagt, dass sie eine beschäftige Frau sei, die zwei Fliegen mit einer Klappe schlagen wollte, wann immer sie konnte. In Wahrheit hoffte sie wahrscheinlich, ihren Gefährten unter den Reichen und Schönen von St. Louis zu finden. Ich hatte sie noch nicht entdeckt, aber wir sollten sie auch erst nach der Enthüllung treffen.

Als Antwort auf Rosalinas Frage zuckte ich mit den Schultern. „Ich weiß nicht, wann. Sie sollen endlich den Vorhang runterlassen. Sie haben es lange genug spannend gemacht. Wen interessiert's?"

„Es interessiert ziemlich viele Leute, Toni." Rosalina schwenkte ihr Glas in Richtung der Menge.

Sie warf sich ihr langes schwarzes Haar über die Schulter und sah sich mit ihren leuchtend grünen Augen im Raum um. In ihrem smaragdgrünen Etuikleid sah sie umwerfend aus. Es passte perfekt zu ihrer gebräunten Haut und betonte ihre schmale Taille und gebärfreudigen Hüften.

„Kann sein", gab ich widerwillig zu. Zukunftswandler war eine tolle Wohltätigkeitsorganisation, auch wenn der Gründer ein Vollidiot war.

Mist! Wenn man von dem idiotischen Gründer spricht.

Ich entdeckte ihn aus dem Augenwinkel. Er kam mit einem seiner stinkreichen Freunde auf uns zu; beide steckten in Smokings. Ich wirbelte zur Bar herum und hoffte, er würde meine Rückseite nicht erkennen. Ich hatte kein Interesse daran, mit ihm zu reden.

Ich war nur hier, um meine Klientin zu treffen.

Hör auf, dir etwas vorzumachen, Toni, schaltete sich mein Unterbewusstsein ein.

Ehrlich gesagt hatte ich die wahnwitzige Idee gehabt, dass ich vielleicht Ulfens Sohn begegnen würde. Stephen Erickson war der letzte Kerl, zu dem ich seit der Sache mit der dummen Anziehungskraft von Jake Knight eine echte Bindung aufgebaut hatte. Und offenbar sehnte ich mich nach ein bisschen Aufmerksamkeit von einem Mann. Mein letztes Mal war schon *eine Weile* her. Aber es schien, als ob Stephen nicht hier war. Vielleicht war es besser so.

„Ist der Vollidiot weg?", flüsterte ich Rosalina aus dem Mundwinkel zu.

Sie machte ein kehliges Geräusch, das bedeuten sollte, dass die Luft noch nicht rein war. Ich schlürfte geduldig meinen Cocktail. Er war köstlich süß.

„Oh, Mist!", zischte Rosalina leise.

„Was?" Panik kribbelte auf meiner Haut.

Sie drehte sich auch zur Bar. „Er kommt direkt hierher."

„Kann nicht sein."

„Doch.”

Ich war kurz davor, zu fliehen – trotz 10 Zentimeter hoher Absätze –, als hinter mir eine schnippische Stimme ertönte.

„Antonietta Sunder, wie erfreulich, Sie wiederzusehen.” Das sagte Ulfen, auch wenn es sich mehr wie *„Antonietta Sunder, wie abscheulich, Sie wiederzusehen”* klang.

Der Abscheu war ganz meinerseits.

Ich verfluchte den Wiedererkennungswert meiner Rückseite und drehte mich zu meinem Erzfeind um, zu der Person, die ich auf der Welt am meisten verabscheute. Na ja, fast. Jake war der Spitzenreiter.

„Mr. Erickson.” Ich setzte ein charmantes Lächeln auf. „Ich wünschte, ich könnte dasselbe sagen.”

Eine seiner Augenbrauen schoss in die Höhe und verriet die Verachtung, die er immer noch für mich empfand. *Gleichfalls, Kumpel.*

Ulfen war ein fünfundvierzig Jahre alter Mann mit dichtem rotem Haar und einem gut gepflegten Bart. Er war 1,80 groß, wie ein Bulle gebaut und stammte aus Skandinavien, wo seine Werwolflinie Jahrhunderte zurückreichte. Er ähnelte seinem Sohn so sehr, dass mich stechende Sehnsucht durchzuckte. Verdammt, auch wenn meine Schwärmerei für Stephen schon vor einer Weile aus Resignation erloschen war, hasste ich diesen Mann immer noch dafür, dass er so bösartig zerstört hatte, was aus uns hätte werden können. Es hatte Ulfen nicht gefallen, dass sein Werwolf-Erbe sich mit einer gewöhnlichen Fährtensucherin einließ, also hatte er sich durchgesetzt.

„Was tun Sie hier?”, fragte er und vergaß alle Heuchelei. „Ich erinnere mich nicht, Sie eingeladen zu haben.”

Ich zuckte mit der Schulter und zwinkerte ihm zu. „Das ist mein Ding. Ich komme gerne uneingeladen zu Partys, erinnern Sie sich nicht?”

Kurz bevor er sich in unsere Angelegenheiten eingemischt hatte, war ich in eine Dinnerparty in seinem Anwesen hineingeplatzt, als ich Stephen gesucht hatte. Ich war ein wenig angetrunken gewesen und Ulfen war stinksauer geworden.

Er atmete durch die Nase aus, wie ein wütender Hund, aber sagte nichts.

Und nur weil ich wusste, dass es ihn verärgern würde, ließ ich meinen Blick durch den Raum schweifen. „Wo ist denn Ihr attraktiver Sohn? Ich habe ihn noch gar nicht gesehen."

Ericksons Oberlippe zuckte. Es war eine winzige Bewegung, aber ich bemerkte sie. Meine Frage störte ihn, aber nicht so, wie ich es beabsichtigt hatte. Ich runzelte die Stirn. Es schien mehr dahinterzustecken. Waren Vater und Sohn wieder zerstritten? Sie waren sich noch nie einig gewesen.

Ich seufzte. *Die Welt dreht sich immer weiter und es ändert sich nichts.*

Ulfen lehnte sich mit scharfen blauen Augen näher an mich heran und etwas darin funkelte für einen Moment. „Sorgen Sie dafür, dass es das letzte Mal ist, dass ich Sie auf einer meiner Veranstaltungen sehe. Jetzt benehmen Sie sich besser, Miss Sunder. Sie wissen, dass ich keine Skrupel habe, Störenfriede hinauswerfen zu lassen."

Das war genau das, was er an dem Abend getan hatte, als ich in seine Dinnerparty hineingeplatzt war. Ich war auf seinem perfekten Rasen auf meiner linken Brust gelandet.

Er drehte sich um und ging.

„Ich hoffe, dass er ganz unerwartet explodiert", murmelte ich und schoss gedanklich Todesstrahlen auf seinen strammen, fünfundvierzig Jahre alten Hintern ab.

Rosalina schnaubte. „Was für ein Mistkerl." Sie legte ihren Kopf schief und beäugte ebenfalls seinen Po, der sich immer weiter entfernte. „Nicht schlecht für jemanden, der mehr als doppelt so alt ist wie wir."

Ich gab es nicht gerne zu, aber sie hatte recht. Ich seufzte schwer. Werwölfe und ihre Gene ... selbst die heißesten Supermodels beneideten sie. Frauen konnten ihnen nicht widerstehen, so wie ich Stephen Erickson und Jacob Knight nicht widerstehen konnte.

Was war das mit mir und Werwölfen?

Mit Stephen hatte ich mir über Jake hinweggeholfen – er war mein Versuch gewesen, normal zu sein. Aber hatte nicht so geklappt, wie ich gehofft hatte. Wenn ich nur meinen eigenen Gefährten aufspüren könnte. Ich hatte es mehrmals versucht und nichts erreicht. Wirklich schade.

Ich schüttelte meinen Kopf. *Verdammt noch mal!* Ich hätte wissen müssen, dass herzukommen die Schleusen öffnen würde. Ich hatte mich so bemüht, das letzte Jahr nicht an heiße Werwölfe zu denken. Rosalina hatte mir geholfen, indem sie meine Aufmerksamkeit auf Besseres gelenkt hatte. Sie war der Grund, dass ich heute hier war, der Grund, dass wir eine gut laufende Aufspüragentur führten. Sie hatte vorgeschlagen, nach Gefährten statt nach vermissten Personen zu suchen. Wir hatten zusammen einen Geschäftskredit aufgenommen und uns Großes erträumt.

„Mist!", rief ich und kippte den Rest meines Cocktails hinunter. „Herzukommen war eine schreckliche Idee." Ich stellte das Glas auf der Bar ab und überblickte die Menge.

Rosalina zuckte entschuldigend zusammen. Es war zum Teil ihre Schuld, dass wir hier waren. Jeder, der in St. Louis und Umgebung einen Namen hatte, war hier, weshalb ich mich von ihr überreden lassen hatte, herzukommen. Wir versuchten, unsere Agentur bei dieser Art von Leuten bekannt zu machen und erhofften uns, dadurch etwas exklusiver zu werden. Sicherheit wollte ich mehr als alles andere. Ich würde nie wieder unter einer Brücke schlafen oder hungern. Davon hatte ich dank Jake genug getan. Ich hatte genug davon, naiv zu sein. Anderen zu helfen lohnte sich nie. Wie mein Vater immer gesagt hatte: „Undank ist der Welten Lohn". Ich hatte Dad immer für abgebrüht gehalten, aber jetzt verstand ich es.

Ulfen stieg auf das Podium und klopfte auf das Mikrofon. Die angeregten Gespräche der Gäste verstummten sofort. Er zog ein Blatt Papier aus der Tasche seines Jacketts und breitete es auf dem Rednerpult aus.

Jemand ging hinter das Podium. Ich blinzelte. Warte, war das ... Jake?
Verdammt!
War er hier?

Ich reckte den Hals und ließ meinen Blick umherschweifen. Der Mann kam auf der anderen Seite hervor und es war nicht Jake, sondern einer von Ulfens großen, breiten Leibwächtern. Noch ein Werwolf mit geschmeidigen Bewegungen und tadelloser Körperhaltung, aber nicht er.

Mann, die Schleusen mussten sich wirklich geöffnet haben, wenn ich mir jetzt auch noch Dinge einbildete.

Ulfen Erickson räusperte sich. „Ich möchte Ihnen allen dafür danken, dass Sie heute gekommen sind. Ohne Sie und Ihre wohltätigen Spenden wäre dieses Projekt nicht möglich. Heute Morgen haben wir den ersten Spatenstich an dem Ort gemacht, an dem Zukunftswandler gebaut werden soll. Einige von Ihnen waren dabei und haben die schöne Natur erlebt, die sich in der Umgebung erstreckt. Die Bäume, der Fluss, der hinter dem Grundstück verläuft, die Wanderwege – es ist ein wunderschöner Fleck."

Viele in der Menge nickten zustimmend und hoben ihre Gläser. Sosehr ich diesen Mistkerl auch hasste, er tat etwas Gutes, indem er jungen, missverstandenen Wandlern half, sich besser in unserer Gesellschaft einzufinden. Ich wusste, wie schwer es war, ein übernatürliches Talent zu haben. Wir versuchten zwar alle, harmonisch zusammenzuleben, aber gewöhnliche Menschen verstanden es einfach nicht.

Ulfen hob eine Hand und gestikulierte in Richtung der Mitte des Raumes, wo der Vorhang von einem aufgehängten Metallring herabhing und eine riesige Hülle um das Modell bildete.

„Hinter dem Vorhang verbirgt sich das maßstabsgetreue Modell für unsere neue Einrichtung. Der Entwurf war eine großzügige Spende der Architektin Amy Kahn."

Ehrfürchtiges Flüstern erfüllte den Raum. Ulfen umgab sich mit ziemlich wichtigen Leuten. Die Architektin Amy Kahn leistete beeindruckende Arbeit in ganz Amerika und ich war sicher, dass das nicht billig war.

„Amy kann heute Abend nicht hier sein, aber sie lässt Grüße ausrichten." Ulfen lächelte. „Wie auch immer, Sie sind nicht hier, um mir beim Plappern zuzuhören, also präsentiere ich Ihnen Zukunftswandler."

Es gab eine Pause und alle schienen den Atem anzuhalten, dann fiel der Vorhang und der gesamte Raum brach in Schreien aus.

Eine Leiche hing am Hals von einem Metallseil; die Füße baumelten nur wenige Zentimeter über dem Modell und tropften purpurrotes Blut auf die winzigen Gebäude. Der Mann war nackt und auf seiner Brust war ein Wort in großen, gezackten Buchstaben eingeritzt.

KRIEG.

KAPITEL 2

Am nächsten Morgen blätterte ich Akten durch und versuchte, die Ereignisse des vergangenen Abends zu vergessen, aber scheiterte daran.

Zuerst hatte ich das Gesicht des toten Mannes nicht erkannt.

Es muss an dem Schock gelegen haben, den ich bekommen hatte, als ich ihn dort hängen sah, oder an dem Blut, an den schreienden und rennenden Menschen und Ulfens Bodyguards, die ihn aus dem Raum bugsierten.

Aber ich kannte das Opfer. Sein Name war Blake Foster. Er war Stephens Bodyguard, ein starker Betawolf, dem die Familie vertraute. Der Mann war über zwei Jahrzehnte lang bei Ulfen angestellt gewesen und er war Stephen wichtig gewesen – vielleicht wichtiger als sein Vater.

Wer tat so etwas? Und warum?

Und was hatte es mit dem Wort auf Fosters Brust auf sich?

KRIEG.

Die Spannungen in der Stadt waren schon seit vielen Jahren hoch. Organisierte kriminelle Banden, die von verschiedenen Gruppen gesteuert wurden – Menschen, Vampire, Werwölfe, Fae, Magier und Hexen. Sie wollten alle mehr Kontrolle, mehr Macht. Und war das nicht immer der Knackpunkt?

Es gab kein Gleichgewicht, man war immer an der Schwelle zu einem Krieg und jetzt war jemand das Zünglein an der Waage. Die Frage war … wer? Ein Name, der mir sofort einfiel, war Bernadetta Fiore, die Dunkle Donna.

Sie war die mächtigste Vampirin der Stadt, wenn nicht sogar des Landes. Ihr gehörten viele seriöse Unternehmen und die Behörden hatten ihr nie irgendwelche Machenschaften nachweisen können, aber ohne Zweifel hatten sie und ihre Leute bei jedem fragwürdigen Geschäft, das in St. Louis stattfand, die Finger im Spiel. Genauso wie Ulfen Erickson. Da war ich mir sicher. Der Mann präsentierte eine makellose Fassade, aber er war kein Unschuldslamm.

Selbst wenn man außen vor ließ, dass Vampire und Werwölfe von Natur aus verfeindet waren, hassten Bernadetta Fiore und Ulfen Erickson einander und konkurrierten um die Kontrolle von Immobilien, der Regierung, der Industrie und was weiß ich noch alles.

Natürlich galt das für alle Gruppierungen. Auch die Magier oder die Fae konnten Blake getötet haben. Vielleicht hatten sie es getan, um einen Krieg zwischen Vampiren und Werwölfen anzuzetteln. Das wäre sicherlich ein cleverer Zug.

Mein Gott, was für ein Chaos!

Ich wünschte mir immer noch, dass es nur ein schlechter Aprilscherz gewesen wäre. Gestern war immerhin der 1. April gewesen, aber die Leiche war sehr real.

Ah! Ich schüttelte den Kopf. Ich musste aufhören, an gestern Abend zu denken. Ich hatte zu arbeiten. Die Uhr auf meinem Handy zeigte 8 Uhr morgens an. Rosalina würde jeden Moment hier sein.

Ich ging weiter die Akten in einer ihrer Schreibtischschubladen durch.

Unsere Agentur befand sich in The Hill, einer bekannten italienisch-amerikanischen Nachbarschaft westlich der Innenstadt von St. Louis. Rosalina war in dieser Gegend aufgewachsen und es gefiel uns, hier unser Unternehmen zu haben. Unser Büro war eins von vielen in diesem Viertel, in einem einstöckigen, schmalen Gebäude mit vielen anderen drumherum, die genauso aussahen. Rechts von uns, an der Ecke, stand eine Bürofläche leer. Links befand sich ein Hundefrisör, ein Eiscafé und die Reinigung, der ich immer mein halbes Gehalt zahlte.

Auf der gegenüberliegenden Straßenseite gab es ein Kaffeehaus und eine Pizzeria, die ich liebte.

Unser Büro im Erdgeschoss war ein langer, rechteckiger Raum, den wir in drei Abschnitte unterteilt hatten: die Rezeption mit Rosalinas Schreibtisch und einer kleinen Sitzecke, mein Büro für diskrete Treffen mit Klienten und eine kompakte Nische für die Herstellung von Zaubertränken.

An einer Wand waren freigelegte Ziegel zu sehen und an der anderen hingen schwarz-weiß Fotografien von Künstlern aus der Nähe, die alle Paare zeigten, die romantische Dinge taten, wie sich zu küssen, am Strand spazieren zu gehen oder zu heiraten. Eben ... Zeug, um die Leute in „Liebesstimmung" zu bringen.

Aber die Krönung des Ganzen hing geradeaus: eine Illustration eines modernen Amors, einer knallharten Braut mit rosa Haaren und einer Armbrust, die über die Wolken fliegt und auf ihr Opfer zielt. Ich hatte es in Auftrag gegeben und falls das Bild eine Ähnlichkeit mit mir aufwies, war das rein zufällig.

Das Loft oben diente als mein Zuhause. Dort gab es nicht mehr als ein Bett und ein Badezimmer, aber es war viel besser als die Obdachlosenheime, in denen ich mal verkehrt hatte.

Die Glocke über der Eingangstür klingelte. Ich drehte den Stuhl und sah Rosalina mit unseren üblichen Kaffeebechern in der Hand.

„Guten Morgen, Sonnenschein." Sie stellte meinen Becher auf den Schreibtisch und blinzelte zu mir herunter. Unter ihren Augen zeichneten sich dunkle Ringe ab. „Ich konnte keine Minute schlafen. Ich brauche heute ungefähr sechs von denen hier." Sie hob ihren Venti-Becher.

„Gleichfalls." Ich hob meinen auch und nahm einen Schluck.

„Was für ein Durcheinander, hm?"

„Du hast meine Gedanken gelesen!"

Sie schüttelte ihren Kopf. „Ich will aber nicht darüber reden. Ich muss den Kopf freibekommen und die ganze böse Energie loswerden. Suchst du irgendwas?" Sie hob eine Augenbraue und sah über meine Schulter auf die Schublade, die ich gerade durchwühlte.

„Ja", sagte ich entschuldigend. „Ich habe versucht, die Akte von Celina Morelli zu finden." In dem Chaos, das nach der „Enthüllung" losgebrochen war, hatten wir nicht die Gelegenheit bekommen, sie zu treffen.

„Ich habe die neuen Klienten in den anderen Schrank geräumt, weißt du noch?"

Rosalina stellte ihren Kaffee und ihre Tasche ab und zog ihren langen Mantel aus. Darunter trug sie einen schwarzen Bleistiftrock und ein weißes Hemd mit breitem Kragen. Sie sah wie eine Bankkauffrau oder eine Anwältin aus, was eine geniale Fassade für die Klienten war, die wir anziehen wollten. Ihr Make-up war perfekt. Sie schaute gern YouTube-Videos zu dem Thema und es lohnte sich, obwohl sie ohne Make-up genauso schön war. Wo auch immer sie hinging, sprachen sie Männer an und an Dates mangelte es ihr nicht. Ich hatte ihr mehr als einmal angeboten, ihr einen Gefährten zu suchen, aber sie hatte immer abgelehnt und gesagt, dass sie nicht bereit sei, sich so zu binden. Ich dagegen wollte nichts dringlicher, als einen Gefährten zu finden, damit ich wieder etwas fühlen könnte – damit ich mich davon überzeugen konnte, dass Jake ein Fehler gewesen war und nichts, was ich bereuen musste.

Ich klopfte mir mit der Faust gegen meinen Dickschädel. „Jetzt erinnere ich mich. Entschuldige, es war eine Höllenwoche und gestern Abend hat dem Ganzen noch die Krone aufgesetzt."

„Mach dir keine Gedanken, Süße. Dafür bin ich da." Innerhalb von zehn Sekunden flitzte sie auf den hohen Holzschrank zu und zog die Akte heraus.

„Sie wird um 9:30 Uhr hier sein", sagte ich. „Sie hat eben angerufen, um den Termin zu verlegen."

„Ich schreibe es in den Kalender." Sie klimperte mit ihren falschen Wimpern und forderte mich damit subtil auf, ihren Platz freizumachen.

Ich stand auf und nahm mir meinen Venti-Becher. „Danke für den Kaffee."

„Mm-hmm."

Ich wollte gerade mein Büro betreten, als Rosalina mit den Fingern schnipste.

„Oh, das habe ich ganz vergessen dir zu sagen: Die Fläche nebenan..." Sie ruckte ihren Kopf in Richtung der rechten Wand. „Jemand hat sie gemietet."

„Wirklich?"

„Jep."

Die Bürofläche stand seit sechs Monaten leer. Als der letzte Mieter auszog – ein mürrischer Anwalt, der uns jedes Mal, wenn er uns sah, böse angefunkelt hatte – hatten wir vor Freude Luftsprünge gemacht. Aber dann fingen wir an, darüber nachzudenken, dass der nächste Mieter vielleicht noch schlimmer sein könnte. Was, wenn der neue Mieter nicht damit einverstanden war, was wir hier taten und uns der Hexerei beschuldigen würde? Nicht, dass Hexerei illegal war, wenn man damit niemandem schadete. Aber es lief zu gut, als dass wir jemandem erlauben konnten, die Maschinerie der Agentur irgendwie ins Stocken zu bringen.

„Raus damit! Wer ist es?", wollte ich wissen.

„Ich habe keine Ahnung. Joey hat es mir gesagt, aber er hatte keine Details."

Ich rollte mit den Augen. „Toll. Für jemanden, der in einem Kaffeehaus arbeitet, muss er echt an seinen Tratschfähigkeiten arbeiten." Joey arbeitete bei Cup o' Java auf der anderen Straßenseite.

„Das habe ich ihm auch gesagt", erwiderte Rosalina.

„Hoffen wir mal, dass die neuen Mieter nett sind." Ich zuckte die Achseln. „Ich gehe mal die Zutaten für die Tränke durch, damit wir sicher sind, dass wir alles für Morelli dahaben. Sag mir Bescheid, wenn sie reinkommt."

„Alles klar."

Ich ging in mein Büro und sah mir die Akte an. Celina Morelli war dreiunddreißig Jahre alt und die Tochter eines wohlhabenden Bankiers. Sie war eine *Fade* – ein normaler Mensch, der keine übernatürlichen Fähigkeiten hatte – im Gegensatz zu den *Schrägen*, wie alle anderen genannt wurden. Sie war schon zweimal verlobt gewesen, aber hatte beide Male nicht den Bund fürs Leben geschlossen, was nur bedeuten konnte, dass diese Männer nicht ihre wahren Gefährten gewesen waren.

Ein enger Freund hatte sie zu uns geschickt, nachdem wir die Liebe seines Lebens gefunden hatten. Trotz der Empfehlung war Celina sehr skeptisch, aber wenn ich mit ihr fertig war, würde sie fest daran glauben. Es war schwierig, die Ergebnisse abzustreiten.

Ich stieß ein Seufzen aus. Wenn ich meine Kräfte nur bei mir selbst anwenden könnte.

Ich ging durch mein zehn Quadratmeter großes Büro. Mein Schreibtisch stand in der hinteren Ecke, darüber hing ein großes Bild eines knuddeligen Welpen. Seine Augen waren gefühlvoll und versetzten meine Kunden in die richtige, sanftmütige, liebeskranke Stimmung. Im hinteren Teil des Raumes angekommen, öffnete ich die schmale Tür zur Zaubertranknische und trat ein.

Eine stabile Werkbank, deren Oberfläche von der jahrelangen Benutzung glatt geworden war, stand an der Wand. Rechts daneben stand ein genauso alter Schrank. Oben hatte er offene Regalbretter und unten gab es kleine Schubladen. Der Tisch und der Schrank hatten meiner Mutter und davor meiner Oma gehört. Von ihnen hatte ich mehr als nur meine Kräfte geerbt.

Ich sah die Regale durch. Feenstaub, Wolkennebel aus sieben Kontinenten, vom Winde verwehte Minzblätter, Vulkanasche ... alles war da. Doch bald würde ich meinen Vorrat an Feenstaub wieder auffüllen müssen.

Einige Schläge gegen die Wand neben meinem Schrank erschreckten mich. Auf der anderen Seite hämmerte jemand. Mit den Händen auf den Hüften starrte ich die Wand an. Also war der neue Mieter schon hier, machte Krach und das auch noch während der Geschäftszeiten.

Toll!

Das Hämmern ging noch ungefähr eine Minute weiter und hörte dann auf. Ich wartete darauf, dass es wieder anfing, aber es kam nichts. Gut. So konnte ich nicht mit Kunden sprechen. Wenn es wieder anfing, würde ich rübergehen und demjenigen den Hammer dorthin stecken müssen, wo ihn niemand mehr finden würde.

Ich ging zurück an meinen Schreibtisch und verbrachte die nächste Stunde damit, Celinas Akte durchzugehen und ein paar Anrufe zu machen. Bilder von Fosters aufgehängter Leiche blitzten ungewollt in meinen Gedanken auf. Ich bekam sie nicht aus meinem Kopf, genau wie die Vorahnung, dass etwas Schlimmes passieren würde.

„Alles okay?", fragte Rosalina von der Tür aus.

Ich sah auf und hob meinen Kopf aus meinen Händen. „Oh, mir geht's gut, ich denke nur über gestern Abend nach."

„Das habe ich auch, aber jetzt müssen wir konzentriert aussehen. Miss Morelli ist hier."

„Schon?" Ich stand vom Stuhl auf, schüttelte mich und strich mein knielanges Kleid glatt. „Bring sie rein."

„Du musst das unter Dach und Fach bringen, Toni", erinnerte sie mich.

Ich nickte. „Das werde ich."

Wenn ich Celina Morellis Gefährten fand, würde es für Rosalina und mich eine ganze Menge Türen öffnen. Ich durfte nicht versagen.

KAPITEL 3

Ich lächelte, als Celina Morelli in mein Büro kam. Sie trug ein enges rotes Kleid, das wie angegossen saß. Ihr schwarzes Haar war zu einem hohen Pferdeschwanz gebunden und ihr Lippenstift passte zur Farbe ihres Outfits. Sie war groß und schlank und trug schwarze Stöckelschuhe, die ihre formschönen Waden betonten, die sie wahrscheinlich irgendeinem heißen Trainer zu verdanken hatte.

Oh, wenn ich so viel Zeit und Geld hätte. Vielleicht irgendwann.

„Miss Morelli." Wir reichten uns über dem Schreibtisch die Hände.

„Bitte, ich habe Ihnen schon gesagt, dass Sie mich Celina nennen sollen."

„Setzen Sie sich, Celina." Ich deutete auf den Stuhl gegenüber von meinem, während ich mich hineinsinken ließ.

Sie legte ihre kleine Tasche auf meinen Schreibtisch und setzte sich, wobei sie ihre langen Beine vornehm überschlug. Mit ihren fünf Zentimeter hohen Absätzen war sie mindestens einen Meter achtzig groß und sah wahrscheinlich aus wie eine Göttin, wenn sie den Bürgersteig hinunterlief. Ich versuchte, mir ihren Gefährten vorzustellen. Ich stellte ihn mir groß, dunkel und attraktiv vor. Aber auch wenn er aussah wie ein glatzköpfiger Orang-Utan, wenn ich ihn fand, könnte sie sich nicht dagegen wehren, sich hoffnungslos in ihn zu verlieben.

Mir wurde schon beim Gedanken daran schwindelig.

Gott, ich liebe meinen Job.

Es gab nichts Besseres, als dafür bezahlt zu werden, einsame Menschen zu verkuppeln. Aus zeitlichen Gründen und um Transparenz zu schaffen, wollte ich nicht um das Thema herumreden. Ich sprach mit meinen Kunden immer so offen wie möglich.

„Ich habe mir Ihre Akte angesehen und ich verstehe Ihre Frustration beim Daten vollkommen. Sie hatten einige Beziehungen, die herzzerreißend gewesen sein müssen.“

Celina atmete scharf ein und hob ihr Kinn, um kalt zu wirken. Es war unter gescheiterten Liebenden üblich, so zu tun, als ob sie keinen Liebeskummer kannten, aber ich konnte die Anzeichen gut erkennen. Diese Frau war verletzt worden. Zutiefst. Ich hatte es aus ihrer Akte entnommen und jetzt konnte ich es in ihrem Gesicht sehen.

Ich hatte denselben angespannten Blick schon oft im Spiegel gesehen. Da soll mal einer sagen, dass es jungen Menschen an Erfahrung mangelt.

„Nichts, womit ich nicht zurechtkomme“, sagte sie.

„Das bezweifle ich nicht. Sie scheinen eine starke Frau zu sein.“

Auch das war üblich: so zu tun, als könne man die Lecks im Herzen mit dem Finger stopfen, während man es mit der ganzen Welt aufnimmt.

Nach Jake hatte ich das Gleiche getan. Ich hatte Mom nicht erzählt, dass er mich verlassen hatte und als sie es herausfand, hatte ich so getan, als wäre es keine große Sache, auch wenn ich innerlich zerstört gewesen war. Als das Geld für die Miete knapp wurde, das er mir dagelassen hatte, war ich zu stolz gewesen, wieder nach Hause zu gehen, also wurde ich obdachlos, schlief auf der Straße und machte Gelegenheitsjobs, mit denen ich mein Essen bezahlte. Dann hatte ich Rosalina getroffen. Sie half mir, wieder klarzukommen und durch ihre Freundschaft erkannte ich meinen eigenen Wert. Ich verdiente nicht, was Jake mir angetan hatte. Aber ich hatte meine Lektion gelernt. Ich würde mein Herz nicht mehr so einfach verlieren.

Tja, also wusste ich genau über starke Fassaden Bescheid und Celina konnte mich nicht täuschen.

„Es tut mir leid“, sagte ich. „Es mag unangenehm sein, aber Sie werden sich öffnen müssen, damit wir bekommen, was wir brauchen.“

„Ihre Partnerin hat mich bereits davor gewarnt." Celina schien kurz davor zu sein, mit den Augen zu rollen, aber dann beschränkte sie ihren Unmut auf ein langsames Blinzeln. „Sind Tränen wirklich nötig?"

Ich öffnete eine Schublade, nahm ein Fläschchen heraus, öffnete es und reichte es ihr. „Ich fürchte, ja."

Sie nahm es mit Widerwillen entgegen. „Ich verachte es zu Weinen. Es ruiniert mein Make-up."

„Ich kann mich umdrehen, wenn Sie möchten." Ich schob ihr eine Schachtel Taschentücher entgegen und fing an, meinen Stuhl der Wand entgegenzudrehen.

„Das ist nicht nötig. Bringen wir es hinter uns."

Ich hielt den Stuhl an und schenkte ihr ein mitfühlendes Lächeln.

„Mein letzter romantischer Fehltritt ist vor einem Jahr passiert", fing sie an. „Ich war sehr verliebt in ihn. Wir waren fast ein Jahr zusammen, als er um meine Hand anhielt. Ich war überglücklich. Wir setzten die Hochzeit für einen Monat später an, weil wir nicht warten konnten. Wir zogen sogar zusammen."

Celinas Stimme brach und sie pausierte, um zu schlucken. Es sammelten sich bereits Tränen in ihren Augen, glänzten darin und obwohl sie wusste, dass wir das Fläschchen füllen mussten, kämpfte sie dagegen an.

„In der Nacht vor der Hochzeit", fuhr sie fort, „schlief er bei einem Freund, sodass wir uns bis zur Hochzeit nicht mehr sehen würden." Ihr Kinn zitterte. „Seitdem habe ich ihn nicht mehr gesehen. Stattdessen tauchte sein Freund auf und ließ mich wissen, dass der Bräutigam nicht kommen würde. Anscheinend hat mein Ex an diesem Morgen jemanden aus seiner Vergangenheit getroffen, eine Fae-Freundin, die er jahrelang nicht mehr gesehen hatte. Innerhalb einer Stunde haben sie wieder zueinander gefunden und gemerkt, dass sie sich noch lieben."

Jetzt liefen die Tränen endlich. Sie hatte das Fläschchen vergessen und ich spürte den Drang, sie an ihr Gesicht zu halten. Sie platzierte es schnell so, dass es ihre Tränen auffing und in wenigen Sekunden war es voll.

„Danke, Celina. Ich kann sehen, dass Ihre Tränen von Herzen kommen. Genau das brauchen wir."

Sie gab mir das Fläschchen zurück und tupfte dann mit einem Taschentuch ihre Augen ab. „Ich liebe ihn nicht mehr", sagte sie, als sie die Tränen abgewischt hatte.

„Natürlich nicht. Er verdient es nicht."

„Es tut aber immer noch weh. Die Zurückweisung."

Verdammt, das kannte ich auch. Warum war ich nicht genug gewesen? Diese Frage stellte ich mir immer noch, wenn es mir miserabel ging.

„Ich kann Ihnen nicht garantieren, dass ich Ihren Gefährten finde", sagte ich, „aber ich verspreche Ihnen eins: falls ich ihn finde, werden Sie sich nie wieder so fühlen und der Schmerz, der noch da ist, wird komplett vergehen."

Sie zeigte mir ein schwaches Lächeln, das mir sagte, dass sie kein Wort davon glaubte, was ich sagte. Sie wollte es, aber sie war mehr dazu hergekommen, ihren Freund glücklich zu machen, als alles andere.

„Wie lange dauert es?", fragte sie.

Ich schraubte das Fläschchen zu und schwenkte es, wobei ich mir den Inhalt im Licht ansah. „Mindestens zwei Wochen."

Celina machte ein Gesicht, das ihre Ungeduld bei der ganzen Sache ausdrückte.

„Es ist kein einfacher Prozess." Das war eine Untertreibung, aber ich behielt die Details für mich. Nur wenige wussten, welchen Tribut es von mir forderte, Amor zu spielen. Gut, dass ich es jetzt in Rechnung stellte.

Nachdem sie in ihrer Handtasche gewühlt hatte, holte Celina einen Umschlag hervor und schob ihn über den Schreibtisch. „Die Hälfte jetzt, die andere später."

„Oh, nein. Wir waren uns einig. Keine Zahlung, bis ich Ihren Gefährten gefunden habe."

Das war ein Risiko, das wir eingehen wollten, um den Ruf der Agentur zu steigern. Eine Agentur für die Suche von Gefährten zu unterhalten, war nichts für schwache Nerven oder eine knappe Kasse. Es gab so viele Schwindler da draußen, dass niemand im Voraus für Aufspürarbeiten bezahlte. Sie wollten zuerst Ergebnisse.

Am Anfang hatten wir niemanden dazu bringen können, die Anzahlung von zweitausend Dollar zu bezahlen, also nahmen wir Aufträge auf Kommission an, wobei unsere Verträge vorsahen, dass wir nur dann bezahlt würden, wenn wir einen Gefährten fanden. Natürlich waren die ersten paar Monate im Geschäft eine Katastrophe gewesen. Wir bekamen sogar einen Räumungsbescheid von unserem Vermieter, weil wir die Miete nicht zahlen konnten und die Rückzahlung des Geschäftskredits Vorrang hatte. Glücklicherweise landeten wir einen Volltreffer, als wir die Gefährtin eines hartnäckigen Junggesellen aus der Nachbarschaft fanden. Als sich das herumsprach, riefen alle an, einschließlich zahnloser Troll-Omas, und die Vertragsbedingungen verbesserten sich zu unseren Gunsten. Es gab nur ein Problem ... man wollte unsere Dienste immer noch für wenig Geld.

Bei Celina Morelli entschieden wir uns allerdings, nichts im Voraus zu berechnen. Wir wollten, dass sie nur Gutes über uns zu sagen haben würde, egal, wie es ausging. Wenn wir Erfolg hatten, würde sich unsere Klientel ändern. Garantiert. Leute wie Celina Morelli würden mehr für den gleichen Service zahlen und genau das brauchten wir, um uns nicht nur gerade so über Wasser halten zu können. Meine Fähigkeiten stellten einen Engpass dar. Ich konnte nicht viele Klienten annehmen, weil mir die Aufspürtrance jedes Mal den Garaus machte. Auch, weil ich dadurch keinen genauen Standort bekam, was bedeutete, dass hinterher ein wenig Detektivarbeit nötig war.

„Ich weiß, worauf wir uns geeinigt haben", sagte Celina. „Aber nehmen Sie es bitte. Es ist nicht viel mehr, als ich meinem Therapeuten bezahlt habe und ich glaube, dass diese eine Sitzung viel produktiver ist, als die Jahre, die ich bei ihm verbracht habe."

„Danke. Es bedeutet Rosalina und mir sehr viel."

„Es ist nur fair. Vielen Dank für den neuen Termin."

„Kein Problem." Ich lächelte.

„Es ist schrecklich, was gestern Abend passiert ist, oder?"

„Ja, ich kriege die Bilder nicht aus dem Kopf."

„Der arme Stephen. Ich hoffe, dass sie ihn bald finden." Sie stand auf und schlang sich ihre Tasche um die Schulter.

„Moment. Was meinen Sie damit?"

„Sie wissen es nicht?" Sie runzelte die Stirn. „Stephen Erickson wurde vor einer Woche entführt. Der Mord an seinem Bodyguard war eine Drohung an seinen Vater."

KAPITEL 4

Nachdem Celina Morelli gegangen war, reichte ich den Umschlag mit ihrem Scheck an meine Partnerin.

„Was ist das?", fragte Rosalina.

„Ein verfrühtes Weihnachtsgeschenk", sagte ich, auch wenn mein Ton eher nach „verfrühte Beerdigungsdienste" klang.

„Heiliger Niñito Jesus!" Sie starrte den Scheck an. „Fünfzehn Tausend Dollar. Ich dachte, sie würde erst bezahlen, wenn wir ihr einen Kerl gesucht haben."

Ich ließ mich auf einen Stuhl vor ihrem Schreibtisch sinken.

„Warum so trübsinnig? Das hilft dir, die Anzahlung für deine neue Wohnung zu leisten. Dann musst du nicht mehr oben schlafen." Sie zeigte zum Obergeschoss.

Ich hatte darauf gespart, eine Eigentumswohnung in Compton Heights zu kaufen. Eine bezugsfertige Wohnung mit zwei Schlafzimmern, eineinhalb Bädern, Nussbaumparkett, Holzbalkendecken und einem hübschen Balkon. Die Zahlung half mir, diesen Traum zu erfüllen, aber im Moment fiel es mir schwer, mich zu freuen.

„Es geht um Stephen Erickson", sagte ich.

„Was ist mit ihm?"

„Celina hat mir erzählt, dass er entführt wurde und dass der Mord an seinem Bodyguard eine Drohung war."

Sie legte eine Hand über ihren Mund und riss ihre grünen Augen weit auf. „Oh, das ist schrecklich. Ist alles in Ordnung mit dir?"

Nein, nicht mal im Entferntesten. Verdammt, bei der Nachricht brodelten fiese Gefühle wie in einem Hexenkessel auf, von denen ich gedacht hatte, dass ich sie losgeworden war.

„Deshalb muss mich Ulfen so seltsam angesehen haben, als ich gefragt habe, wo Stephen ist." Ich hielt einen Moment inne und dachte nach. „Vielleicht ... vielleicht sollte ich mit ihm reden."

Rosalina kam auf ihre Füße. „Auf keinen Fall! Das wirst du nicht, Toni. Du mischst dich nicht wieder in solche Sachen ein. Du bist weit gekommen und du hast es dir geschworen."

„Ich weiß. Ich weiß." Ich fasste mir mit beiden Händen an den Kopf. „Aber wir sprechen hier über Stephen."

„Ja, derselbe Stephen, der dir einen Arschtritt verpasst hat, weil Daddy nicht mit dir einverstanden war. Und wenn das das einzige Problem wäre, klar, dann würde ich dir sagen: ‚los geht's, spür ihn auf', aber diese Art von Arbeit hätte dich mal fast umgebracht."

Das war nur das eine Mal gewesen. Jake und ich hatten Emily Garner aufgespürt, eine Achtjährige, die von einem Vampir entführt worden war, der sich von Kindern ernährte. Als ich in seinem Versteck angekommen war, hatte er versucht, mich auszuschalten. Gut, dass ich einen fiesen Werwolf dabeigehabt hatte und der Vampir es nur geschafft hatte, seine Klauen leicht an meinem Bauch entlangzukratzen, bevor Jake ihn fertig gemacht hatte.

„Außerdem", fuhr Rosalina fort, „sind die Ericksons eine mächtige Familie. Sie können Stephen selbst finden."

„Ich ..."

„Du. Hast. Es. Dir. Geschworen", erinnerte sie mich wieder.

Ich atmete scharf ein und setzte mich gerade hin. „Du hast recht. So etwas würde uns total aus der Bahn werfen."

„Genau und wenn du kaputt machst, was wir hier aufgebaut haben", sie deutete um sich herum auf den Raum, „schwöre ich, dass ich Abuela Esperanza dazu bringe, einen Exorzismus an dir durchzuführen, denn wenn du wieder mit dem Mist anfängst, würde das heißen, dass der Geist der Dummheit von dir Besitz ergriffen hat."

Rosalinas Großmutter Esperanza hatte in ihren besten Jahren viele Dämonen ausgetrieben. Sie hatte ein besonderes Talent, aber da sie einen Faden geheiratet hatte, war nichts davon an Rosalina oder ihre Mutter weitergegeben worden.

„Okay, okay, *mein Gott.*" Ich stand auf und hielt meine Hände hoch, um sie zu beschwichtigen. „Du hast recht und genau deshalb bist du hier, um mich von dummem Mist abzuhalten."

„Genau!"

Ich zeigte auf mein Büro. „Ich mache mich dann mal an den Trank für Celina. Das lenkt mich ab."

„Ja, tu das mal und ich gehe zur Bank, löse den Scheck ein und hole uns auf dem Rückweg Mittagessen bei Mama's. Klingt das gut?"

„Perfekt. Bring mir gebratene Ravioli mit, ja?"

„So gefällst du mir." Sie zwinkerte und ging beschwingt zur Tür hinaus.

In der Zaubertranknische stellte ich alle Zutaten um den zwei Liter fassenden Schongarer und machte mich an die Arbeit. Ich begann mit hundert Millilitern destilliertem Wasser und wünschte, die anderen Zutaten wären ebenso leicht zu bekommen. Aber nein. Einige stammten sogar aus anderen Reichen und ich konnte sie nur zu einem hohen Preis von Fae-Anbietern kaufen.

Nach dem destillierten Wasser gab ich sorgfältig abgemessenen Feenstaub, Wolkennebel aus sieben Kontinenten, vom Winde verwehte Minzblätter und Vulkanasche hinzu. Erde, Wasser, Wind und Feuer. Der Feenstaub war nicht die Art, die einen zum Fliegen bringt, sondern einfach nur der Staub aus ihren winzigen Bettgestellen und Schränken. Was für eine Abzocke!

Als ich die letzte Zutat hineinschüttete, konnte ich nicht abstreiten, dass Tränke zu brauen etwas Hexenartiges hatte. Das war der Grund, warum Fade mich manchmal Hexe nannten, auch wenn ich so weit von einer Hexe entfernt war wie ein Chihuahua von einem Werwolf. Natürlich, manche Hexen konnten Leute aufspüren, aber nie so gut wie eine spezialisierte Spürnase wie ich.

Ich schüttelte den Rest des Feenstaubs in seinem Behälter. Bald würde ich Yalgrun besuchen müssen, um mehr zu kaufen. Gut, dass Celina großzügig mit ihrem Geld umgegangen war. Die Zutaten für den Trank kosteten ein Vermögen, so viel, dass ein Zauber die Nische schützte – einer, den meine Mutter ausgesprochen hatte. Darin war sie gut.

Als Letztes kamen Celinas Tränen hinzu. Ich benutzte eine lange Glaspipette, um sie aus dem Fläschchen zu holen, und zählte. Als die siebte Träne in den Trank fiel, hielt ich den Atem an. In der Vergangenheit hatte ich schon einige Tränke versaut. Aber als der Trank anfing, rot zu schimmern und den Duft von frisch gebackenen Schokokeksen in der Luft zu verbreiten, führte ich einen kleinen Freudentanz auf. Der Geruch war immer etwas so Angenehmes, entweder der Lieblingssnack von Celina oder ihrem Gefährten. Mein Geruchssinn war weit besser als der Durchschnitt; eine ungewöhnliche, aber willkommene Fähigkeit. Ich konnte Gerüche genau orten, was mir während der Aufspürtrance ungemein half.

Ich tanzte immer noch, als ich den Kochtopf abdeckte und ihn auf die kleinste Stufe stellte. Er würde mindestens zwölf Stunden kochen müssen. Als ich das geschafft hatte, verließ ich die Nische und beschloss, den Immobilienmakler anzurufen und ihm die guten Neuigkeiten mitzuteilen. Jetzt würde ich kein Problem mehr dabei haben, einen Kredit zu bekommen. Ich hatte genug für die Anzahlung dieser schönen Wohnung. Ich wollte gerade die Anruftaste auf meinem Handy drücken, als das Hämmern nebenan wieder anfing.

„Mist!" Ich biss die Zähne zusammen, weil jeder Schlag sich so anfühlte, als würde mir jemand Nägel in die Schläfe bohren.

Ich wartete eine Minute. Dann zwei. Das Hämmern ging weiter und mein Auge begann zu zucken. Ich hatte nach der Mittagspause noch einen Kunden und dieser Idiot durfte dann nicht wieder anfangen. Was, wenn es passiert wäre, bevor Celina zögerlich ihre Tränen vergossen hatte?

Nein. Das wollte ich auf keinen Fall hinnehmen.

Ich marschierte aus meinem Büro und ging hinüber. Ich sah durch die Glastür hinein, aber ich konnte niemanden entdecken. Dann zog ich an der Klinke und die Tür war offen. Ich trat ein.

„Hallo", versuchte ich das unaufhörliche Hämmern zu übertönen.

Niemand antwortete.

„Natürlich", murmelte ich leise.

Ich schob mich am Empfangsbereich vorbei, der unserem ziemlich ähnelte, ging im hinteren Teil durch eine Tür und hielt inne.

Ein Mann in einem weißen T-Shirt und enger blauer Jeans stand mit dem Rücken zu mir und attackierte eine Rigipswand, als wollte er sie umbringen, wovon ich ausging, denn ein Teil davon lag bereits tot auf dem dreckigen Holzboden. Staub vernebelte die Luft. Ich wedelte darin herum, um besser sehen zu können.

Der Mann war groß, ungefähr eins neunzig, hatte breite Schultern und eine schmale Taille. Schweiß bedeckte seinen Nacken, der herunterlief und dafür sorgte, dass sein Shirt an seinem muskulösen Rücken klebte. Und sein Hintern war ... na ja, ich glaubte nicht, dass es Wörter gab, die ihn beschreiben konnten. Vielleicht perfekt?

Mir lief das Wasser im Mund zusammen, als ich ihn bewunderte.

Dann registrierte ich seinen Duft in meiner überempfindlichen Nase, der eine Lawine von Erinnerungen auslöste und ein Schauer lief mir über den Rücken. Panik machte sich in meiner Brust breit. Dieser berauschende Duft und mein Mund ... das war mir noch nie beim Anblick eines Mannes passiert, egal, wie heiß er war, außer bei ...

Ich muss hier raus!

Ich trat einen Schritt zurück, um zu fliehen, aber es war zu spät.

Das Hämmern hatte aufgehört und er drehte sich zu mir um.

Jacob Knight war zurück.

KAPITEL 5

Wir starrten einander für eine lange Minute an, ohne ein Wort zu sagen.

Sein Blick hielt meinen mit einer solchen Intensität, dass ich nicht hätte wegsehen können, selbst wenn ich es versuchte. Vor fast achtzehn Monaten war Jake aus meinem Leben getreten, ohne die kleinste Spur zu hinterlassen und jetzt, ohne Warnung, war er wieder da.

Er war attraktiver denn je, breiter, wilder und seine Muskeln waren perfekt trainiert. Sein hellbraunes Haar war anders geschnitten: auf beiden Seiten kurz und oben wuschelig. Perfekt gestutzte Bartstoppeln säumten sein Kinn und zwischen seinen dicken Augenbrauen zeigte sich eine neue Falte, als hätte er viel Zeit damit verbracht, sich über etwas Gedanken zu machen. Und seine Augen – die Augen, die mich immer noch in meinen Träumen verfolgten – leuchteten silbern im Licht einer freiliegenden Glühbirne über ihm und zogen mich in die Dunkelheit seiner bodenlosen Pupillen.

Etwas anderes, das mir nicht entging, war sein berauschender Duft; eine Mischung aus Moschus, Kiefer und Regen. Gott, es war himmlisch.

Mist! So wie mein Herz pochte, schien es, dass er immer noch denselben blöden Effekt auf mich hatte wie immer.

„Hallo Toni", sagte er schließlich und seine Stimme hatte den gleichen tiefen Klang, bei dem ich dahinschmolz, wenn er mir ins Ohr flüsterte.

Eine Million möglicher Antworten gingen mir durch den Kopf. Ich hatte mir einige davon vorgestellt und sie durchgespielt wie in einer romantischen Komödie, in der er auf die Knie fiel und um Vergebung bettelte oder wie in einem herzzerreißenden Drama, in dem ich ihm den Mittelfinger zeigte und ihn so zerstört zurückließ, wie er es mit mir gemacht hatte.

Die Stille hielt an. Stumm zu bleiben war in meiner Vorstellung nie vorgekommen. Ich hatte immer gedacht, dass ich ihm etwas Cleveres oder Fieses zu sagen hätte, aber all meine Worte waren einfach aus meinem Kopf verschwunden.

Er legte den Hammer auf die Werkbank und kam einen Schritt näher. „Es ist schön, dich wiederzusehen." Er nahm seine Unterlippe zwischen die Zähne, als könnte er die Worte so zurückhalten.

„Was machst du hier?" Das waren die Worte, die es schließlich aus meinem Mund schafften. Immerhin hatte ich kalt und abweisend hinbekommen.

„Ich bin wieder in St. Louis. Endgültig."

Endgültig.

Die Worte brachen einen Sturm in meinem Inneren los und ich war froh, dass Rosalina noch nicht mit den gebratenen Ravioli zurück war. Allerdings wäre auf seine Arbeitsschuhe zu kotzen eine wohlverdiente Art gewesen, ihn willkommen zu heißen.

Endgültig. Ich versuchte, diesen Teil zu ignorieren.

„Ich meine nicht hier in St. Louis", sagte ich. „Ich meine hier in diesem Gebäude. Sag mir, dass du nur der Handwerker bist."

Er lächelte schief und hakte seinen Daumen in dem Arbeitsgürtel ein, den er um die Taille trug. „Das und ich bin auch der neue Mieter."

„NEIN!" Ich stampfte wie eine Dreijährige mit dem Fuß auf.

Jake blinzelte überrascht. „Eigentlich bin ich ziemlich sicher, dass es ein *Ja* ist."

„Das kannst du nicht. Du kannst dieses Büro nicht mieten. Du musst dir ein anderes suchen. Am liebsten auf der anderen Seite der Stadt oder auf der anderen Seite der Welt. Oder vielleicht in der Hölle."

Er runzelte die Stirn. „Und warum das?"

Ich öffnete und schloss meinen Mund, aber es kamen keine Worte heraus.

„Ich mag es hier. Es ist schön."

„Meine Agentur ist gleich nebenan, Jake. Du kannst nicht ... machen, was auch immer du hier machst." Ich konnte nicht verstehen, warum er Bürofläche brauchte. Jake hatte in seinem Leben nie einen Job halten können. Nicht, dass ich wüsste. Seine Mutter hatte ihm ein ziemlich großes Erbe hinterlassen, als sie gestorben war.

„Es ist ein freies Land, Toni. Ich kann mein Detektivbüro eröffnen, wo ich möchte."

„Was?!"

Detektivbüro? Das lenkte mich einen Moment lang ab. Er war Privatdetektiv? Seit wann? Ich schüttelte meinen Kopf und versuchte, diesen Kinnhaken zu ignorieren. Ich musste mich auf das Erste konzentrieren, was er mir entgegengeschleudert hatte.

„Mein Detektivbüro—", begann er.

„Vergiss es. Es interessiert mich nicht." Ich hielt meine beiden Zeigefinger hoch und zeigte auf ihn. „Du kannst von mir aus im Hintern eines Trolls Detektiv spielen, was mich betrifft, aber du kannst hier nicht dein Büro eröffnen."

„Warum?"

„Darum." Ernsthaft? Ich wusste, dass er schlau war, also spielte er absichtlich den Dummen.

Er schürzte die Lippen – diese vollen, wohlgeformten Lippen, die mich ablenkten – und dachte einen Moment lang nach. „Okay."

„Okay?"

„Gib mir einen guten Grund und ich suche mir einen anderen Laden." Er zog seine Augenbrauen hoch und wartete auf meine Antwort.

Wieder tat mein Mund nichts anderes, als sich zu öffnen und zu schließen, aber es kamen keine Worte dabei heraus. Was zum Teufel?

Jake wartete weiter und sein schiefes Grinsen wurde immer breiter, als er mich dabei beobachtete, wie ich Mühe hatte, etwas zu erwidern. Er wusste ganz genau, warum ich ihn nicht hier haben wollte, aber nur über meine Leiche würde ich ihm diese Genugtuung geben.

„Ich gebe dir einen guten Grund", sagte ich. „Denn wenn du nicht gehst, werde ich dich verdammt noch mal umbringen."

Ich wirbelte fest dazu entschlossen herum, mir eine Silberkugel oder Bergeisenhut zu suchen. Als ich in unser Büro stampfte, saß Rosalina wieder an ihrem Schreibtisch.

„Wo warst du?", fragte sie und wandte sich von ihrem Computer ab. „Ich dachte—" Sie hielt inne und sah mich von oben bis unten an. „Was ist passiert? Du siehst aus, als hättest du einen Geist gesehen."

„Nein, ich habe einen verdammten Werwolf gesehen. Das ist passiert."

Rosalina verschluckte sich fast. „Hast du diesen Werwolf nur gesehen? Oder hat er dich auch gebissen?"

Ich hielt meine beiden Zeigefinger hoch und zeigte damit auf sie, was ich heute anscheinend oft tat. Es schien, als sei das meine Art zu sagen, dass ich kurz davor war, jemanden zu ermorden und dass derjenige mir aus dem Weg gehen sollte, wenn er nicht lebensmüde war.

„Werwolfsbisse verwandeln einen nicht. Das ist ein Mythos." Ich wusste, dass Rosalina nur scherzte, aber ich drehte gerade durch.

Wohl wissend, dass ich nicht in der Lage war, mit jemandem zu reden, marschierte ich die Treppe zum Loft hinauf. Dort stieß ich meine Stöckelschuhe ab und begann auf und ab zu gehen. Ein Doppelbett, ein Nachttisch, ein Stuhl und ein Kleiderschrank bildeten den Großteil meiner Einrichtung.

„Was zum Teufel ist hier los?", murmelte ich dem Boden zu.

Innerhalb von zwei Stunden waren Stephen und Jake beide aus der Versenkung gekommen. Ich hatte ihre Namen seit Monaten nicht ausgesprochen und jetzt waren sie wieder da … auf die eine oder andere Weise.

„Das ist nicht gut."

Okay, wenn Jake nicht ausziehen wollte, müssten Rosalina und ich ein neues Büro finden und—

„Toni." Rosalina steckte ihren Kopf von der Treppe aus herein und sah zu mir herauf.

Ich ignorierte sie und ging weiter auf und ab.

„Toni, da unten ist ein richtig heißer Typ, der nach dir fragt."

„Oh nein!" Ich wirbelte herum und eilte auf die Treppe zu.

Rosalina drückte sich an die Wand, um mich vorbeizulassen. Ich stürmte zum Empfang und sah Jake dort warten. Er hatte ein Hemd angezogen und es in seine Jeans gesteckt.

„Verzieh dich verdammt noch mal hier, Jake. Du hast kein Recht hier zu sein."

„Ich wollte dich nicht verärgern", sagte er so ruhig und gelassen, wie ich ihn kannte.

Er war anderthalb Jahre lang verschwunden, dann aus dem Nichts aufgetaucht und jetzt tat er so, als sei nichts geschehen? Hatte er Gedächtnisschwund?

Ich atmete tief durch und versuchte mit aller Kraft und eisernem Willen, meine Gefühle zu zügeln. Sie waren wild, wie ein Orkan der Stufe 5, der auf Zerstörung aus war, daher war es nicht leicht.

Gib ihm nicht die Genugtuung, Toni. Er hat keine Macht über dich.

Vielleicht war es zu spät. Ich hatte bereits gesehen, was mir allein seine Gegenwart antun konnte. Trotzdem hatte ich ein oder zwei Dinge gelernt, seit er verschwunden war. Ich hatte mich verändert. Ich atmete tief ein und als ich ausatmete, faltete ich meine Emotionen ordentlich wie Papier und steckte sie in eine private Ecke meines Herzens.

„Ich bin nicht verärgert", sagte ich und meine Stimme war so ruhig wie Jakes.

Er runzelte die Stirn und seine silbernen Augen musterten mich, suchten nach dem Aufruhr, den ich weggesperrt hatte. Aber er war weg und ich hatte den Schlüssel weggeworfen.

„Hör zu", fing er an. „Ich bin wieder da, weil—"

„Es ist mir egal, warum du wieder da bist. Wie du schon sagtest, es ist ein freies Land. Du kannst nebenan einziehen, wenn du willst. Und ich kann ausziehen, wenn ich will."

„Moment mal, was?!", fragte Rosalina von hinter mir. „Ausziehen? Aber wir lieben es hier."

Ich warf einen Blick über meine Schulter. „Wir reden später darüber."

„Okaaaay", sagte sie.

„Das musst du nicht", sagte Jake. „Ich werde meinen Vertrag auflösen, wenn es das ist, was du willst. Das ist nicht wichtig. Deshalb bin ich nicht hier. Ich bin hier, weil ich deine Hilfe brauche, weil du die Einzige bist, die Stephen Erickson aufspüren kann."

KAPITEL 6

M ein Verstand stockte, als ich langsam versuchte zu verstehen, was Jake da sagte.

Ich bin hier, weil ich deine Hilfe brauche, weil du die Einzige bist, die Stephen Erickson aufspüren kann.

Die Zahnräder in meinem Hirn waren plötzlich eingerostet und kamen quietschend zum Stocken.

Jake und Stephen. Stephen und Jake.

Ich kam nicht mit. Als ich etwas sagen wollte, kamen nur Luftstöße aus meinem Mund und ich fing an zu glauben, ich sei endgültig kaputt.

Wie immer war Rosalina zur Stelle. „Also ... du bist Jake Knight?"

Er wandte zögerlich seinen Blick von mir ab und sah meine Freundin an. „Der bin ich."

„Und du versuchst, Stephen Erickson zu finden?"

„Ja."

Rosalina schüttelte sich und blinzelte. „Woher zum Teufel kennst du Stephen?"

Das war die Frage, die ich hatte stellen wollen. Sie brachte mich wieder zur Besinnung. „Ja, woher zum Teufel?", wollte ich wissen.

„Das tut jetzt gerade nichts zur Sache", sagte Jake. „Sein Leben ist in Gefahr. Wir müssen ihn finden, bevor es zu spät ist. Ihr habt gesehen, was sie seinem Bodyguard angetan haben."

„Moment mal, woher weißt du das?" Dann erinnerte ich mich. „Du *warst* da. Ich habe dich gesehen."

Er nickte.

„Und ich dachte, ich sei verrückt."

„Hör zu", sagte Rosalina und trat nach vorne, um sich neben mich zu stellen, „es ist sehr nett von dir, dass du so entschlossen bist, Erickson zu finden. Sehr löblich, aber Toni wird sich da nicht einmischen."

Jake runzelte die Stirn. „Tut mir leid. Ich weiß nicht, wer du bist und warum du versuchst, für Toni zu sprechen." Sein intensiver Blick wanderte zu mir. „Die Frau, die ich kenne, spricht für sich selbst."

„Ja, das tut sie", sagte ich. „Und sie wird sich da *auf keinen Fall* einmischen."

Die neue Falte zwischen seinen Augenbrauen vertiefte sich. „Ich verstehe nicht."

„Ich leiste solche Arbeit nicht mehr. Falls du es nicht bemerkt haben solltest", ich zeigte auf das Büro um uns, „ich unterhalte eine Agentur für das Aufspüren von Gefährten."

Jetzt war Jake an der Reihe, sich so zu verhalten, als ob die Zahnräder in seinem Gehirn geschmiert werden müssten. Er verengte die Augen, runzelte die Stirn noch tiefer, legte den Kopf zur Seite, öffnete und schloss den Mund ... Und nach all dem sagte er absolut nichts, was mir eine seltsame Genugtuung verschaffte.

„Es läuft endlich mal gut für mich, Jake", fuhr ich fort. „Und ich habe nicht vor, zu ruinieren, was ich mir aufgebaut habe."

„Wir reden hier über Stephen." Er klang wirklich verwirrt.

„Ich habe keinen Schimmer, woher du Stephen kennst, aber tu nicht so, als wären wir Freunde, die sich nur lange nicht gesehen haben, denn das sind wir nicht. Ich bin mit ihm auf ein paar Dates gegangen und dann hat er mit mir Schluss gemacht, weil ich Daddy Ulfen nicht gefallen habe. Das war's. Wenn er dir mehr über unsere Beziehung erzählt hat als das, gibt es dir trotzdem nicht das Recht, hier reinzukommen und dich so zu verhalten."

„Toni, ich ... verstehe nicht. Du hilfst gern."

„Und weißt du, was mir das gebracht hat?" Ich hielt inne und spürte, wie sich ein vertrauter Kloß des Zorns in meinem Magen bildete. „Überhaupt nichts."

Als ich hätte arbeiten und Geld sparen sollen, hatte ich selbstlos Leute aufgespürt, die entführt worden waren und nichts dafür erwartet. Ja, eine Achtjährige von diesem Blutegel zu retten, bevor er sie hatte verletzen können und sie zu ihren Eltern zurückzubringen, hatte sich toll angefühlt. Ich würde es nie bereuen, Emily Garner gerettet zu haben. Aber am Ende hatte ich nichts übrig gehabt, als zwei Monatsmieten, ein leeres Bankkonto und tiefste Depressionen.

„Aber das ist jemand, den du kennst. Jemand, mit dem du etwas geteilt hast. Wie kannst du ihm den Rücken kehren, wenn du die Macht hast, ihm zu helfen?" Ungläubigkeit legte sich auf sein Gesicht.

„Genauso wie du *und* er mir den Rücken gekehrt habt", sagte ich. „So."

Jake zuckte zusammen, aber fasste sich schnell wieder. „Ich erkenne dich nicht wieder."

Die Worte taten weh. Ich konnte es nicht abstreiten. Vielleicht weil dieses unschuldige Mädchen, das einst ihre Kräfte zum Guten genutzt hatte, jetzt tot war. Oder weil mein halb gefrorenes Herz sich nicht für Stephen erwärmen konnte, für eine Person, die ich gekannt und gemocht hatte. Oder weil der Mann, den ich auf der Welt am meisten geliebt hatte, so enttäuscht davon war, was aus mir geworden war.

„Was hast du erwartet?", fragte ich mit leiser Stimme. „Dass ich noch das naive, beeinflussbare Mädchen sein würde, das du zurückgelassen hast?"

Er senkte seinen Kopf, als ob er auf den Bodendielen nach der Antwort suchen würde. Er fand keine.

„Schmerz fordert seinen Tribut, Jake. Er formt dich und nimmt dir deine weichen Seiten. Ich bin geschliffen worden und es gibt nichts Weiches mehr an mir."

Er sah mich an und was ich in seinen Augen sah, stach in die Hälfte meines Herzens, die nicht gefroren war. Ich kannte ihn gut, all die feinen Linien in seinem Gesicht und wie sie sich verzogen, um Emotionen zu zeigen, auch wenn er es nicht wollte. Schmerz legte sich auf seine Züge. Aber das war nicht alles, Bedauern und Sehnsucht waren auch dabei.

Endlich sprach er und seine tiefe Stimme war rau. „Ich verstehe. Es tut mir leid, dass ich dich belästigt habe."

Er drehte sich um und ging zur Tür. Dort atmete er tief durch und starrte auf das leuchtende „Geöffnet"-Schild, das am Fenster angebracht war. Da entschied er sich und sah über seine Schulter.

„Ich denke, ich werde das Büro behalten. Aber keine Sorge, ich werde dich nicht mehr stören."

Er ging und als die Glocke über ihm läutete, gaben meine Knie nach und ich sackte in Rosalinas Stuhl zusammen.

KAPITEL 7

Nach der Arbeit nahm ich mir oben im Loft die Packung Fischfutter und ließ fünf Pellets in das Aquarium gleiten.

„Friss, mein Junge." Ich tippte auf das Glas.

Cupid, mein rot-violetter Kampffisch, schwamm auf dem Grund, ohne auf sein Abendessen zu achten. Vielleicht war er sauer, weil ich gestern Abend vergessen hatte, ihn zu füttern.

„Er frisst nicht", beschwerte ich mich und sah zu Rosalina hinüber, die auf meinem flauschigen Papasan-Stuhl saß und sich die Füße massierte.

„Hör auf, deinen Ärger auf diesen Fisch zu projizieren." Sie ließ ihren einen Fuß los und begann mit dem nächsten. „Ah, ich hasse es, neue Schuhe einzulaufen. Sie sind schön, aber sie bringen mich um."

„Ich projiziere gar nichts. Du weißt, dass ich mir mit Cupid Mühe geben muss. Ich meine, damit ich eine Katze haben kann, muss ich diesen Fisch am Leben halten."

Rosalina rollte mit den Augen. „Katzen sorgen für sich selbst. Eine Katze könnte wahrscheinlich eher auf *dich* aufpassen."

„Das bezweifle ich wirklich." Ich starrte Cupid an und lehnte mich über sein Aquarium. Endlich schwamm er hinüber und verschlang einen der Pellets. „Guter Junge!"

Ich fühlte mich so, als wäre ich drei Marathons gelaufen und dann von einem Zug erfasst worden. Ich streifte meine Schuhe ab und brach auf dem Bett zusammen.

„Was für ein Tag." Ich seufzte.

„Geht's dir gut?" Ihre Stimme wurde ernst.

Ich zog das Kissen zu mir herüber und drückte es fest an mich. „Ich weiß es nicht. Ich bin total durcheinander."

„Das kann man dir nicht vorhalten. Dich hat gerade viel getroffen. Wie geht es dir damit, dass Jake wieder da ist?"

Ich drückte einen Finger an meine Lippen, dann legte ich die Hände um beide Ohren und bewegte sie wie ein Radar. Werwölfe konnten durch Wände hören, wenn sie es wollten.

Rosalina blickte finster drein. „Willst du hier abhauen? Abendessen gehen? Du hast deine gebratenen Ravioli gar nicht gegessen. Du musst Hunger haben."

Es war noch früh fürs Abendessen, aber ich war am Verhungern. Stress hatte immer diesen Effekt auf mich. „Ich esse aber nur etwas Leichtes." Ich rümpfte die Nase. „Ich habe später Kickboxen."

„Warum lässt du es nicht ausfallen?"

Ich schnitt ihr eine Grimasse. Ich ließ es nicht gerne ausfallen. Der Sport half mir mit dem bereits erwähnten Stress.

„Du verdienst eine Pause, besonders weil du bald Morellis Gefährten aufspüren musst."

Da hatte sie nicht Unrecht. Nach dem Aufspüren war ich immer erschöpft und vor der Trance Energie zu sammeln half sehr. Ich war noch nie so vorsichtig mit meiner Kraft gewesen wie jetzt und diese Besonnenheit verdankte ich Rosalina, die immer mein Bestes im Sinn hatte.

„Okay, gehen wir", sagte ich. „Ich glaube echt, dass ich ganz allein eine große Pizza verschlingen könnte."

Nachdem ich mir eine Jeans angezogen hatte, schlossen wir das Büro ab und gingen Arm in Arm die Straße hinunter, wobei unsere Absätze auf dem Bürgersteig klackten. Ich schaffte es sogar, nicht in die Richtung von Jakes Büro zu schauen. Ich musste mich entscheiden, was ich tun sollte, ob ich aus dem Gebäude ausziehen oder bleiben wollte. Aber ich war zuerst da gewesen, verdammt. Er sollte derjenige sein, der ging.

Vielleicht könnte ich ihn sabotieren. Hmm, das war ein interessanter Gedanke.

Wir entschieden uns für Giovanni's Pizzeria auf der anderen Straßenseite. Es war ein gemütliches Lokal mit einem magischen Backsteinofen, in dem die Pizzen mit einzigartigen, geheimen Aromen zubereitet wurden. Der Besitzer war ein italienischer Magier, der sich auf kulinarische Zaubertränke spezialisiert hatte. Das Lokal war immer gut besucht.

Wir bekamen unseren Lieblingstisch. Ich atmete die köstlichen Gerüche ein, nahm bekannte Zutaten wahr und wunderte mich über einige, die ich noch nie gerochen hatte. Als das Essen kam, aßen wir wie die Löwen im Zoo. Während wir uns um die Käsestangen und die Tomatensoße zum Dippen stritten, unterhielten wir uns über so belanglose Dinge wie die Frage, ob Pizza mit Salami oder mit Peperoni besser war und über das süße Outfit, das sie für die Geburtstagsfeier ihrer Abuela in ein paar Wochen kaufen wollte.

„Das ist meine Toni", sagte Rosalina, als ich meinen Kopf zurückwarf und darüber lachte, dass Abuela Esperanza auf der Party rappen wollte.

Diese Bemerkung ernüchterte mich ein wenig. Ich wollte weiter Unsinn reden, aber wir mussten darüber sprechen, was passiert war. Es half mir immer, mit Rosalina zu reden. Sie war die Stimme der Vernunft, wenn meine Gefühle durcheinandergerieten – ganz zu schweigen davon, dass ich sie damit beauftragt hatte, dafür zu sorgen, dass ich auf dem rechten Weg blieb. Ohne Aufsicht neigte ich dazu, irgendwelchen Blödsinn zu machen.

Als sie sah, dass ich bereit war zu reden, schenkte sie mir ein süßes Lächeln und sagte: „Also, was sollen wir tun? Bleiben? Ausziehen? Abwarten und sehen, was Jake macht?"

„Das Letzte erscheint mir am vernünftigsten", sagte ich. „Sein Detektivgeschäft geht vielleicht in die Hose."

„Detektivgeschäft? Ich dachte, du hast gesagt, dass er ein professioneller Faulenzer ist."

„Das habe ich nie gesagt."

„Du hast gesagt, dass er nie einen Job gehabt hat und dass er so vermögend ist, dass er keinen braucht." Sie wedelte mit der Hand in der Luft, als sei das alles das Gleiche.

„Das ist auch so. Deshalb erscheint mir das Detektivsein so unnötig. Außer ...“ Ich verstummte. Mit vollem Magen war mein Temperament etwas gedrosselt und ich konnte klarer über Jakes Karrierewahl nachdenken.

„Außer was?“ Rosalina nahm sich ein Stück von unserer Pizza und schob es sich in den Mund.

Meine Gedanken überschlugen sich, als mir die Erkenntnis dämmerte. „Es ist wegen seines Bruders“, platzte ich heraus.

„Hm?“

„Ich habe es dir nie gesagt, aber Jake hatte einen Bruder, der verschwunden ist. Sie haben ihn nie gefunden.“

Sie beugte sich vor. „Wirklich?“

Ich nickte. „Er ist verschwunden, als Jake dreizehn war. Er war zwei Jahre älter. Neil war sein Name. Es hat Jakes Familie ziemlich zerstört. Sein Vater hat den Verstand dabei verloren, nach ihm zu suchen. Ein paar Jahre später hat er sich tot getrunken. Und ich schwöre, dass Jakes Mutter danach an gebrochenem Herzen gestorben ist.“

„Das ist schrecklich.“

Ich hätte es wissen müssen, weil Jake und ich in denselben Kreisen aufgewachsen waren, aber es war nichts, worüber man gern sprach, also hatte Jake es mir erzählt. Ich erinnerte mich noch gut an diesen Abend. Er hatte fast geweint und alles, was ich tun konnte, war ihn festzuhalten, weil mir die Worte im Hals stecken blieben. Schon damals hatte ich gewusst, dass Worte bei etwas von diesem Kaliber nichts bedeuteten.

Ich seufzte. „Jake wollte ihn immer finden, zumindest um herauszufinden, was mit ihm passiert ist. Ich glaube, es nicht zu wissen war das Schlimmste daran.“

„Ah, ich würde sterben, wenn Vannia etwas passieren würde.“

Vannia war Rosalinas Schwester. Sie war in der Abschlussklasse der Highschool, genau wie meine jüngste Schwester Lucia.

„Wie auch immer“, sagte ich mit vor Traurigkeit schwerem Herzen. „Ich schätze, das erklärt seine Detektivberufung.“

„Und was ist mit ihm und Stephen? Wie haben sie sich wohl kennengelernt?“

Ich sah mich in der Pizzeria um, als ob die Antwort auf den Bildern, die an der Wand hingen, zu finden wäre.

„Sie sind beide Werwölfe", sagte ich schwach, als ob das eine Freundschaft garantierte, wenn es das komplette Gegenteil war. Werwölfe blieben unter sich und hassten Mitglieder anderer Rudel meist.

„Ich dachte, du hast gesagt, dass Jake ein einsamer Wolf ist? Nennen ihn manche Leute nicht Einsamer Jake?"

„Ja, nachdem seine Eltern gestorben waren, hat er jede Verbindung zu seinem Rudel verloren. Er hat sich zurückgezogen."

Rosalina runzelte die Stirn. „Und Ulfen Ericksons Rudel steht sich ziemlich nahe, also warum sollten die beiden plötzlich anfangen, miteinander abzuhängen? Du glaubst doch nicht, dass es deinetwegen war? Vielleicht tauschen sie gern Bettgeschichten aus."

Ich machte eine Bewegung in Richtung ihres Halses, als würde ich sie erwürgen wollen. „Nicht lustig."

Sie kicherte und fing sich dann. „Wie auch immer, es ist seltsam."

Mit Rosalina über alles zu reden und meinen Magen mit fettigem Teig zu füllen beruhigte mich. Am Ende beschlossen wir, nichts zu überstürzen. Unser Mietvertrag lief sowieso erst in ein paar Monaten aus.

„Wir haben fast keinen Feenstaub mehr", sagte ich. „Ich glaube, ich schaue heute Abend bei Yalgrun vorbei. Willst du irgendwas?"

„Oh, ja! Bring mir was von dem Koboldmist mit."

„Igitt, wie du dir das ins Gesicht schmieren kannst, kann ich einfach nicht ..."

Sie hob ihr Kinn in meine Richtung. „Sieh dir diese Haut an. Makellos. Das Zeug wirkt."

Ich zuckte die Achseln. Da konnte ich nichts entgegnen. Ihre Haut *war* makellos. Trotzdem würde ich mir keine Koboldkacke oder egal was für Kacke aufs Gesicht schmieren – auf keinen Fall. Ich fragte mich, ob sie diese spezielle Schönheitsprozedur weiter machen würde, wenn sie einen Kobold dabei beobachten würde, wie er seinen kleinen Stummelschwanz hob und sein Geschäft verrichtete. Ich kicherte bei dem Gedanken daran.

„Was?", fragte sie.

„Nichts. Ich mache mich lieber mal auf den Weg." Ich sah auf meinem Handy auf die Uhr. „Yalgrun macht in einer Stunde zu."

„Ich nehme dich mit."

„Nee, ich laufe. Ich muss ein bisschen Sport machen, weil ich den Kurs verpasst habe.”

Wir verabschiedeten uns vor dem Restaurant, dann gingen wir getrennte Wege. Es war kurz vor sieben, was mich schockierte, denn das bedeutete, dass Rosalina und ich uns fast zwei Stunden lang unterhalten hatten. Ich lächelte in mich hinein. Wenn ich mit ihr zusammen war, schien die Zeit nur so zu verfliegen.

KAPITEL 8

Es gab viele Tore nach Elf-hame, dem Reich der Fae. Manche waren sehr bekannt, aber die meisten waren es nicht. Die meisten Leute kannten die, die für den Tourismus und kleine Shoppingtouren gedacht waren. Aber andere, wie ich, erhielten Zutritt zu ausgewählten Zugangspunkten, durch die eine weniger geschönte Version von Elf-hame zu sehen war.

Um Zugang zu erhalten, hatte ich mich für eine Geschäftslizenz angemeldet. Es hatte über vier Wochen gedauert, sie zu bekommen und mit ihr konnte ich ein Tor in der Nähe benutzen, das im Tower Grove Park stand, der nur fünfzehn Minuten Fußweg von der Agentur entfernt war. Der Name des Handelspostens war Pharowyn.

Ich lief schnell, um meinen Puls anzutreiben und als ich am westlichen Eingang zum Park ankam, steuerte ich auf den Turkish Pavillon zu, einem großen Pavillon mit einem rot-weiß gestreiften Kuppeldach. Dort angekommen, setzte ich mich auf einen der Tische darunter. Niemand war dort, bis auf einen Jogger, der in einer Ecke stand und sich mit in die Ohren gestopften Kopfhörern dehnte.

Ich zeichnete mit meinem Zeigefinger eine Elfenrune auf dem Tisch nach, ein Symbol, das nur mir zugewiesen worden war, und wartete, während sich meine Umgebung langsam veränderte und eine neue Realität sich um mich manifestierte. Der Jogger verschwand, genauso wie der Pavillon und sie wurden vom Außenbereich einer Taverne auf einer geschäftigen Marktstraße mit Kopfsteinpflaster ersetzt.

Kaum hatte ich mich materialisiert, eilte ein junger, schmächtiger Fae an meine Seite, neigte seinen gehörnten Kopf und sprach in seinem schiefen Akzent zu mir. „Darf ich Euch etwas bringen, verehrte Dame?" Er trug eine unförmige Tunika mit Holzknöpfen, eine kurze braune Hose und Lederschuhe, die nicht viel mehr Halt gaben als Ballerinas.

„Nein danke, *Abin Cenael*", antwortete ich und nutzte den Ausdruck „verehrter Herr".

Seine Wangen röteten sich als ich sprach und dann funkelte Enttäuschung in seinen Augen, weil ich abgelehnt hatte.

„Ich werde mir auf dem Rückweg etwas bestellen", sagte ich. „Ich muss Yalgrun noch erwischen, bevor er schließt."

Er strahlte und seine wunderschönen türkisen Augen glänzten, sicherlich, weil er sich auf ein Trinkgeld in Menschenwährung freute. Unser Geld war bei den Handelsposten Elf-hames gern gesehen.

Ich stand von dem Tisch der Taverne auf und ging die mit Verkaufsständen gesäumte Gasse hinunter. Hier waren die meisten angebotenen Waren Lebensmittel. Exotische Früchte und Gemüse, gegrilltes Fleisch, Honigkuchen, Süßigkeiten. Mir lief das Wasser im Mund zusammen, als die verschiedenen köstlichen Gerüche um meine Aufmerksamkeit kämpften. Generell war es eine schlechte Idee, das Essen der Fae zu sich zu nehmen. Es konnte einen in den Bann ziehen und jede andere Art von Essen für immer ruinieren, aber nicht hier. Handelsposten waren an Gesetze für verzaubertes Essen gebunden. Ich aß oft die Haselnuss-Rhabarber-Tartes. Sie waren zum Niederknien.

Die Verkäufer hinter den Ständen waren alle Fae verschiedener Art. Gnome, Dryaden, Kobolde, Pucks und so weiter. Sie hatten Hörner, Hufe, Schwänze, Flügel. Manche waren schön und andere nicht so sehr. Die Kunden hingegen waren eher menschlicher Natur. Zumindest dem Aussehen nach, denn unter ihnen waren Vampire, Wandler und dergleichen. Sie waren allerdings alle Schräge wie ich. Fade hatten keinen Zugang zu Fae-Orten wie diesem hier.

Ich ignorierte das Essen, bog nach rechts in die nächste Gasse ab und betrat einen Bereich mit Läden aus Stein und Mörtel, Geschäften, die im Vergleich zu den wechselnden, austauschbaren Ständen schon lange hier waren. Einer dieser Läden war *Yalgrun's Güter*.

Ich stieg die Stufen hinauf, die zu seiner schweren Eingangstür führten und öffnete sie. Über mir ertönte ein hölzernes Glockenspiel und Yalgrun sah von seinem Platz hinter dem Tresen auf.

Er kam aus einem Ort in Elf-hame, der Bladuh hieß und war einer der am bedrohlichsten aussehenden Kreaturen, die ich je gesehen hatte. Er war zwei Meter fünfzehn groß und sein Körper bestand aus Ästen und Reben. Sie waren miteinander verschlungen und bildeten einen massiven Rumpf, Hals, Arme und Beine. Das Gleiche setzte sich in seinem Gesicht fort und formte zwei Hörner, die aus seinem Kopf herausragten. Er hatte komplett schwarze Augen, zwei Löcher als Nase und einen Mund, der manchmal klapperte, wenn er unüberlegt sprach.

Aber so bedrohlich er auch wirkte, sobald er seinen Mund öffnete, musste man ihn einfach lieben.

„Toni Sunder", sagte Yalgrun in seiner melodischen Baritonstimme. „Ihre Anwesenheit beehrt meinen bescheidenen Laden."

„Hallo, *Abin Cenael*, wie geht es Ihnen?"

„Es geht mir ausgezeichnet. Ich hoffe das Gleiche für Sie."

Ich zuckte die Achseln. „Es ging mir schon mal besser, aber ich kann mich nicht beschweren."

Yalgruns dicke, faserige Finger lagen verschränkt auf der Holztheke, die aus den Bodenbalken zu wachsen schien. Er hatte vier Finger an jeder Hand und ich konnte nicht anders, als sie jedes Mal zu zählen, wenn ich sie sah. „Ich habe gehört, dass sich in Ihrer Welt Ärger zusammenbraut."

Ich sah ihn stirnrunzelnd an. „So?"

„Uns hat die Nachricht erreicht, dass der Erbe der Werwölfe gefangen gehalten wird."

Wow, die Nachricht hatte sich wirklich schnell verbreitet. Ich fragte mich, ob das bedeutete, dass die Fae etwas mit der Entführung zu tun hatten.

Ich nickte. „Ja, es ist bedauerlich. Ich kenne ihn tatsächlich persönlich."

Yalgrun kratzte sich am Kopf und die Bewegung machte ein Geräusch, als würde man zwei Bleistifte gegeneinander klopfen. „Wirklich?"

„Wirklich."

Sein Gesicht knarzte, als er eine bedauernde Miene auflegte. „Es tut mir leid, das zu hören."

„Na ja, wir haben schon seit einer Weile keinen Kontakt mehr, also ..."

Ich ließ es so stehen, weil es mir unangenehm war, dann zog ich eine Einkaufsliste aus der Tasche und legte sie auf den Tresen. „Mir gehen ein paar Dinge aus, unter anderem Feenstaub."

Er nahm den Zettel mit unglaublicher Sanftheit, die im Widerspruch zu seinen großen Fingern zu stehen schien. „Ich habe erst gestern eine neue Lieferung bekommen."

„Super." Das war genau der Grund, warum ich so gern hier einkaufte. Es gab immer die frischesten Zutaten.

Er machte sich daran, meine Waren zusammenzutragen, wobei er summte und seine hohen Regale durchwühlte. Er schob Einmachgläser, Holzkästchen, abgetrennte Äste, Steine und Flaschen mit Korken voller seltsamer Flüssigkeiten herum. Ich bewegte meine Nase, als ob ich so die Millionen von Gerüchen loswerden könnte, die den Laden erfüllten.

Die Klingel ertönte, als ein weiterer Kunde den Laden betrat. Ich warf einen Blick über meine Schulter und musste noch ein zweites Mal hinsehen. Fae-Personen faszinierten mich immer, aber dieses Mal war ich überwältigt. Ich schloss abrupt meinen Mund, wobei meine Zähne aufeinanderschlugen und zwang mich dazu, zu atmen, bevor ich beim Anblick des Mannes, der gerade hereingekommen war, in Ohnmacht fiel.

Er war wundervoll. Ein wandelnder Traum, der der Vorstellung eines begabten Künstlers entsprungen war. Er hatte den Körper eines Kriegers; breit, groß und muskulös genau an den richtigen Stellen. Langes bläulich-schwarzes Haar fiel ihm bis auf die Brust, das mit dünnen, geflochtenen Zöpfen geschmückt war, die mit silbernen Perlen zusammengehalten wurden. Ein Muster aus kunstvollen Tätowierungen verlief auf der rechten Seite seines Gesichts von der Schläfe bis zum Hals, wo sie unter einer schwarzen, bestickten Tunika verschwanden. Seine spitzen Ohren waren mit silbernen Ringen verziert, die aus seiner prächtigen Mähne herausragten.

Und sein Gesicht ... oh mein Gott, sein Gesicht. Alles daran war gemeißelte Perfektion. Eine gerade Nase, ein ausgeprägter Kiefer, hohe Wangenknochen, erschütternde Lippen. Dünne, spitz zulaufende Augenbrauen umrahmten ein Paar ernster, kobaltblauer Augen.

Er verneigte sich, als er bemerkte, wie ich ihn beobachtete und wartete an der Tür, wobei er seine großen Hände vor sich verschränkt hielt. Ich hatte nie mehr als ein Mensch sein wollen, aber in diesem Moment hätte ich meine ungeborenen Kinder verkauft, um die Art von Fae zu sein, in die sich dieser Mann verlieben könnte.

Herrje, werd erwachsen, Toni.

Ich schüttelte mich und drehte mich wieder zu Yalgrun um, der immer noch die Regale durchstöberte und schließlich bei Rosalinas Koboldmist ankam, den ich an dem schwarzen Gefäß in grünem Gewebe erkannte, das mit einer Schnur befestigt war.

Yalgrun stapfte zurück in meine Richtung und bemerkte den Neuankömmling. Seine großen, schwarzen Augen weiteten sich auf die Größe von Äpfeln und er setzte seine Waren unbeholfen auf dem polierten Tresen ab, wobei die Gläser unsanft gegeneinanderstießen.

„Prinz Kalyll", sagte er voller Ehrfurcht.

Prinz? Kalyll?

Wenn ich richtig informiert war, war dies der Prinz der Seelie-Fae. Der älteste Sohn des Königs Beathan Adanorin und der Königin Eithne Adanorin.

Heilige Scheiße!

Gingen die Prinzen in Elf-hame selbst einkaufen? Nach Yalgruns Reaktion zu urteilen, glaubte ich, dass es eher nicht so war.

„Und du musst Yalgrun von Bladuh sein", sagte der Prinz mit einem schnellen Lächeln und einer wunderschönen, tiefen Stimme.

„Es ist mir eine Ehre." Der Ladenbesitzer verneigte sich und sein Rücken knarzte dabei wie eine alte Tür, als seine Hörner fast den Tresen berührten. Sein Kopf drehte sich vom Prinzen zu mir und wieder zum Prinzen. Er schien nicht zu wissen, was er tun sollte: die Bestellung einer niederen Menschenfrau einzupacken oder sich um seinen zukünftigen König zu kümmern, auch wenn er gerade erst gekommen war.

Ich beschloss, es ihm einfacher zu machen. „Ich kann das alles einpacken, während Sie sich Ihrem neuen Kunden zuwenden."

Yalgrun schien erleichtert zu sein und bewegte sich um den Tresen herum, um Prinz Kalylls Bestellung aufzunehmen. Ich verpackte meine

Gefäße in braunem Papier und stopfte sie in einen Jutebeutel, wobei ich heimlich ein paar Blicke auf das Profil des Prinzen warf. Er murmelte Yalgrun etwas zu, der schnell Kalylls Bestellung zusammensuchte und mit einigen Goldmünzen bezahlt wurde.

Noch bevor ich meine Einkäufe eingepackt hatte, ging der Prinz mit einer kurzen Verabschiedung zur Tür hinaus. Als ich den verblüfften Yalgrun mit meinen schnöden amerikanischen Dollars bezahlte, nahm er das Geld geistesabwesend entgegen.

„Prinz Kalyll ist ein heißer Feger, was?", sagte ich.

Yalgruns Stirn legte sich in Falten. „Heißer Feger?"

„Ähm, vergessen Sie es. Danke dafür." Ich deutete auf den Beutel, der nun um meine Schulter hing. „Wir sehen uns nächsten Monat."

„Guten Tag."

„Guten Tag." Ich winkte ihm kurz zu und verließ das Geschäft.

Ich ging zurück zum Tor und stellte mir gerade Rosalinas Reaktion vor, wenn ich ihr erzählte, dass ich Prinz Kalyll Adanorin gesehen hatte, als mich jemand von der Seite anrempelte und mich in eine schmale Gasse drängte, wo ich in einen Stapel Holzkisten krachte. Als ich stürzte, regneten leere Kisten um mich herum auf den Boden. Eine spitze Ecke bohrte sich in meinen Rücken. Ich schrie vor Schmerz auf und versuchte, den Jutebeutel festzuhalten, aber er rutschte mir aus der Hand.

Mit hämmerndem Herzen schob ich mir eine Kiste von der Brust und blinzelte zu einem Mann auf, der über mir stand. Er war ganz in Schwarz gehüllt, trug einen Lederumhang und hatte stacheliges, knallrotes Haar – keine natürliche Farbe, sondern eine, die durch billiges Färbemittel oder einen missglückten Zauber erreicht worden war. Seine Augen leuchteten in der Farbe eines blassen Himmels, wodurch ich wusste, dass er ein Azurmagier war. Ein knisternder Zauber erschien in seiner Hand und er richtete ihn direkt auf mein Gesicht. Meine Lunge stockte und ein zweiter Schrei blieb mir im Hals stecken.

„Du kommst mit mir, kleine Fährtensucherin", sagte der Magier, als er seine Hand zurückzog.

Das tue ich ganz sicher nicht.

Ich handelte aus reinem Instinkt heraus und stürzte mich nach vorne, schlang meine Arme um seine Knöchel und warf ihn um. Er fiel auf seinen Hintern und sein Zauber schoss in den Himmel hinauf. Er fluchte, beschwor noch mehr Magie in seiner Hand und machte sich bereit, zu schießen.

Dieses Mal hatte ich es auf seine Eier abgesehen und schlug meine Faust genau zwischen seine Beine. Er heulte vor Schmerz auf und sein Zauber verpuffte zu einem winzigen Funken, als er an seine Kronjuwelen fasste. Ich kroch von ihm weg, hob meine Tasche auf und sprang auf die Füße. Ich wollte aus der Gasse laufen, aber Prinz Kalyll erschien aus dem Nichts und versperrte mir den Weg. Ich schrie auf und erstarrte.

Der Prinz stand da und sah auf meinen Angreifer herunter, der sich wie ein Regenwurm wand. Mit einem kräftigen Arm ergriff er den Magier am Genick, zog ihn auf die Knie und drückte ihm einen Dolch an die Kehle. Der Magier wimmerte und wurde dann still. Tränen liefen über seine Wangen, wahrscheinlich zu Ehren seiner verlorenen Nachkommenschaft, da seine Eier jetzt in seinen Nieren steckten. Der Prinz grinste, als der Magier jammerte, dann schlug er ihm ohne Vorwarnung auf den Hinterkopf. Die Gelenke des Mannes wurden weich, dann wurde er so schlaff wie eine Marionette und das Licht wich aus seinen Augen.

Prinz Kalyll ließ ihn zu Boden sinken und steckte den Dolch dann unbekümmert in die Scheide an seiner Taille.

„Bist du verletzt?", fragte er.

„Ist er ... ist er tot?", fragte ich und schnappte nach Luft.

„Nein. Kennst du ihn?"

Ich schüttelte meinen Kopf und war überrascht von Kalylls nüchternem und berechnendem Auftreten.

„Zauber sind hier verboten", zischte der Prinz. „Ich toleriere niemanden, der die Regeln bricht. Bist du verletzt?", fragte er wieder.

Ich schüttelte wieder den Kopf und starrte auf Kalylls verzierte Tunika, um unter keinen Umständen in seine kobaltblauen Augen zu sehen.

Der Prinz stieß den Magier mit einem Stiefel an. „Warum sollte dieser Mann dir etwas antun wollen?"

„Ich ... ich weiß es nicht."

„Kommst du oft hierher?" In Kalylls Stimme lag Misstrauen.

Oh, verdammt! Würde er mich dafür verantwortlich machen, dass ich Ärger in sein Reich gebracht hatte?

„Ungefähr einmal im Monat", antwortete ich und fügte dann schnell hinzu: „Vielleicht wollte er mich ausrauben." Allerdings hatte er gesagt „Du kommst mit mir, kleine Fährtensucherin", was bedeutete, dass er wusste, wer ich war. Aber wieso sollte mich jemand entführen wollen?

Der Prinz legte seinen Kopf schief und sein mitternachtsblaues Haar fiel auf eine Seite. „Ausrauben?"

„Ein Dieb."

Er nahm mir meinen Beutel ab, spähte schnell hinein und hielt ihn mir dann wieder hin. „Das bezweifle ich. Es sei denn, du hast Gold oder eine Menge eures Papiergeldes dabei."

Ich nahm meinen bescheidenen Einkauf und schlang den Beutel um meine Schulter. Die Waren schienen unbeschädigt zu sein. „Ich habe nichts von beidem."

Kalyll erzeugte tief in seiner Kehle ein Geräusch. „Dann solltest du deine Feinde im Auge behalten."

Ich hatte keine Feinde – zumindest hatte ich das vor einigen Augenblicken noch angenommen. Gott, ich musste hier verschwinden und nach Hause gehen. Ich war mit den Nerven am Ende. Aber würde Kalyll mich gehen lassen? Der Fae war entschlossen, jeden zu bestrafen, der seine Regeln brach. Beweisstück A: der bewusstlose Magier.

„Wie ist dein Name, Menschenfrau?", fragte er.

Ich zuckte zusammen und stellte mir vor, wie ich den Rest meiner Tage in einem Fae-Gefängnis verbringen würde. „Toni ... Toni Sunder."

„Ich werde dich zum Tor bringen, um sicherzugehen, dass du sicher zurückgelangst, Toni Sunder."

Ich stieß einen erleichterten Seufzer aus.

Als wir aus der Gasse traten, sah ich auf den Magier zurück und fragte mich, was mit ihm passieren würde. Würden sie ihn zurück in unsere Welt schicken? Oder ihn hierbehalten? Und wenn ja, würde irgendjemand außerhalb von Elf-hame darüber informiert werden?

„Meine Männer werden sich um ihn kümmern", sagte Kalyll, als hätte er meine Gedanken gelesen.

Er deutete auf ein paar Fae-Wächter, die in die Stiefel gesteckte Leggings und schwarze Tuniken trugen, auf denen in der Mitte ein Schild eingestickt war. Sie hatten auf beiden Seiten der Gasse gestanden und kamen jetzt angelaufen, um den Magier an seinen Armen hochzuheben.

„Wir halten uns an das Prozedere, wenn solche Dinge passieren", fuhr Kalyll fort. „Das ist Teil des Abkommens mit eurer Art. Es wird nach unseren gemeinsamen Gesetzen geregelt, das versichere ich dir. Du kannst dich in ein paar Tagen bei den Behörden melden, um den Angriff anzuzeigen und die Identität des Mannes zu erfahren."

Ich war noch nie in einer solchen Situation gewesen, also wusste ich nichts über das Prozedere. Aber zu wissen, dass der Vorfall gemeldet werden würde, beruhigte mich etwas.

Als wir beim Tor ankamen, neigte Kalyll den Kopf und ließ mich ohne ein weiteres Wort stehen. Ich dachte darüber nach, mir etwas in der Taverne zu bestellen, um meine Nerven zu beruhigen, aber ich hatte zu viel Angst, in Elf-hame zu bleiben, also setzte ich mich an den leeren Tisch, zeichnete meine Rune auf der Oberfläche nach und materialisierte wieder in meiner eigenen Welt.

KAPITEL 9

Dunkelheit hatte sich über mein Reich gelegt.

Ich war so darauf versessen gewesen, Elf-hame zu verlassen, dass ich nicht darüber nachgedacht hatte, was mich hier erwarten würde: ein großer Park mitten in der Nacht. Ich drückte meinen Beutel an mich, verließ den Pavillon und eilte nach Hause. Ich lief in schnellem Tempo, schaute nach links und rechts, um nach möglichen Angreifern Ausschau zu halten und bekam davon fast ein Schleudertrauma.

In Rekordzeit schaffte ich es zurück in meine Straße und als ich ankam, schwitzte ich wie ein Schwein und bekam keine Luft. Erleichterung überströmte mich, als ich das Schild über unserer Tür sah. Ich konnte es nicht abwarten, hineinzukommen, die Tür abzuschließen und mich im Schutz der Zauber meiner Mutter zu verstecken.

Bevor ich hineinging, sah ich mich um, um mich zu vergewissern, dass die Luft rein war. Das Kaffeehaus gegenüber hatte bereits geschlossen und nur die Pizzeria war noch geöffnet, also lief niemand mehr auf der Straße herum.

Mit zitternden Händen schloss ich die Tür auf, stellte den Jutebeutel auf dem Boden ab und trat ein. Gerade, als ich anfing, die Tür zu schließen, tauchte aus dem Nichts ein Mann auf und stieß die Tür wieder auf. Sie schlug gegen meine Stirn, wodurch ich die Schlüssel fallen ließ und das Gleichgewicht verlor.

Mist! Nicht schon wieder!

Ich stolperte rückwärts und wedelte mit den Armen. Dunkelheit umschloss mich und als über mir die Klingel ertönte, stürmte er auf mich zu, drückte mich auf den Boden und presste ein Tuch gegen meinen Mund. Ein beißender Geruch stieg in meine Nase und versetzte meinen Nebenhöhlen einen schmerzhaften Stich.

Düsterer Kuss! Ich hatte es schon einmal gerochen und ich wusste genau, was es mit mir machen würde.

Ich drückte die Lippen zusammen, hielt den Atem an und versuchte, gegen die Panik anzukämpfen, die durch meine Adern schoss.

Du weißt, was zu tun ist. Du weißt, was zu tun ist.

Beim Kickboxen zeigte uns der Lehrer ständig Selbstverteidigungstechniken.

Verdammt, welche passt jetzt gerade? Denk nach. Denk nach.

Meine Gedanken waren ein einziges Durcheinander. Es fiel mir nichts ein. Meine Lungen brannten von dem fehlenden Sauerstoff und mein Verstand war leer. Da setzten meine Instinkte ein.

Reflexartig rollte ich mich auf der Seite zusammen und zog meine Schenkel an meinen Bauch heran. Dann platzierte ich ein Knie an der Hüfte des Mannes, streckte mich und drückte so fest ich konnte dagegen. Die Bewegung funktionierte wie beabsichtigt und lockerte und schwächte den Griff meines Angreifers. Er versuchte vergeblich, mich fester zu packen und ich schwang mein Bein, legte es an seinen Hals und drehte ihn um, sodass ich oben war. Als er versuchte, sich zu wehren, fiel ihm das mit Düsterer Kuss getränkte Tuch aus der Hand. Ich biss die Zähne zusammen und schlug meine Handfläche gegen seine Nase.

Sie brach mit einem Kacken.

Der Mann schrie auf und machte ein gurgelndes Geräusch, als Blut seinen Mund füllte. Ich sprang auf die Füße, eilte zu Rosalinas Schreibtisch und zog den kurzläufigen Revolver heraus, den ich dort in einer Schublade aufbewahrte. Ich wusste, wie man ihn benutzte und wenn es sein musste, würde ich das auch tun.

„Nicht bewegen oder ich dekoriere den Laden mit deinem Hirn.”

Gerade, als ich nach meinem Handy griff, um den Notruf zu wählen, flog die Tür auf und eine große, dunkle Gestalt stürmte herein. Ich richtete die Waffe auf seine breite Brust und drückte fast den Abzug, hielt aber inne, als ich den Glanz seiner silbernen Augen bemerkte.

Jake.

„Toni, geht es dir gut?", knurrte er und seine Stimme war ein Grollen von Wut und Wildheit.

„Mir geht's gut." Ich richtete die Waffe wieder auf meinen Angreifer am Boden und zog mein Handy aus der Hosentasche.

Ohne Vorwarnung ergriff Jake den Mann am Kragen, zerrte ihn nach oben und stieß ihn gegen die Wand.

„Wer zum Teufel bist du?", wollte er wissen.

Der Mann ächzte und wandte sich von Jake ab. Blut strömte aus seiner Nase und lief seinen Mund und sein Kinn hinunter. Ich hatte ihm einen ziemlichen Schlag verpasst. Genau das, was er verdient hatte, *dieser Arsch*. Ich hoffte, dass er für den Rest seines Lebens eine schiefe Nase haben würde.

„Hier ist der Notruf", sagte der Mann am anderen Ende der Leitung.

„Jemand hat mich angegriffen und versucht ..."

Was genau hatte er versucht? Er hatte mich auf jeden Fall bewusstlos machen wollen. Aber warum? Um mich zu vergewaltigen? Ich bezweifelte es, zumal es schon der zweite Vorfall heute Abend war. Da steckte mehr dahinter.

Ich fing noch einmal von vorne an. „Jemand ist in mein Büro eingebrochen und hat mich angegriffen. Er wird gerade festgehalten."

Der Telefonist sagte etwas, das ich nicht ganz verstand, weil ich davon abgelenkt wurde, dass Jake den Kerl gegen die Wand schmetterte und sein Hirn durchrüttelte.

„Was wolltest du mit ihr?", knurrte er.

Der Mann schüttelte seinen Kopf und sagte nichts.

Ich konnte Jakes Gesicht nicht ganz sehen, aber sein Profil zeigte, wie seine Ohren spitzer wurden und Fell sprießte in seinem Nacken und an seinen Armen. Große Klauen und Fangzähne bildeten sich. Er brüllte dem Mann ins Gesicht; ein barbarisches Geräusch, das meine Eingeweide zu flüssiger Götterspeise werden ließ.

Ein Fleck bildete sich auf der Jeans des Mannes und der beißende Geruch von Urin erfüllte die Luft.

„Ma'am? Ma'am? Was ist da los?" Die Stimme des Telefonisten drang durch das Handy. „Die Einsatzkräfte sind auf dem Weg. Halten Sie aus und bleiben Sie in der Leitung."

Jake legte seine Klaue an den Hals des Angreifers. „Ich frage dich noch ein letztes Mal und wenn du mir nicht sagst, was ich wissen will, reiße ich dir die Kehle heraus."

Mr. Hosennässer wimmerte und seine Knie knickten vor Angst ein, als Jake ihn gegen die Backsteinwand drückte.

„Was wolltest du mit Toni Sunder?"

„S-sie haben mich hergeschickt, um sie zu entführen", sagte er in nasalem Ton.

Um mich zu entführen? Schon wieder? Was zur Hölle war hier los?!

„Wer?", brüllte Jake.

Ein Wimmern drang tief aus der Kehle des Mannes und er sah aus, als würde er sich noch einmal in die Hose machen. Jake packte ihn fester und unter seinen Krallen sammelte sich Blut.

„Jake, bitte", flehte ich.

Wenn er den Mann umbrachte, wäre das ein Chaos; ein noch größeres, als es ohnehin schon war und ich hatte nicht den Mut, zuzusehen, wie das Leben eines Mannes vorzeitig beendet wurde. Außerdem wäre ein Mord in unserem Büro wahrscheinlich nicht gut fürs Geschäft. Die Polizei würde außerdem jeden Moment hier ankommen. Sie konnten sich um ihn kümmern. Aber Jake ignorierte mich und lehnte sich noch stärker gegen den kleineren Mann.

„Letzte Chance ... antworte oder ich schwöre, dass du dir wünschen wirst, du wärst nie geboren worden. Wer hat dich geschickt?"

Mr. Hosennässer seufzte resigniert. Er wusste, dass Jake jedes Wort ernst meinte. „Es war—" Die Stimme des Mannes verstummte.

Jake lockerte seinen Griff um Mr. Hosennässers Hals.

Der Mann versuchte es noch einmal. „Es war—" Seine Stimme verstummte wieder.

„Verdammt." Jake schüttelte ihn.

Der Mann versuchte es noch ein drittes Mal. Er öffnete seinen Mund, formte einen Namen, aber er kam nie heraus, weil er würgte, als würde er sich gleich übergeben. Jake ließ ihn los und trat einen Schritt zurück, wobei er sich die blutigen Hände an seiner Jeans abwischte. Mr. Hosennässer griff an seinen Hals und fiel auf die Knie, dann kam ein schreckliches Knackgeräusch aus seiner Kehle.

„Was zur Hölle?" Jake sah zu mir und dann wieder zu dem Mann.

Ich stand immer noch erstarrt mit dem Handy in der einen und der Pistole in der anderen Hand da. „Was passiert mit ihm?"

Jake schüttelte seinen Kopf, als ein Schwarm schwarzer Käfer aus dem Mund des Mannes kroch. Innerhalb von Sekunden bedeckten sie sein Gesicht und krabbelten durch seine Ohren, Nasenlöcher und Augen wieder hinein. Entsetzt wandte ich mich ab.

Das Krabbelgeräusch der Käfer dauerte noch einen Moment an, dann gab es ein Krachen, gefolgt von Stille.

Ich sah wieder zurück. Der Mann lag auf der Seite und wo seine Augen gewesen waren, hatte er nun nur noch schwarze, leere Hohlräume.

Jake und ich starrten immer noch fassungslos auf die zerstörte Gestalt, als draußen Streifenwagen mit heulenden Sirenen und Blaulicht zum Stehen kamen.

KAPITEL 10

Eine Stunde nach dem Angriff betraten Jake und ich mit zwei Polizisten, die uns hingefahren hatten, die Polizeiwache.

Am Empfangstresen stand ein dunkelhäutiger Mann im Hemd und mit loser Krawatte, der mit einer Hand über seinen grau werdenden Ziegenbart strich. Seine aufmerksamen braunen Augen überflogen schnell ein Blatt Papier. Als er unsere Ankunft bemerkte, legte er das Blatt ab und kam auf uns zu.

„Alles in Ordnung, Kleine?" Er ergriff meine Arme und musterte mich von Kopf bis Fuß. „Ich habe es gerade erst gehört, sonst wäre ich selbst gekommen."

Detective Tom Freeman war in der Nacht ein Teil meines Lebens geworden, in der Jake und ich das Garner Mädchen gerettet hatten. Er war der leitende Ermittler in dem Fall gewesen und hatte uns stundenlang ausgequetscht, bis er mit jedem Detail zufrieden war. Durch diese Erfahrung hatte er meinen Vater kennengelernt und sie waren Freunde geworden. Als mein Vater vor einem Jahr an Bauchspeicheldrüsenkrebs verstarb, hatte er Tom gebeten, sich um mich zu kümmern, was er sehr ernst nahm. Wir tranken mindestens einmal die Woche zusammen Kaffee. Er war derjenige, der darauf bestanden hatte, dass ich eine Waffe im Büro aufbewahrte und mich zum Üben auf den Schießstand mitnahm. Er hatte auch das Kickboxen vorgeschlagen.

Tom hatte selbst Kinder, aber eins lebte in Los Angeles und das andere in Denver. Seine Frau war vor ihrem fünfzigsten Geburtstag an einem Herzinfarkt gestorben und es schien, als sei ich ein schlechter Ersatz für seine Familie geworden. Ich liebte diesen Mann von ganzem Herzen.

„Mir geht's gut", sagte ich.

Zufrieden trat er einen Schritt zurück und sein Blick fiel auf Jake, der hinter mir stand.

Toms Miene verfinsterte sich. „Und wen haben wir denn da?"

Seine Worte sprudelten vor Feindseligkeit. Es überraschte mich immer wieder, wie Tom von nett zu gemein und wieder zurück wechseln konnte. Er war ganz alleine der gute und der böse Cop. Aber obwohl er schon viel Schlimmes erlebt hatte und damit umzugehen wusste, ließ er nicht zu, dass es seine Seele verdarb.

„Detective", begrüßte Jake ihn.

Tom drehte sich um. „Folgt mir."

Wir gingen in sein Büro und setzten uns gegenüber von ihm hin, während er uns von hinter seinem Schreibtisch anstarrte.

Ja, Jake und ich hatten geholfen, den Fall Emily Garner zu lösen, aber bei anderen Gelegenheiten hatten wir unsere Nasen in Dinge gesteckt, in die sie nicht gehörten und Leute verärgert. Tom hatte uns schon aus so manchen Schwierigkeiten mit seinen Vorgesetzten herausgeholt. Zum Beispiel das eine Mal, als ich seinen Boss einen rassistischen Schwachkopf genannt hatte, weil er sich nicht die Mühe machen wollte, nach einem vermissten Leprechaun zu suchen, der Elf-hame aus Versehen verlassen hatte und sich in der St. Louis Galleria Mall verlaufen hatte. *Entschuldigung, aber das ist ein verdammt großes Gebäude für so einen kleinen Kerl.* Gut, dass ich ihn gefunden und sicher nach Hause gebracht hatte, bevor er sich zu sehr wohlfühlen und anfangen konnte, aus den Toiletten im Damen-WC zu springen. Die Tore von Elf-hame wurden aus gutem Grund stark überwacht.

„Ihr zwei schon wieder", sagte Tom. „Als hätten wir nicht ohnehin schon genug Probleme."

„*Uns zwei* gibt es nicht." Ich rückte mit meinem Stuhl von Jake weg. „Es gibt nur Jake da und mich hier drüben."

„Es ist auch schön, Sie zu sehen, Detective", sagte Jake und musste wie immer einen cleveren Spruch loslassen.

Tom rieb über seine Bartstoppeln, was ein Geräusch wie Schleifpapier machte. Dunkle Ringe umgaben seine Augen, was darauf hindeutete, dass die Arbeit in The Hill und Umgebung ihn ausbrannte wie Lampenöl.

Er machte eine müde Bewegung mit seiner großen Hand, die bedeutete, ich solle näherkommen.

„Okay, erzähl mir, was passiert ist."

Jake öffnete seinen Mund zum Sprechen, aber Tom stoppte ihn mit einem erhobenen Zeigefinger. „Nicht du, Knight. Toni."

Ich grinste Jake zufrieden an. Als Teenager hatten Jake und ich viele Stunden in genau diesem Büro verbracht, meist, um uns aus Ärger herauszureden und Tom wollte immer, dass ich zuerst erzählte. Er sagte, dass das, was ich sagte, mehr Sinn ergab und dass er dabei weniger den Drang hätte, jemandem den Hals umdrehen zu wollen.

Jake schnaufte und murmelte vor sich hin. „Typisch."

Ohne Beschönigungen erzählte ich alles, was passiert war, von dem Moment an, als ich mich vor der Pizzeria von Rosalina verabschiedet hatte bis zu dem Moment, als die Polizei eingetroffen war.

„Scheiße", sagte Tom, als ich fertig war. „Nicht noch mehr von diesem übernatürlichen Mist! Käfer? Der Seelie-Prinz? Im Ernst? Und sie haben nicht gesagt, wer sie geschickt hat." Tom war ein Fade und hasste es, sich mit Fällen der Schrägen zu beschäftigen, weil sie seine Erfolgsquote versauten. Durchschnittliche Menschenverbrechen waren viel einfacher aufzuklären und besser für seine Bilanz.

Ich schüttelte den Kopf. „Der erste Kerl hatte dazu keine Chance und der Zweite ... ich glaube, jemand hat ihn verzaubert, damit er ihn nicht verpfeift."

„Ich bin sicher, so war es." Tom rieb sich den Nacken. „Wir haben damit im Moment viel zu tun. Es ist einigen Augenzeugen passiert."

„Augenzeugen?", fragte Jake.

Toms Aufmerksamkeit richtete sich auf Jake. „Das geht dich nichts an."

„Das tut es, wenn es irgendetwas mit der Entführung von Stephen Erickson zu tun hat."

Tom legte seinen Kopf schief und verschränkte die Finger. „Und was hat das mit dir zu tun?"

Jake griff nach seinem Portemonnaie, zog eine Visitenkarte heraus und schob sie über den Schreibtisch. „Alles. Sein Vater hat mich angeheuert, aber mehr noch, Stephen ist mein Freund."

Ulfen hatte ihn angeheuert? Das hatte er nicht im Geringsten erwähnt.

Der Detective sah auf die Karte hinunter. „Privatdetektiv? Um Himmels willen!" Er dachte einen Moment lang darüber nach. „Hör zu, ich kann es nicht gebrauchen, dass du uns Ärger machst, Knight. Lass uns unsere Arbeit machen."

„Ich will niemandem Ärger machen. Alles, was ich will, ist Stephen zu finden, bevor es zu spät ist."

Tom lächelte steif. „Dann haben wir dasselbe Ziel. Ich hoffe, ich muss dich nicht daran erinnern, dass du es der Polizei sofort mitteilen solltest, wenn du irgendetwas Wichtiges herausfindest."

„Ich weiß, du musst mich nicht daran erinnern."

Der Detective schüttelte den Kopf. „Wie ich sehe, hast du dich kein Bisschen verändert und ich fürchte, dass das für keinen von uns etwas Gutes ist."

Jake machte sich nicht die Mühe, ihm zu widersprechen. Stattdessen schenkte er ihm sein typisches, schiefes Lächeln – eines, bei dem Herzen schmolzen und Unterwäsche verglühte.

Tom lenkte seinen väterlichen Blick in meine Richtung. „Es tut mir leid, dass das passiert ist, Kleine. Wir sehen, was wir über den Magier und *Das Große Krabbeln* herausfinden können. Ich halte dich auf dem Laufenden."

Ich nickte. „Danke."

„Bernadetta Fiore hat sie geschickt", sagte Jake.

Tom kniff die Augen zusammen. „Es ist nicht klug, Anschuldigungen ohne Beweise zu erheben."

Jake schnaubte.

Tom wandte sich an mich. „Ich würde dir eine Polizeieskorte zuteilen, aber wir sind unterbesetzt. Warum übernachtest du nicht bei mir?"

„Ist schon gut, Tom. Ich komme klar."

Jake sah interessiert zu und hatte eine Augenbraue hochgezogen.

Tom rieb sich gedankenverloren die Stirn. „Du solltest nicht allein sein."

„Wenn ihr wollt, kann ich—", begann Jake.

„Nein." Ich funkelte ihn an und kürzte ab, was auch immer er gerade hatte vorschlagen wollen.

„Ich kann auf mich selbst aufpassen. Ich hatte den Eindringling bereits überwältigt, als du aufgetaucht bist, erinnerst du dich?" Ich sah Tom an. „Und dank dir weiß ich, wie man eine Waffe benutzt, also komme ich klar." Ich hielt inne, dann hätte ich fast gefragt, ob sie irgendwelche Hinweise zu Stephens Fall hatten, überlegte es mir aber anders. „Ist das alles?"

Tom nickte. „Für den Moment, ja."

„Warte", sagte Jake, als ich aufstand, „du wirst sie nicht fragen, ob sie uns dabei hilft, Stephen zu finden?"

Toms tiefbraune Augen sahen zuerst Jake an, dann mich, dann wieder Jake. „Nein, das werde ich nicht. Ms. Sunder hat es auch abgelehnt, unserer Dienststelle bei Vermisstenfällen zu helfen, als wir ihr anbieten konnten, sie zu bezahlen."

Jep, Tom hatte mir einen Job angeboten. Ich hätte dabei geholfen, die Fälle der Schrägen zu lösen, aber ich hatte mich für das viel angenehmere Suchen nach Gefährten entschieden. Ich war nicht so charakterstark wie er und würde wahrscheinlich vollkommen durchdrehen, wenn ich jeden Tag das Gleiche sehen würde.

Jake stieß Luft durch die Nase aus. „Ja, ich habe schon gehört, dass sie egoistisch geworden ist."

„Sie hat ihre Gründe und ich respektiere sie", sagte Tom und legte auf die letzten Worte besondere Betonung, um anzudeuten, dass Jake sie auch respektieren sollte. Tom öffnete einen Ordner und begann ihn durchzusehen, ein klares Zeichen dafür, dass er mit uns fertig war.

„Danke, Tom", sagte ich. „Viel Glück mit deinem Fall. Und schlaf ein wenig."

„Ich kann schlafen, wenn ich tot bin", sagte er ohne Aufzusehen.

Ich zog mein Handy aus der Hosentasche, verließ Toms Büro und wählte Rosalinas Nummer. Ich blieb stehen, als ich Jakes Hand auf meiner Schulter spürte.

„Also jetzt nennst du ihn schon *Tom*?", fragte er.

„Du warst eine Weile weg. Es hat sich hier eine Menge geändert."

Ich starrte spitz auf seine Finger, die auf meiner Schulter lagen. Er ließ mich los und hielt entschuldigend seine Hand hoch. Seine silbernen Augen waren fest auf meine gerichtet und er lehnte sich näher an mich heran. Ich wich sofort zurück und mein Blick fiel von selbst auf seinen Mund.

Er zog die Augenbrauen zusammen und spottete: „Sei nicht so selbstgefällig, Süße."

Die Wut zuckte in meiner Magengrube wie eine sich windende Schlange. *Dieser Bastard!* Ich wollte ihn auf der Stelle ohrfeigen, aber ich beherrschte mich. Bei all den uniformierten Polizisten hier war es nicht gerade eine gute Idee, eine Schlägerei anzufangen.

„Ich sehe, dass du immer noch derselbe selbstverliebte Arsch bist, der du immer warst", gab ich zurück. Er war auch immer noch unglaublich heiß und konnte mein Höschen mit einem glühenden Blick in Brand setzen. *Zum Teufel mit ihm!*

Gott, ich hasste ihn.

„Ich will dich nur warnen." Er beugte sich wieder vor und seine tiefe Stimme war nur ein Flüstern, bei dem sich die kleinen Haare an meinen Armen aufstellten. „Du musst vorsichtig sein. Das war kein zufälliger Angriff. Ich glaube, es hat mit Stephens Verschwinden zu tun."

„Hör auf, alles mit Stephen in Verbindung zu bringen." Entschlossen hielt ich seinen Blick. Auch wenn mein Höschen zu Asche geworden war, hatte ich immer noch die Hosen an und konnte mich behaupten. „Es war noch nie sicher in The Hill. Solche Dinge passieren."

„Entführung, Toni?"

Er hatte recht. Fahrerflucht, Einbruch, bewaffneter Raubüberfall, Raubüberfall mit Zauberei ... das war die Liste von Delikten, mit denen wir es eigentlich zu tun hatten, aber Entführung? Das gehörte zu einer ganz anderen Kategorie. Trotzdem würde er mich in nichts hineinziehen, bei dem ich nicht mitmachen wollte. Es hatte eine Menge Arbeit gekostet, mein Leben wieder aufzubauen und ich würde es jetzt nicht alles für ein paar glühende Augen und einen heißen Körper wegwerfen. Ganz zu schweigen von anderen *heißen* Dingen...

Ich straffte die Schultern. „Wie gesagt, ich kann auf mich selbst aufpassen und auch wenn ich das nicht könnte, ist es nicht deine Aufgabe, dir Sorgen um mich zu machen, oder? Du hast vor langer

Zeit damit aufgehört, also solltest du aufhören so zu tun, als wäre dir irgendjemand wichtig, wenn du eigentlich nur auf einen fetten Scheck von Ulfen Erickson aus bist."

Seine Miene verfinsterte sich. In seinem Kiefer bewegte sich ein Muskel und seine Augen glühten jetzt auf ganz andere Weise. *Oh-oh, ich hatte ihn verärgert. Gut!* Zu meiner Überraschung klang er unbeteiligt, als er sprach.

„Ich möchte nicht, dass dir etwas Schlimmes passiert, Toni."

„Wenn das nicht nett von dir ist. Aber ich komme klar. Zerbrich dir nicht deinen Werwolfkopf darüber." Ich drehte mich um und ging davon.

Ich dachte, ich sei ihn losgeworden, aber er holte mich draußen ein.

„Ich hoffe, du gehst nicht zurück in dein Büro", sagte er und versuchte beiläufig zu klingen.

Ich ignorierte ihn, als ich auf dem Bürgersteig stehen blieb und durch meine Kontakte scrollte. Es war nach Mitternacht und dunkelgraue Wolken waren am Himmel aufgezogen. Ich hoffte, dass es nicht regnen würde. Zumindest nicht so lange, bis ich bei Rosalina angekommen war.

„Kannst du irgendwo anders schlafen als im Loft?", fragte er.

Woher zum Teufel wusste er, dass ich im Loft wohnte?! Ich hob meine Augenbrauen und sah ihn an. „Also hast du mir hinterherspioniert."

„Es ist mein Job, Dinge zu wissen", meinte er.

„Wenn das so ist, solltest du wissen, wo ich hingehe. Wenn du mich jetzt entschuldigst, ich muss telefonieren."

Ich ging ein Stück von ihm weg und wählte Rosalinas Nummer.

„Ist alles in Ordnung?", war das Erste, was sie mit panischer Stimme sagte.

„Nicht unbedingt, aber mir geht es gut", versicherte ich ihr. „Ich muss ein paar Tage bei dir wohnen, wenn das okay ist?"

„Natürlich! Was ist passiert?"

„Das erzähle ich dir später. Jetzt muss ich erstmal von hier verschwinden. Ich bin in zwanzig Minuten da."

Ich beendete den Anruf und nahm dann ein Uber. Ich konnte gar nicht schnell genug von Jake wegkommen und es gefiel mir überhaupt nicht, wie er meinen Fahrer anstarrte. Er sah auf jeden Fall wie jemand aus, der dachte, es sei seine Aufgabe, sich um mich zu kümmern.

KAPITEL 11

Am nächsten Tag wachte ich mit schrecklichen Kopfschmerzen auf. Mein Kopf dröhnte und egal, wie viel von Rosalinas kolumbianischem Kaffee ich trank, er half nicht. Sie stand am Herd, rührte Eier und briet Speck, während ich an ihrem Küchentisch saß und den Kopf in die Hände stützte. Rosalina lebte in einer kleinen Eigentumswohnung in Soulard mit zwei Schlaf- und einem Badezimmer. Sie war erst vor sechs Monaten eingezogen und liebte es.

Unsere Partnerschaft hatte es zum Teil möglich gemacht. Sie hatte schon vorher gespart, aber mit der Agentur waren wir zahlungsfähig. Wir verdienten genug, um unseren Kredit, Miete und unsere Rechnungen zu bezahlen und hatten immer noch genug Geld, um Spaß zu haben, was nicht alle in unserem Alter von sich sagen konnten.

Nach dem, was ich in den kurzen sechzehn Monaten, in denen ich sie kannte, über Rosalina erfahren hatte, war sie immer vernünftig gewesen. Sie hatte Betriebswirtschaft studiert und immer gute Noten gehabt, auch wenn sie in ihrer Freizeit Aushilfsjobs gemacht und gespart hatte, soviel sie konnte. Bei einem dieser Jobs hatte ich sie kennengelernt. Starbucks, die Abendschicht nach ihren Kursen, ich hatte mir einen Espresso bestellt und als ich nicht genug Kleingeld hatte, winkte sie ab und sagte, das ginge aufs Haus. Nicht nur das, sie bemerkte auch mein hageres Gesicht und wie ich das Gebäck in der Glastheke anstierte.

Zu diesem Zeitpunkt war ich einen Monat auf der Straße gewesen, aber Almosen und Hunger waren mir immer noch peinlich. Ich hatte mir auf die Zunge gebissen und den Becher genommen, weil ich ein Loch im Bauch hatte. Ich war dankbar für etwas Warmes gewesen – draußen war es eiskalt – und setzte mich in eine Ecke, schlürfte meinen Kaffee und lauschte den Weihnachtsliedern aus den Lautsprechern an der Wand.

Nach Ladenschluss war ich nach draußen gegangen, hatte mich umgesehen und versucht, mich für eine Richtung zu entscheiden. Es hatte mir in den Fingern gejuckt, Mom oder Daniella, meine ältere Schwester, anzurufen, aber ich hasste den Gedanken daran, angekrochen zu kommen und wollte das unvermeidliche „Habe ich dir doch gesagt" nicht hören. Sturheit und Stolz standen hoch auf meiner Liste von Persönlichkeitsmerkmalen. Stattdessen hatte ich die Zähne zusammengebissen und war auf den Tower Grove Park zugelaufen. Dort hatte ich auch zuvor schon geschlafen.

„Hey", rief Rosalina und eilte mit einer großen Tüte in der Hand aus dem Kaffeehaus.

Ich drehte mich zu ihr um.

„Ich dachte, du hast vielleicht Hunger." Sie hielt mir die Tüte hin.

Ich starrte sie stirnrunzelnd an.

„Es ist nur ein Sandwich mit Ei. Schmeckt ganz gut", sagte sie mit einem sanften Lächeln, bei dem seltsamerweise mein Herz schmerzte.

Ich war pleite und schlief auf der Straße und dieser Espresso war mehr gewesen, als ich erwartet hatte. Und dann bot sie mir Essen an. Mein Magen knurrte schmerzhaft und ich konnte nicht ablehnen, nicht einmal, als sich mein Stolz in den Vordergrund rückte.

Langsam streckte ich die Hand aus und nahm die Papiertüte. Rosalina wartete mit demselben ermutigenden Gesichtsausdruck. Etwas an ihrer Miene berührte mich, wie nichts anderes es konnte. Vielleicht war ich in diesem Moment so verletzlich wie eine ausgesetzte Katze. Jedenfalls wollte ich sie sofort kennenlernen und ihre Freundin sein.

„Danke", sagte ich mit zitternder Stimme.

„Keine Ursache. Alles okay mit dir?", fragte sie und ihr Gesicht war voller aufrichtiger Sorge.

Ich nickte, eine Lüge. Ich war verängstigt, besorgt, dass ich mit durchgeschnittener Kehle in irgendeiner Gosse landen würde; ein weiteres Opfer der hohen Kriminalitätsrate von St. Louis.

Rosalina presste ihre Lippen zusammen. Mir war klar, dass sie mir nicht glaubte. „Ähm, ich wohne in der Nähe. Hast du Lust, ein bisschen rumzuhängen? Wir könnten Netflix gucken oder so."

Der Rest war Geschichte.

Jetzt lächelte ich meine Freundin liebevoll an, als sie mit zwei Tellern zum Tisch kam. Sie reichte mir einen davon und setzte sich gegenüber von mir hin. „Iss! Du brauchst deine Kraft für die Trance."

Ich stürzte mich auf die Eier und den Speck. Sie bereitete sie genau so zu, wie ich sie mochte, die Eier noch weich und der Speck knusprig.

„Danke", sagte ich mit vollem Mund. Normalerweise aß ich kein warmes Frühstück. Im Loft hatte ich keine Küche, also kam meine erste Mahlzeit des Tages aus einem Minikühlschrank. Ein Joghurt oder ein Stück Käse, was nie ausreichte.

Rosalina nahm ihre Kaffeetasse und hielt sie nachdenklich fest. „Die Nachrichten heute Morgen waren beunruhigend. Irgendwas über einen Kampf, der draußen in The Scourge zwischen Vampiren und Werwölfen ausgebrochen ist."

The Scourge war ein Industriegebiet, das übernatürlichen Wesen vorbehalten war. Normale Gesetze galten dort nicht und Fade und angreifbare Schräge gingen dort auf eigene Gefahr hin.

Sie fuhr fort. „Eine Werwolfbande hat ein paar junge Vampire verbrannt. Sie hielten sie im Freien fest, bis die Sonne herauskam."

Ich verzog das Gesicht. „Was für ein schrecklicher Tod."

„In dem Artikel stand, dass die Vampire zu Bernadetta Fiores Fraktion gehörten und dass der Angriff vielleicht mit der Entführung von Stephen Erickson in Verbindung steht."

„Es wird von Minute zu Minute schlimmer."

„Ja, so ist es."

Wir saßen einen Moment lang still da, dann kam Rosalina zur Sache.

„Okay", sie hielt ein Stück Speck zwischen Daumen und Zeigefinger fest, während sie sprach, „wir müssen ins Büro, um den Trank zu holen. Hoffentlich wird dich die Trance diesmal nicht so sehr umhauen, damit wir später wieder hingehen und sauber machen können."

„Klingt gut." Diese Trance musste wirklich glattlaufen. Um mit diesem Chaos im Moment fertig zu werden, musste ich voll bei der Sache sein.

„Gott, ich schwöre es, wenn ich den Bastard erwischen könnte, der dich angegriffen hat, würde ich ihn noch einmal töten", sagte Rosalina. „Und statt Käfern kämen dicke, fette Kakerlaken aus seinem Hintern und würden durch seinen Mund wieder reinkrabbeln."

Ich brach in Gelächter aus. „Vielleicht gibt es einen Grund dafür, dass du keine Hexe bist."

„Wer sagt, dass ich keine bin? Hier ist mein Zauberstab." Sie wedelte mit ihrem Stück Speck vor meinem Gesicht herum.

In ihrer Gesellschaft verflüchtigten sich meine Kopfschmerzen langsam. Sie konnte mich immer ablenken, sogar von einer versuchten Entführung. Ich hatte ihr immer noch nicht erzählt, was in Elf-hame passiert war, aber warum sollte ich ihr noch mehr Sorgen bereiten?

Eine Stunde später kamen wir bei der Agentur an. Sie parkte ihr Auto vor der Tür, einen roten Scion, oder „die Box mit Rädern", wie sie ihn nannte. Sie hatte es sich vor drei Monaten gekauft. Es war nicht neu, aber es war super in Schuss. Nur zwanzigtausend auf dem Kilometerzähler, kein einziger Kratzer, kein Unfallbericht und kein Zigarettengestank im Innenraum. Sie hatte sich sofort in den Wagen verliebt, auch wenn er wie ein Würfel geformt war und die Aerodynamik eines Möbelstücks hatte.

Heute fiel Rosalina ihr schwarzes Haar in Locken auf die Schultern. Ihr Augenmakeup glitzerte makellos und passte zum unauffälligen Blau ihrer Bluse.

Wir gingen zur Tür. Gelbes Absperrband erstreckte sich davor. Ich riss es ab und knüllte es zu einer festen Kugel zusammen, als eine Welle der Panik von gestern Nacht meine Brust erfüllte.

„Das kann nicht gut fürs Geschäft sein", sagte ich, als mein Blick ohne meine Erlaubnis zur Tür nebenan wanderte.

Rosalina legte einen Finger an mein Kinn und lenkte meine Aufmerksamkeit wieder auf die Tür. „Immer schön das Ziel im Auge behalten, weißt du noch?"

Ich nickte und atmete tief durch. Bevor wir ihre Wohnung verließen, hatte ich sie gebeten, mich daran zu erinnern, Jake zu vergessen.

„Gott, du hast mir nicht gesagt, dass es so schlimm ist." Rosalina verzog das Gesicht, als sie durch die verglaste Tür spähte.

„Ich finde nicht, dass es—" Ich verstummte, als ich die Tür öffnete und das Chaos sah: offene Aktenschränke, zertrampelte Papiere auf dem Boden. Rosalinas Schreibtisch war durchwühlt worden und ihr Laptop war weg. Als ich eintrat, machte mich diese Katastrophe sprachlos.

„So schlimm war es nicht, als die Polizei uns weggebracht hat", hörte ich mich sagen.

„Was ist dann passiert?"

„Ich weiß es nicht." Ich drückte eine Hand gegen meine Stirn und versuchte mir vorzustellen, was das für die Agentur bedeuten könnte. Würde es unseren Ruf ruinieren? Würden wir potenzielle Klienten verlieren? Bei diesem Gedanken drehte ich meinen Kopf ruckartig in Richtung meines Büros.

„Der Trank!", rief ich.

Ich umklammerte fest meine Tasche, da ich den Revolver hineingesteckt hatte. Bei zwei Anschlägen auf mich fühlte ich mich sicherer, wenn ich ihn dabeihatte. Ich trat vorsichtig über die Papiere auf dem Boden und ging in mein Büro. Dort erwartete mich ein ähnliches Chaos. Sie hatten auch meinen Schreibtisch durchwühlt und meinen Laptop gestohlen.

„Verdammt", murmelte Rosalina, als sie hinter mir eintrat.

Mit zitternden Händen öffnete ich die Tür zur Nische, in der ich die Tränke braute. Hatten sie es geschafft, den Zauber meiner Mutter zu durchbrechen?

Bitte nicht. Bitte nicht.

Aber sie hatten es geschafft. Mein Herz wurde schwer. Alles darin war zerstört. Die Regale und winzigen Schubladen, die ich sauber und aufgeräumt hielt, waren leer und der Inhalt war auf dem Boden verteilt – alle meine Zutaten waren ruiniert.

Ihre unverwechselbaren Düfte hingen in der Luft und vermischten sich zu einem schrägen Potpourri, bei dem ich zusammenzuckte. Ein vertrauter Geruch war dabei, aber ich konnte ihn nicht bestimmen.

Verdammt, ich würde zurück nach Elf-hame gehen und ein Vermögen dafür ausgeben müssen, alles zu ersetzen.

Und Celinas Trank? Ich wollte nicht aufsehen, um zu sehen, dass er zerbrochen und über meinem Arbeitstisch verschüttet war.

„Zumindest ist der Trank nicht kaputt", sagte Rosalina, bevor ich hinsehen konnte.

Ich stieß erleichtert die Luft aus, die ich angehalten hatte. Wenn der Trank noch intakt war, könnte ich heute arbeiten und wenigstens eine unserer Klientinnen glücklich machen. Wir würden ein paar Termine absagen müssen, bis wir alles ersetzt hatten; ein Luxus, den wir uns eigentlich nicht leisten konnten, weil wir nur ein paar Kunden im Monat annehmen konnten. Was für ein Chaos!

Rosalina legte eine warme Hand auf meine Schulter. „Alles ist gut, Toni. Mach dir keine Sorgen. Die Versicherung wird für die Laptops und alles andere, das kaputt ist, aufkommen. Ich werde mich daran machen, es dort zu melden und die Polizei anrufen, um herauszufinden, was passiert ist. Der Rest sollte einfach sein. Ich sammle alle Akten auf und sehe nach, ob alles noch da ist."

Ich nickte. „Du bist ein Engel, Rosalina. Danke."

„Du musst mir nicht danken. Wir sind ein Team."

Ich sah auf die zerbrochenen Flaschen und ruinierten Zutaten auf dem Boden. „Verdammt! Das ist alles richtig teuer."

„Wir könnten es alles als Verlust melden", sagte Rosalina zuversichtlich. „Wer könnte das getan haben? Und warum?"

„Ich habe keine Ahnung. Vielleicht die Konkurrenz? Ein Wahnsinniger? Ich will gar nicht nach oben gehen", sagte ich und stellte mir vor, wie alles durchwühlt worden war und auf dem Boden lag; meine Unterwäsche und vielleicht sogar der arme Cupid, den ich nicht gefüttert hatte. Schon wieder.

„Ich sehe nach." Rosalina rannte die Treppe hinauf. Eine Minute später kam sie wieder.

„Es ist unberührt", sagte sie stirnrunzelnd.

„Das ist komisch. Nicht, dass ich mich beschweren würde. Geht es Cupid gut?"

„Ja, es geht ihm gut."

Es schien unwahrscheinlich, dass derjenige, der das Büro auf der Suche nach wer weiß was durchwühlt hatte, gegangen war, ohne das Loft zu durchsuchen.

„Vielleicht müssen wir uns wirklich diese Alarmanlage gönnen, von der wir gesprochen haben. Nur eine weitere Schutzmaßnahme neben den Zaubern", sagte Rosalina.

„Ja, also ..." Ich rollte meine Schultern und zwang mich, mich zu entspannen. „Machen wir eine Liste."

„Alles klar. Lass mich einen Block und einen Stift holen."

Sie ging zurück, um sich ihren Schreibtisch anzusehen. Da tauchte in meinem Unterbewusstsein, das mit den Verlusten beschäftigt gewesen war, ein Name für den vertrauten Duft auf, den ich zwischen meinen ruinierten Zutaten gerochen hatte.

Jake!

Er war in meiner Nische gewesen. Aber warum? Versuchte er, mich zu sabotieren? Mein Geschäft zu ruinieren, damit ich ihm helfen würde? Gott, ich würde ihn umbringen.

Wut brannte in mir auf. Ich wirbelte herum und stürmte hinaus.

KAPITEL 12

I ch platzte mit Feuer unter dem Hintern in Jakes Büro und diesmal war es vor Wut. Er hatte die Tür wieder unverschlossen gelassen, auch wenn niemand dort war, zumindest nicht im vorderen Raum.

„Jake!", brüllte ich, als die Eingangstür hinter mir zuschlug. „Jacob Knight!", rief ich wieder.

Er tauchte durch eine Tür im hinteren Bereich des Zimmers auf und trug nichts als einer Jeans und Motorradstiefeln. Er säuberte seine Finger gerade mit einem Lappen. An ihnen klebte etwas Weißes, das aussah wie Silikon. Ein leichter Schweißfilm bedeckte seine ausgeprägten Muskeln. Und ich schwöre, wenn ich nicht so wütend gewesen wäre, hätte ich vor mich hin gestammelt. Stattdessen steigerte sich meine Wut ins Unermessliche. Niemand hatte ein Recht darauf, so verdammt heiß, sexy und nervtötend zu sein.

„Du bist hier", sagte er erleichtert. „Etwas ist passiert—"

„Du warst es, oder? Das ist deine verdrehte Art, mich in dieses Erickson-Schlamassel hineinzuziehen."

Er runzelte die Stirn und ließ den Lappen auf den Boden fallen. „Wovon sprichst du da?"

„Unser Büro, unsere Sachen ... das warst *du*?" Es sollte wie eine Anschuldigung klingen, aber es hörte sich eher an wie eine Frage.

„Warte, du denkst, dass ich euer Büro zerstört habe? Du denkst wirklich, dass ich dazu imstande wäre?"

„Du hast schon Schlimmeres getan", gab ich zurück. „Ich kann dich überall im Büro riechen."

Ein Muskel in Jakes stoppeligem Kiefer zuckte. Nach einem angespannten Moment schnaubte er und schüttelte den Kopf. „Hör zu, Folgendes ist passiert: ganz früh heute Morgen, vor dem Sonnenaufgang, habe ich nebenan Geräusche gehört. Ich dachte, dass du vielleicht wieder da bist, also habe ich mich angezogen und bin nachsehen gegangen. Als ich dort ankam, war, wer auch immer den Laden zerstört hat, weg. Ich habe die Polizei gerufen. Sie sind gekommen und haben es sich angesehen, aber..." Er hob seine Hand und zuckte die Achseln. „Also nein, *ich* war es nicht."

Ich fuhr mit meinen steifen Fingern durch mein Haar und ein Wirrwarr von Gefühlen krachte wie eine Abrissbirne in meine Brust. Okay, vielleicht hatte er mein Büro nicht zerstört, aber es war erst ein Tag vergangen, seit Jacob Knight wieder in mein Leben getreten war und alles stand Kopf.

„Weißt du", sagte ich. „Mom und Daniella haben mir beide mehrmals gesagt, dass du nicht gut für mich bist, aber ich habe nie auf sie gehört."

Jakes silberne Augen verdunkelten sich und seine Schultern spannten sich an, als er meinen Blick hielt.

„Bis zu dem Tag, an dem du gegangen bist, habe ich die Wahrheit nicht erkannt und jetzt fühlt es sich an, als würde ich es alles noch einmal erleben, wie ein verdammtes Déjà-vu. Du bist erst gestern hier angekommen und sieh dir an, wie *toll* die Dinge laufen."

„Das ist nicht fair", sagte er leise flüsternd, was erschreckender war, als jeder Wutausbruch, den er hätte haben können.

Mit seinem kräftigen Körper kam er näher und seine Muskeln spannten sich unter seiner goldenen Haut an. Ich trat auch einen Schritt näher an ihn heran. Ich würde nicht zulassen, dass diese Spannung zwischen uns mich kontrollierte. Zu meiner Zufriedenheit erschauderte er und blieb stehen. Sein Blick wanderte an meinem Körper entlang. Er leckte sich über die Lippen und spannte dann den Kiefer an.

Ein Anflug von selbstgefälligem Stolz durchfuhr mich. Es schien, dass die starke Anziehung, die er früher für mich empfunden hatte, immer noch vorhanden war. Diese Erkenntnis gab mir ein gutes und ein schlechtes Gefühl zugleich. Ein gutes, weil es schien, dass er die Vergangenheit auch nicht hinter sich lassen konnte. Und ein schlechtes, weil es mich verwirrte, denn dadurch stellte ich mir neue Fragen darüber, warum er mich verlassen hatte.

Natürlich musste ich mich schnell wieder daran erinnern, dass Anziehung und Liebe zwei ganz andere Dinge waren.

„Komm mir einfach nicht in die Quere", sagte ich. „Dann werde ich dich nicht beschuldigen müssen, wenn noch etwas schiefgeht."

Ich trat einen Schritt zurück und war bereit zu gehen.

„Du schwebst in Gefahr, Toni, und das hat nichts mit mir zu tun."

„So sehe ich das nicht."

„Was zwischen uns passiert ist, beeinflusst deine Wahrnehmung und bringt dich in Lebensgefahr", sagte er. „Wenn du mich fragst, passiert gerade genau das hier: Wer auch immer Stephen entführt hat, will nicht, dass man ihn findet, aus offensichtlichen Gründen. Derjenige weiß, dass du mit ihm zusammen warst und vielleicht beschließt, ihn aufzuspüren, also sorgt er dafür, dass das nicht passiert. Du bist eine hervorragende Fährtensucherin und das weiß er."

„Du versuchst nur, mich da hineinzuziehen. *Ich* will mich nicht einmischen, also bring diese Kriminellen nicht auf irgendwelche Ideen."

Er fuhr mit der Hand durch sein weiches Haar.

Weich? Was zur Hölle, Toni? Hör auf, so zu denken.

Aber wie könnte man es mir verübeln? Ich wusste genau, wie wunderbar sich sein Haar zwischen meinen Fingern anfühlte. Ich hatte es schon oft berührt und hatte meine Hände darin vergraben, als wir Liebe gemacht hatten. Ich erschauderte. *Ah!* Es wurde immer schlimmer. Ich musste hier verschwinden. Ich drehte mich auf dem Absatz um, steuerte auf die Tür zu und öffnete sie.

„Du steckst schon mittendrin, ob du es willst oder nicht." Natürlich musste er immer das letzte Wort haben.

Ich stampfte zurück in mein Büro, wobei seine Stimme immer noch in meinen Ohren widerhallte.

„Er macht mich wahnsinnig", knurrte ich, als ich hineinstürmte und mich auf einen Stuhl fallen ließ.

Rosalina beugte sich gerade herunter, sammelte Papiere auf und stapelte sie. Sie richtete sich zu ihrer vollen Größe von einem Meter fünfundsechzig auf. Sie trug flache Schuhe.

„Ich hätte dir sagen können, dass es unproduktiv ist, da rüberzugehen, aber..." Sie zuckte die Achseln.

„Das Schlimmste an der Sache ist", ich hasste es, das zuzugeben, „dass er recht hat."

Ihre perfekt gezupften Augenbrauen hoben sich. Sie ließ die Papiere los, setzte sich und schenkte mir ihre volle Aufmerksamkeit. „Wenn du ihm zustimmst, wird es jetzt richtig interessant." Sie wackelte mit ihren Fingern, was „Komm her" bedeuten sollte. „Erzähl!"

Ich wiederholte fast wortgenau, was Jake gesagt hatte. Während ich sprach, veränderte sich Rosalinas Gesichtsausdruck und wurde langsam besorgt. „Wir hätten wissen müssen, dass die Entführer hinter dir her sein würden", sagte sie, als ich fertig war.

„Ich weiß, aber ich war so beschäftigt damit, auf Jake wütend zu sein, dass ... ach, egal, was meinst du, sollen wir tun?"

„Nach China ziehen?", schlug sie vor. „Es sieht nicht gut aus. Bernadetta Fiore und ihre Leute sind skrupellos und ein Krieg zwischen ihr und Ulfen Erickson würde für niemanden gut ausgehen."

„Wenn es die Dunkle Donna war, die Stephen entführt hat."

„Wer sonst? Ich glaube, die ständige Fehde zwischen Vampiren und Werwölfen hat endlich einen Höhepunkt erreicht." Rosalina stand von dem Stuhl auf und fing an, im Büro herumzulaufen. „Toni, das ist schlimm."

Das sagte sie *mir*? Ich war gestern Abend fast entführt worden. Zweimal. Hatte Bernadetta Das Große Krabbeln und den Magier geschickt? Ich kannte sie nicht, also hatte sie keinen Grund dazu, mir wehtun zu wollen. Aber wem machte ich eigentlich etwas vor? Vampire, besonders mächtige wie sie, hatten keinen Respekt vor dem Leben und nahmen sich, was sie wollten, ohne um Erlaubnis zu fragen.

„Tja, ich ziehe nicht nach China oder irgendwo sonst hin", sagte ich entschlossen. „Ich kann nicht zulassen, dass Jake und seine Welt wieder mein Leben ruinieren."

„So sehr du es auch hasst, du bist auch Teil dieser Welt, Toni", erinnerte sie mich.

Über ein Jahr lang hatte ich einen Eindruck von einem normalen Leben bekommen. Ja, ich hatte meine Fähigkeit als Schräge benutzt, um meine Brötchen zu verdienen, aber wir arbeiteten nur mit Klienten, die Fade waren, mit wenigen Ausnahmen. Ihre Leben waren einfacher, fast schon simpel und ich tat gern so, als sei ich eine von ihnen. War meine Zeit des friedlichen Daseins vorbei?

„Danke, dass du mich daran erinnerst", schimpfte ich.

„Also, was jetzt? Kaufe ich die Tickets nach China? Wir könnten auch nach Spanien gehen, da könnte ich mein Spanisch nutzen."

„Keine schlechte Idee." Ich tat so, als würde ich es mir überlegen, aber wem wollte ich etwas vormachen? Ich konnte St. Louis nicht verlassen. Meine Familie und alles, wofür wir so hart gearbeitet hatten, war hier.

„Vielleicht halten wir uns einfach bedeckt, bis es sich von selbst löst", schlug sie vor, weil sie genau wusste, dass wir nirgendwo hingehen würden. „Wir können von meiner Wohnung aus arbeiten und Termine mit potenziellen Kunden in Kaffeehäusern oder Restaurants vereinbaren. So bist du auch nicht in der Nähe von..." Sie bewegte ihren Daumen in Richtung von Jakes Büro.

„Abgemacht. Ich hole ein paar Sachen von oben."

„Und ich sammle ein paar Akten zusammen. Ich habe außerdem schon meine Schwester angerufen und sie gefragt, ob ich den Laptop benutzen kann, den sie nicht braucht. Sie hat gesagt, es sei kein Problem."

„Super! Dann sind wir wieder im Geschäft. Typen polieren und Fressen einlochen." Ich stand auf und wir gaben uns ein High Five. Wir fanden diesen Spruch aus irgendeinem Avengers-Film total lustig und benutzten ihn ziemlich oft.

KAPITEL 13

Am Nachmittag hatte ich Rosalinas Gästezimmer zu meinem gemacht. Die Kleidung, die ich schnell in eine Tasche gestopft hatte, hingen bereits im Schrank und Cupids Aquarium stand auf der Kommode. Aber wichtiger war, dass Celinas purpurner Trank auf dem Nachttisch stand und in einer flachen Schüssel wartete. Ich hatte die Vorhänge zugezogen und auch wenn die Sonne an ihrem höchsten Punkt stand, kam fast kein Licht in den kleinen, mit Teppich ausgelegten Raum. Und ich war in bequeme Kleidung geschlüpft: in meinen Lieblingspyjama aus Flanell mit Herzchenmuster.

Ich kaute auf meiner Unterlippe herum und machte mir Gedanken darüber, ob mich noch mehr Entführer finden würden, aber diese Wohnung war über und über mit Schutzzaubern ausgerüstet. Mom hatte sich mit ihrer Arbeit übertroffen und dazu verfügte der Wohnkomplex über Sicherheitsmaßnahmen der Faden und Schrägen – einer der Gründe, warum Rosalina die Wohnung gekauft hatte.

Sie tauchte an der Tür auf, immer noch in ihrer Arbeitskleidung, allerdings war sie jetzt barfuß.

„Bereit?", fragte sie.

Ich nickte ihr entschlossen zu und setzte mich auf die Kante des Doppelbettes. Der Trank schimmerte in der Schüssel, als ob eine Sternenkonstellation in ihm gefangen war. Ich hasste diesen Teil, nicht so sehr wegen der Trance, sondern wegen dem, was danach passieren würde.

Magie hatte immer einen Preis und der Preis, den ich bezahlte, erwies sich als eine echte Qual.

Rosalina schenkte mir ein ermutigendes Lächeln. „Ich bin hier. Ich kümmere mich um dich."

Und das tat sie wirklich. Das Beste war, dass sie bei mir sein würde, wenn die Trance zu Ende war. Ich hatte es schon mal allein gemacht und ein paar Mal war es einfach nur schrecklich gewesen.

Ich atmete tief ein, stand auf und sah die Schüssel an. Vielleicht wäre es dieses Mal gar nicht so schlimm. Ich konnte es nur hoffen. Langsam tauchte ich meine Hände bis zu den Handgelenken in den Trank. Als ich sie herauszog, sah es aus, als hätte ich ein Paar glänzende Pailettenhandschuhe angezogen. Was vorher eine Flüssigkeit gewesen war, klebte jetzt an mir wie eine zweite Haut. Ich hielt meine Hände hoch, wie ein Chirurg, der sich gerade die Hände frisch desinfiziert hatte, kletterte ins Bett und machte es mir bequem.

Rosalina kam herüber und zog die Decke bis über meine Brust, wobei sie darauf achtete, meine ausgestreckten Hände nicht zu berühren. Sie wusste, dass ich es gern warm hatte. Außerdem fühlte ich mich durch die Decke irgendwie sicher und geborgen.

„Tschüssi." Ich wackelte mit den Fingern.

Sie lächelte, ein wenig traurig, aber doch ermutigend.

Langsam senkte ich meine Hände und drückte meine steifen Fingerspitzen sanft auf meine geschlossenen Augen. Meine Augenlider kribbelten. Als Nächstes neigte ich den Kopf zurück und fuhr mit den Fingern nach unten, bis ich meine Nasenlöcher erreichte. Der Duft von Schokokeksen überkam mich. Ich streckte die Zunge heraus und kostete von dem Trank. Der Geschmack erinnerte mich an dasselbe süße Gebäck. Als letztes berührte ich meine Ohren und forderte so alle meine Sinne.

Nach einem langen Moment verschwand der Trank und mein Gesicht und meine Hände waren so sauber, als wäre er nie da gewesen. Ich blinzelte und öffnete die Augen, dann legte ich meine Hände neben mir ab. Als ich zu Rosalina aufsah, kam sie mir vor, wie ein Engel aus dem Himmel. Um sie herum war ein warmes Glühen, während winzige weiße

Sterne um sie herum aufflackerten ... das sah ich gern, bevor der Zauber mich einnahm.

Wie von selbst schlossen sich meine Augen und ich fand mich an einem Ort wieder, der aussah wie die Valentinstagstüte eines Kindergartenkindes. Schimmernder Glitter schwebte in der tiefen Schwärze um mich herum. Einzelne Teile glitzerten und es herrschte Stille, ein Zeichen dafür, dass der Trank gewirkt hatte.

Es war so friedlich, dass ich dort für immer hätte weiter schweben können, aber ich musste mich an die Arbeit machen.

Jemanden mit meinen Fähigkeiten aufzuspüren erforderte, dass ich meine Sinne nutzte. Ich konnte vier von ihnen nutzen, aber ich wollte eigentlich nur einen davon beanspruchen. Das wäre aber zu einfach gewesen.

Ich begann immer mit meinem stärksten, wenn auch unbrauchbarsten Sinn: dem Geruchssinn.

Nach und nach aktivierte ich ihn und meine schillernde Zwischenwelt füllte sich mit einer Vielzahl von Düften, die meine Erinnerungen auf Hochtouren laufen ließen. Der Geruchssinn konnte am besten Erinnerungen wachrufen und Momente und Orte zurückbringen, die vergessen schienen. Ein Hauch von Cannoli oder hausgemachter Tomatensoße erinnerte mich zum Beispiel an Nonna, die in ihrer großen Küche kochte und auf meine Finger schlug, wenn ich sie anstatt zu helfen in die Schüssel steckte.

Schneller als meine kleine Schwester Lucia die Partner wechselte, untersuchte ich die Düfte, die in mein schimmerndes Universum wehten. Ich erkannte viele verschiedene: Autoabgase, Zigarettenrauch, Kölnischwasser, Mulch, Körpergeruch, gegrilltes Fleisch und mehr – alles von Orten, an denen sich einer von Celinas potenziellen Partnern gerade aufhielt.

Die meisten Leute glaubten, dass nur ein geeigneter Gefährte für sie existierte und ich widersprach ihnen nicht gern. Dadurch wurden Unklarheiten auf ein Minimum geschränkt und es hielt skeptische Klienten davon ab, Fragen zu stellen, die zu schwer zu beantworten waren. Auf der Erde lebten mehr als sieben Milliarden Menschen. Die Vorstellung, dass nur eine andere Person der perfekte Partner für jemanden sein konnte, war lächerlich. Es stimmte zwar, dass einige von ihnen vielleicht nicht dieselbe Sprache sprachen, aber trotzdem. Es gab nicht umsonst Übersetzungs-Apps.

So schnell wie möglich – je länger ich in der Trance blieb, desto länger bräuchte ich, um mich zu erholen – erfasste ich jeden Duft und versuchte, sie in meinem Erinnerungsregister zu finden, in der Hoffnung, dass sie von einem mir bekannten Ort stammten, hoffentlich irgendwo in St. Louis oder zumindest in einer Stadt, in der ich schon einmal gewesen war. Ich nahm mir vor, an verschiedene Orte zu reisen, um meinen Katalog zu ergänzen und meine Erfolgsquote zu erhöhen.

Einen bestimmten Geruch konnte ich ohne Probleme erkennen. Er kam von einem Hamburgerladen, den ich mochte. Das Problem: Es war eine Kette. Es konnte Tausende davon überall im Land geben und vielleicht sogar auf der ganzen Welt, aber da ich ihn erkannte, konzentrierte ich mich darauf. Doch dieser Hinweis war zu allgemein. Ich musste die Suche eingrenzen.

Verdammt! Wie gesagt, war die Vorstellung, nur einen Sinn benutzen zu müssen, zu gut, um wahr zu sein.

Es war Zeit für den nächst entbehrlichsten Sinn: mein Gehör. Aber bevor ich weitermachte, konzentrierte ich mich auf den starken, männlichen Duft, der mir einzigartig vorkam. Es war der vorherrschende Geruch von einem von Celinas Gefährten.

Als ich mir sicher war, dass ich ihn in meinem Gedächtnis gespeichert hatte, fing ich an, meine Ohren zu nutzen. Sofort wurde meine schimmernde Umgebung von einer Flut von Geräuschen erfüllt. Hupen, ein Vorschlaghammer, das Stimmengewirr in einer Menschenmenge, ein Husten, ein Rasenmäher, der tiefe Bass eines Rap-Songs, ein lauter Furz. Die meisten waren unbrauchbar, es waren Geräusche, die man fast überall hören konnte. Frustriert durchforstete ich sie, verwarf sie, stellte einen nach dem anderen ab und reduzierte die Kakophonie allmählich auf ein erträgliches Maß.

Mist! Das dauerte jetzt schon zu lange. Ich wusste, dass ich mich beeilen musste, aber unter Stress wurde ich ungeschickt. Ich stolperte über die Geräusche und zögerte, sie zu verwerfen, auch wenn sie irrelevant waren.

Schließlich erregte eines der Geräusche zwischen den anderen meine Aufmerksamkeit. Es wiederholte sich immer wieder, was bedeutete, dass der potenzielle Partner, mein Ziel, es oft hörte, vielleicht sogar jeden Tag.

Und noch besser war, dass ich es erkannte!

Es kam von den Glocken der Cathedral Basilica, die ankündigten, dass eine neue Stunde begann.

Bingo!

St. Louis hatte vielleicht nicht sieben Milliarden Einwohner, aber bei fast drei Millionen im Stadtgebiet war die Wahrscheinlichkeit, hier einen Partner zu finden, nicht schlecht. Außerdem, wer könnte kompatibler sein als jemand, der quasi direkt hinter dem eigenen Haus lebte?

Ohne Zeit zu verlieren, riss ich mich aus der Trance und atmete erleichtert auf, als ich zu mir kam.

Rosalina sagte immer, dass es ihr Angst machte, mich bei einer Trance zu beobachten, weil meine Augenlider nicht flatterten und meine Brust sich kaum hob und senkte. So wie es sich anhörte, sah ich wohl aus, als wäre ich tot oder im Koma, aber ich hatte nie Probleme dabei gehabt, mich aus einer Trance aufzuwecken, obwohl ich mich manchmal fragte ... was, wenn ich mal in einer stecken blieb?

Meine Augen flogen auf. Die Erschöpfung lastete auf allen meinen Gliedern und ich fühlte mich, als ob ich heftig gefeiert und einen fiesen Kater hätte.

Rosalina saß neben mir und hielt meine Hand. Sie lächelte, als ich sie ansah und schien erleichtert, dass ich nur zwei Sinne benutzt hatte. Sie wusste es, weil ich sie noch sehen konnte.

Abgesehen davon, dass ich mich wie ein nasser Lappen fühlte, war der Preis, den ich für das Aufspüren zahlte, der Verlust der Sinne, die ich während der Trance benutzte. Der Verlust meiner Sinne traf mich natürlich am meisten. Für jede Minute, die ich in Trance war, fielen meine Sinne eine Stunde lang aus. In der Vergangenheit war ich taub, blind, anosmisch (unfähig zu riechen) und hypoästhetisch (unempfindlich für Berührungen) gewesen. Meinen Geschmackssinn hatte ich noch nicht verloren. Ich hatte ihn während meiner Trance nie benutzt. Zu erfahren, was mein Ziel jeden Morgen zum Frühstück aß, erschien mir nicht sinnvoll.

Wie immer schlug mir sofort das Fehlen von Gerüchen entgegen. Der Verlust meines stärksten Sinns war schrecklich, schlimmer als Müllcontainer zu durchsuchen und auf Crack die fauligen Säfte einzuatmen. Da war ich mir sicher. Dass die Luft plötzlich so leer und tot war, beunruhigte mich zutiefst und gab mir das Gefühl, keinen Halt zu haben. Mit der Stille konnte ich umgehen. Der Frieden und die Einsamkeit der Abwesenheit aller Geräusche war nicht schlecht. Aber das Fehlen von Gerüchen ... das war echt seltsam.

Rosalina seufzte und ihre Hände bewegten sich, als sie das Wort „Lesen" formte. Sie hielt den E-Reader hoch.

Ich sagte „Ja", aber konnte mich selbst nicht hören.

Sie und ich lernten Gebärdensprache, damit wir uns verständigen konnten. Es war ihre Idee gewesen. Sie bemühte sich auch, die Zeiten, in denen ich taub war, so angenehm, stressfrei und erholsam wie möglich zu gestalten. Mit Lesen schafften wir das.

Sie hob den Kopf und zog die Brauen zusammen, als sie auf etwas lauschte.

„Was ist los?", fragte ich.

Sie stieß ihre Faust in ihre offene Handfläche, um mir zu zeigen, dass jemand an der Tür klopfte. In einer fließenden Bewegung sprang sie auf die Füße und drehte ihren steifen Rücken zu mir.

Mist! Irgendwie hatte ich das Gefühl, dass es kein freundliches Klopfen war.

Benommen kletterte ich aus dem Bett und stellte mir vor, wie ein weiterer Entführer versuchte, die Tür einzureißen. Meine schwachen Beine protestierten, als ich aufstand.

Oh Gott, sie haben uns gefunden!

Ich sah mich um und suchte nach etwas, das ich als Waffe benutzen konnte. Die Lampe auf dem Nachttisch schrie „Nimm mich!". Unbeholfen warf ich den Lampenschirm aufs Bett, zog die Lampe aus der Steckdose und hielt sie wie einen Baseballschläger; ich war bereit, jedem, der durch die Tür kommen würde, direkt damit in die Eier zu schlagen, denn ich war sicher, dass der Eindringling zwei davon hatte. Meine Arme zitterten wie Nudeln.

Rosalinas Schultern entspannten sich.

Wie? Kein Großes Krabbeln?

Sie drehte sich um und sah die Lampe und meine bedrohliche Haltung. Sie lachte und zuckte die Schultern, als wollte sie sagen: *„Klar, du kannst ihn gerne* eierlos *prügeln."*

Ich war gelinde gesagt verwirrt.

Rosalina bedeutete mir, die Lampe abzustellen und formte dann mühsam vier Buchstaben mit ihren Fingern.

J-A-K-E.

Ich rollte mit den Augen. „Argh, ich werde ihn umbringen."

Warum zur Hölle konnte er uns nicht in Ruhe lassen?

KAPITEL 14

"Sag ihm, dass ich nicht hier bin", wies ich Rosalina an.

Sie nickte, lief aus dem Schlafzimmer und schloss die Tür. Ich setzte mich auf die Bettkante, biss mir auf dem Daumennagel herum und wippte mit einem Bein.

Wie in einer Million Hexenlichter hatte er uns gefunden?

Es ist mein Job, Dinge zu wissen, hörte ich seine nervtötend heiße Stimme in meinem Kopf.

Dies war der schlimmstmögliche Zeitpunkt, an dem Jake hätte auftauchen können. Ich hatte die Nebenwirkungen meiner Fähigkeit absichtlich vor ihm geheim gehalten. Damals hatte ich Angst gehabt, dass er mich sie nicht benutzen lassen würde. Meine Sinne zu verlieren war traumatisch, aber das war nicht das einzige Problem. Wenn ich Leute aufspürte, die Ärger hatten, dann bekam ich ihre Emotionen mit voller Wucht ab. Angst, Verzweiflung, Hoffnungslosigkeit, Schmerz.

Gefährten aufzuspüren war im Vergleich dazu ein Kinderspiel.

Jetzt war es egal, ob Jake es herausfand, aber meine Bürde war etwas Privates und ich fand nicht, dass er es verdient hatte, davon zu erfahren.

Mein Herz hämmerte in meiner Brust, als ich versuchte, mir auszumalen, warum er hergekommen war. Was erzählte er Rosalina da draußen? War etwas—

Die Schlafzimmertür schlug auf und Jake stürmte herein. Rosalina war direkt hinter ihm und zog vergeblich an seinem kolossalen Bizeps. Sein Mund bewegte sich rasend schnell und ich hatte keinen blassen Schimmer, was er sagte.

Mein Blick, der förmlich nach Hilfe schrie, wanderte von ihm zu Rosalina. Sie trat einen Schritt zurück, sodass Jake sie nicht sehen konnte und fing an, Zeichen mit den Fingern zu formen. Sie stolperte regelrecht über die Worte. Und das konnte ich ihr nicht verübeln, denn ich bezweifelte, dass sogar einer von diesen professionellen Fernsehdolmetschern bei Pressekonferenzen Probleme dabei gehabt hätte, bei Jakes Gequassel mitzuhalten. Ganz ehrlich, es musste Gequassel sein. Niemand konnte seinen Mund so schnell bewegen und dabei etwas Sinnvolles sagen.

Rosalina formte Zeichen, die aussahen wie „Pinke Welpen haben die Kontrolle über das Weiße Haus übernommen."

Ich starrte sie mit offenem Mund an. „Was?"

Sie versuchte es noch einmal. „Finger, verdammter Finger."

Was versuchte sie mir mitzuteilen? Was auch immer es war, es klang versaut. Oder wollte sie, dass ich Jake den Mittelfinger zeigte? Das würde ich gern tun, aber ich wollte, dass es zum Kontext passte. Andernfalls würde er merken, dass ich keine Ahnung hatte, was los war.

Jake starrte mich an und mit seinem Stirnrunzeln kam diese kleine Falte zwischen seinen Augenbrauen wieder zum Vorschein. Er schien etwas zu erwarten, wahrscheinlich, dass ich etwas sagte. Rosalina nutzte weiter Zeichensprache, aber ich konnte mir keinen Reim darauf machen. Jake richtete seine Aufmerksamkeit plötzlich auf Rosalina.

Ihre Hände erstarrten in der Luft. Sie lächelte ihn verlegen an und strich ihr Kleid glatt, um lässig zu wirken. Heiliger Strohsack, in Hollywood würde sie verhungern.

Jake machte ein „Was ist los mit dir?"-Gesicht, dann packte er sie am Arm, führte sie aus dem Zimmer und ließ die Tür ins Schloss fallen.

„Hey, das hier ist ihre Wohnung. Das kannst du nicht", sagte ich, verärgert über seine Dreistigkeit.

Er wirbelte herum und seine Lippen bewegten sich schneller, als die meiner Mutter, wenn sie herausgefunden hatte, dass ich mich nach meiner Bettzeit noch hinausgeschlichen hatte. Ich wich nach hinten, als wären seine stillen Worte Ohrfeigen. Er kam näher, drängte mich auf das Bett und schimpfte weiter.

Ich bin verdammt noch mal gerade taub. Ich habe keine Ahnung, was du da sagst, wollte ich ihm ins Gesicht schreien, aber ich konnte es nicht. Ich wollte nicht, dass er noch mehr über mich erfuhr. Damals hatte ich ihm alles gegeben. Ich hatte ihm meine Gefühle anvertraut, meine Teenagergeheimnisse und meine Ängste. Und wie hatte er mich behandelt?

Nein. Das würde ich nicht wieder tun.

„Stopp!" Ich schubste ihn aus dem Weg.

Als Jake nach hinten taumelte, ging ich um das Bett herum und stellte mich mit dem Rücken zu ihm ans Fenster.

Die Sache mit dem Nicht-hören-können ... es erlaubte mir, die Welt zu verdrängen. Ich kniff die Augen zusammen und stellte mir vor, wie Jake hinter mir stand und weiter darüber schimpfte, dass ich ihm helfen sollte, Stephen zu finden. Ich konnte mir nicht vorstellen, dass ihn etwas anderes hergebracht hatte. Er war aus der Vergangenheit zurückgekommen und hatte nur ein Ziel vor Augen.

Einen langen Moment später legte sich eine Hand auf meine Schulter. Ich sah sie an und hoffte, zarte, manikürte Finger zu sehen. Aber stattdessen sah ich Jakes lange, starke Finger. Er drehte mich sanft um, was mich überraschte. Allerdings war der Wahn, der in seiner Berührung nicht zu spüren war, in seinen stürmischen, silbernen Augen zu sehen. Seine Lippen hatten aufgehört, sich zu bewegen und stattdessen formten sie eine dünne, unnachgiebige Linie.

Langsam glitt seine Hand von meiner Schulter und an meinem Arm entlang, was brutale Gänsehaut auf meinem Körper entfachte. Dann legte er etwas in meine Hand und drückte meine Finger darum, bis ich etwas zerknüllt hatte, das sich wie ein Stück dickes Papier anfühlte.

Er ließ los und trat einen Schritt zurück. Dann schüttelte er enttäuscht und ungläubig den Kopf von einer Seite zur anderen. Ohne ein weiteres Wort ging er weg. Als die Tür hinter ihm aufschwang, erschien Rosalina auf der Schwelle.

Ihr Gesichtsausdruck sagte mir alles, was ich wissen musste. Was auch immer der Grund für Jakes Besuch gewesen war, es war schlimm. Sehr schlimm.

Ich hatte Angst nachzusehen, aber ich hob trotzdem meine Hand und öffnete meine Faust. Das Papier darin stellte sich als Polaroidfoto heraus. Vorsichtig faltete ich es auf und starrte erschrocken auf das Bild.

Mein Magen drehte sich um und ich ließ das grausame Foto fallen und rannte ins Badezimmer.

Das Bild eines geschwollenen, abgetrennten Fingers blitzte vor meinen Augen auf und ich würgte, bis mir die Rippen schmerzten.

Unter das Bild hatte jemand geschrieben: Stephen Ericksons Ringfinger.

KAPITEL 15

„Jake hat gesagt, dass der Finger bei der Notiz dabei war", erklärte Rosalina, als mein Gehör fünf Stunden später wieder da war. „Darauf stand außerdem, dass Stephens Kopf als Nächstes dran kommt, wenn Ulfen ihre Anweisungen nicht befolgt."

Mein Magen machte einen Purzelbaum, dann füllte er sich mit ungefähr zwei Tonnen Schuldgefühlen.

Wir saßen in ihrem Wohnzimmer und mehrere Packungen vom chinesischen Lieferdienst waren auf dem Couchtisch verteilt. Rosalina saß auf dem Sofa und ich im Schneidersitz und mit einem fettigen Teller vor mir auf dem Teppich. Nachdem man sich heftig übergeben hat, sollte man nichts essen. Zumindest schien das vernünftig zu sein, obwohl ich diese Theorie jedes Mal, wenn ich mich übergab, zu widerlegen schien. Ich hatte eine ganze Portion gebratene Nudeln mit Garnelen ganz allein vertilgt.

„Was sind ihre Forderungen?", fragte ich und rieb mir den Bauch.

„Ich hatte nicht gerade eine Gelegenheit zu fragen. Jake ist ... überwältigend, wenn er wütend ist."

Ich dachte einen Moment lang darüber nach und vermied es, Rosalina anzusehen, weil ich ihre Reaktion darauf fürchtete, in welche Richtung meine Gedanken gerade abdrifteten. Sie hatte mich über ein Jahr lang auf dem rechten Weg gehalten. Ohne sie hätte ich die Bruchstücke meines Lebens nicht wieder zusammensetzen können. Verdammt, ich wäre wahrscheinlich drogensüchtig oder in Einzelteilen in der ganzen Stadt verteilt.

„Ähm", begann ich und meine Stimme brach. „Bitte sei nicht sauer auf mich, aber—"

Sie winkte ab. „Ich weiß schon, was du sagen willst."

„Ich *muss* helfen. Wenn ich es nicht tue, dann ..."

„Hör auf! Denkst du wirklich, dass du mich überzeugen musst? Ich dachte, dass es einfach wäre, dich vom Spielfeldrand aus zu coachen und dir zu sagen, dass du dich raushalten sollst, aber Mann, ist das schwer."

Wir lächelten beide traurig.

Es überraschte mich nicht, dass sie sich umentschieden hatte. Das war Rosalina, die Frau, die heimatlose Teenager von der Straße auflas und sie dazu einlud, mit ihr Netflix zu schauen.

„Ja, es ist wirklich schwer." Ich tätschelte ihre Hand.

Sie stand auf und fing an, im Raum herumzugehen. „Ich bin nicht einmal diejenige mit der Fähigkeit, die helfen kann und ich verstehe trotzdem, warum du dich früher in solche Sachen eingemischt hast und wie Jake dich da hineingezogen hat."

„Und jetzt passiert es wieder." Meine Stimme klang so resigniert, dass es mir Angst machte.

„Es fühlt sich an wie Aufgeben, oder?"

Ich nickte. „Als ob Jake gewinnt."

„Kaum auszuhalten", grummelte Rosalina, nahm sich eine Frühlingsrolle und biss eine Ecke ab.

Jep, da hatte sie recht. Und trotzdem war ich in dieser Situation, von meiner eigenen Moral in die Enge getrieben, und ich sah nur einen Ausweg: Stephen aufzuspüren, auch wenn es mich umbringen würde.

Warum nur musste ich einen Mutter-Theresa-Komplex haben? Einen winzig kleinen, aber trotzdem.

Rosalina schenkte mir ein trauriges Lächeln. Sie kannte mich gut genug, um sich denken zu können, wie ich mich entschieden hatte.

„Morgen früh", sagte ich, „kannst du mich bei meiner Mutter absetzen. Ich glaube, ich brauche mein Auto."

Um 7 Uhr am nächsten Morgen setzte Rosalina mich vor Moms Haus ab, wo ich aufgewachsen war.

Das zweistöckige Landhaus hatte eine hellgraue Verkleidung und türkisfarbene Fensterläden. Ein weißes Geländer umgab die türkisfarbene Veranda. Die Eingangstür befand sich an der Seite, flankiert von hängenden Pflanzen und die dazu passenden türkisfarbenen Verandastufen führten direkt darauf zu.

Ich stand einen Moment lang auf dem Bürgersteig und eine vertraute Schwere legte sich um mein Herz. Ich hatte mich schon seit einer Weile nicht mehr so gefühlt und ich hatte es ganz sicher nicht vermisst. Mom würde das nicht gefallen, überhaupt nicht. Ich fühlte mich steif und streckte mich. Ich war gestern Abend nicht beim Kickboxen gewesen und ich merkte es – nicht, dass ich nach der Trance in der Verfassung gewesen wäre, Sport zu machen.

Hinter mir fuhr ein Auto die Straße hinauf. Ich spürte, wie es langsamer wurde und aus dem Nichts überkam mich Panik. Ich eilte vom Bordsteinrand weg und warf einen Blick über meine Schulter, als dort ein sportliches Cabrio zum Stehen kam. Ein attraktiver Teenager saß am Steuer des schwarzen BMWs. Er drehte seine Schultern in meine Richtung und stützte seine Unterarme lässig auf das Lenkrad. Er lächelte und begutachtete mich schamlos.

„Guten Morgen", schnurrte er.

Verdammt, wo nahmen diese Kids ihr Selbstvertrauen her? Das musste an den Autos liegen, die sie fuhren. So musste es sein.

Er war attraktiv. Das musste ich ihm lassen. Große braune Augen, schick gestyltes braunes Haar, starker Kiefer und Züge, bei denen der diesjährige Sexiest Man Alive des GQ Magazins neidisch werden würde.

„Guten Morgen", antwortete ich mit hochgezogener Augenbraue.

„Du musst Lucias Schwester sein."

„Und du bist ...?"

„Connor, ihr Freund."

„Ich verstehe. Ich werde ihr sagen, dass du hier bist." Damit drehte ich mich um und ging auf die Tür zu, wobei der Junge mir sicherlich auf den

Arsch starrte. Ich kämpfte gegen den Drang an, einen Blick über meine Schulter zu werfen und ihm den Mittelfinger zu zeigen. Komisch, dass ich ihn immer wieder als Kind bezeichnete, obwohl ich gar nicht so viel älter war. Höchstens drei Jahre.

In dem Moment, in dem ich auf die Veranda trat, atmete ich erleichtert aus. Zu Hause war es sicher. Das war es immer gewesen. Mom hatte das gesamte Grundstück mit Schutzzaubern belegt, um Eindringlinge, magische Angriffe und notgeile Jungs abzuwehren. Ich warf einen Blick auf Connor, stellte fest, dass er tatsächlich meinen Hintern begutachtete und seufzte.

Ich legte eine Hand auf den Türgriff und sie schloss sich für mich auf. Das war auch Teil von Moms Zauber. Niemand, der jemals in diesem Haus gelebt hatte, wurde ausgesperrt. Schutzzauber waren ihre Spezialität. Sie hätte eine Menge Geld damit verdienen können, Geschäfte und Häuser damit zu belegen, aber Geld war ihr nie wichtig gewesen. Sie wollte nur ihre Familie beschützen.

Ich schloss die Tür hinter mir und ging hinein. Der Duft von Frühstückswurst wehte mir entgegen. Ich legte meine Tasche auf einen Beistelltisch und betrachtete einen Moment lang das Porträt, das darüber hing. Sechs Menschen sahen auf mich herab. Meine Eltern, mein Bruder, meine zwei Schwestern und eine jüngere Version von mir. Ich war fünfzehn gewesen, als das Bild aufgenommen worden war; das letzte Jahr, in dem wir alle zusammen gewesen waren, bevor Leo ausgezogen war, um die Welt zu bereisen. Ich hatte ihn seitdem nur zweimal gesehen: am ersten Weihnachten, nachdem er ausgezogen war und bei Dads Beerdigung. Jetzt lebte nur noch Lucia zu Hause und sie würde bald ihren Abschluss machen.

Dad war ein Fade gewesen, aber wegen Mom waren alle seine Kinder Schräge. Sie stammte von einer langen Ahnenreihe von Hexen, Magiern, Fährtensuchern, Heilern und so weiter ab. Leo, ihr Ältester, war ein begabter Magier. Daniella, ihre Zweitgeborene, war eine Hexe mit großartigen Heilfähigkeiten. Ich war Fährtensucherin und Lucia, die Jüngste, war ebenfalls eine Hexe mit starken telekinetischen Kräften. Wir alle hatten verschiedene Fähigkeiten, die sich mit der Zeit veränderten und zu wachsen schienen.

Oma war auch Fährtensucherin gewesen und so hatte Mom schon früh bestimmen können, was ich war. Als Snitch, unser Hund, verschwunden war und ich ihn zwanzig Häuserblöcke von zu Hause entfernt fand, mit seiner zerkauten Leine in meiner kleinen fünfjährigen Hand, hatte Mom Bescheid gewusst. Danach hatte sie mich meine Sommerferien bei Oma oben in New York verbringen lassen, um mit ihr zu trainieren. Sie hatte mich ihren kleinen Spürhund genannt und gesagt, dass ich mehr Talent in meinem kleinen Finger besaß, als sie in ihrem ganzen Körper. Sie hatte mir alles beigebracht, was sie wusste und vorgeschlagen, dass ich mit anderen trainieren sollte, um das volle Ausmaß meiner Kräfte zu erreichen, denn sie bestand darauf, dass ich es noch nicht erreicht hatte. Aber ein solches Training war teuer und ich war zufrieden mit dem, was Oma mir beigebracht hatte.

Ich ging durch das Foyer ins Wohnzimmer. Die Einrichtung hatte sich seit Jahren nicht verändert – dasselbe braune Sofa, dieselbe TV-Bank aus Walnussholz, dieselben zerkratzten Beistelltische, dieselben Lampen mit Fransenschirmen, derselbe unechte Perserteppich.

Ich lugte um die Ecke, in der Hoffnung, Mom und Lucia in ihrem natürlichen Lebensraum zu überraschen. Meine Schwester saß am Küchentisch, während Mom mit dem Rücken zu mir am Herd stand. Lucia wackelte mit den Fingern und ihr Gesicht war vor Konzentration verzogen. Ich folgte ihrem Blick und erkannte, dass sie ihre Magie dazu benutzte, einen Zwanzig-Dollar-Schein aus Moms Portemonnaie zu stibitzen, das auf der Kücheninsel lag.

Mir blieb der Mund offen stehen, als ich sah, wie der Schein in Lucias Richtung schwebte. *War das ihr Ernst?!* Ich versuchte zu entscheiden, was ich tun sollte. Sollte ich sie aufhalten? Ich hatte Mom oder Dad nie bestohlen – egal, wie verzweifelt ich gewesen war. Das war falsch.

Aber wenn ich etwas dagegen tat, würde Lucia wütend auf mich werden, was im Moment vielleicht kontraproduktiv wäre, wenn man ihren heißen Freund und das Bedürfnis, Geld zu stehlen, bedachte – ein Zeichen dafür, dass sie irgendeinen Ärger hatte und mal mit ihrer großen Schwester reden musste. Ich beschloss, still zu bleiben.

Gerade, als Lucia sich den Schein aus der Luft schnappen wollte, fuhr Mom plötzlich herum und zeigte mit ihrem Pfannenwender auf meine Schwester.

„Hab ich dich!", rief sie mit einem freudigen Ausdruck in ihren Augen.

„Oh, komm schon", jammerte Lucia. „Ich hatte ihn fast."

Da bemerkte Mom mich. „Antonietta!"

Sie legte ihren Pfannenwender hin, stellte den Herd aus und schlenderte hinüber, um mich in ihre Arme zu schließen.

Meine Mutter war eine kleine, einundfünfzigjährige Frau mit ein paar Extrapfunden „als Vorrat für die Apokalypse" – das waren ihre Worte, nicht meine. In ihrer Jugend hatte ihr Körper aus 55 Kilo purer Kurven und Sexappeal bestanden. Auch ihre Worte. Jetzt war sie ihre eigene größte Kritikerin, auch wenn sie keinen Grund dazu hatte. Sie machte im Schnellschritt ihre Runden durch die Nachbarschaft und meiner Meinung nach sah sie gut in ihrer Yogahose aus. Und wahrscheinlich stimmten mir die Hälfte der Männer mittleren Alters in The Hill zu.

„Wie lange stehst du da schon?", fragte Mom mit einem breiten Lächeln. Sie war bereits geschminkt und frisiert und sah mit ihrer bunten Schürze mit der Aufschrift „Ich brauche kein Rezept ... ich bin Italienerin" sehr hübsch aus. Wir alle hatten ihre goldene Hautfarbe und ihre braunen Augen statt Dads Blassheit und blauen Augen geerbt.

„Lange genug, um Lucias versuchten Diebstahl zu beobachten." Ich sah meine Schwester mit hochgezogener Augenbraue an.

„Was geht ab, Toni?"

„Hey, Luce."

Sie nickte und ging auf die Kücheninsel zu. Sie trug Röhrenjeans mit Löchern, schwarze Converse und einen roten Pulli. Ihr langes braunes Haar war leicht gelockt und fiel ihr über den Rücken und sie hatte diese perfekten, symmetrischen Augenbrauen, die mich vermuten ließen, dass sie dieselben YouTube-Videos wie Rosalina schaute.

„Nächstes Mal schaffe ich es, Mom." Sie stopfte die zwanzig Dollar in das Portemonnaie. „Du wirst sehen."

„Du kannst es gern versuchen", sagte Mom mit ihrer Singsang-Stimme.

Ich ging zum Herd hinüber, schnappte mir ein Stück Wurst aus der Pfanne und steckte es mir in den Mund. „Was ist hier los?", murmelte ich.

„Nur eine Wette zwischen uns beiden", sagte Mom. „Wenn sie das Geld stehlen kann, ohne dass ich es merke, kann sie es behalten."

„Wieso ist das ein sinnvolles Spiel? Und warum hast du es noch nie mit mir gespielt?"

Mom stemmte die Hände auf ihre Hüften. „Hey, wenn wir immer zu zweit hier sind, müssen wir es uns ein bisschen spannend machen."

Lucia warf einen Blick durch die Tür in Richtung Wohnzimmer und sah finster drein. „Connor kommt zu spät."

„Ups." Ich schlug mir mit dem Handballen gegen die Stirn. „Ich sollte dir sagen, dass er draußen wartet."

„Ich muss los." Sie schob sich eine Gabel voll Rührei in den Mund, schnappte sich ihren Rucksack und zeigte unnachgiebig mit dem Finger in meine Richtung. „Du musst wiederkommen, wenn es besser passt, damit wir reden können."

„Mache ich", versprach ich und erwiderte ihre Umarmung, als sie sich vorbeugte und mich drückte.

Lächelnd drehte sich Lucia auf dem Absatz um und eilte aus dem Haus.

„Kennst du diesen Connor?", fragte ich Mom, als ich hörte, wie sich die Haustür schloss.

„Er ist Lia Baresis Sohn. Er hat gute Noten, bringt sie rechtzeitig nach Hause und schenkt mir Schokolade. Das ist alles, was ich wissen muss."

Gott, wie sich alles verändert hat! Die Liste der Dinge, die sie von den Freunden von Daniella und mir hatte wissen wollen, war viel länger und gemeiner gewesen.

Mom richtete zwei Teller an und stellte sie auf den Tisch. Sie schenkte auch mir eine Tasse schwarzen Tee ein, ihr Lieblingsgetränk am Morgen.

„Wie geht es dir, Liebes?" Mom musterte mich sorgfältig. „Geht es dir gut?"

„Schätze schon."

„Kopfschmerzen?"

„Nur einmal vor ein paar Tagen." Mom machte sich zu viele Sorgen. Seit ich klein war, plagten mich gelegentlich Kopfschmerzen und sie nervte mich ständig damit.

Mom schürzte die Lippen und sah besorgt aus. Ich schlürfte meinen Tee und sah mich in der Küche um, wobei ich bemerkte, dass sie eine neue Kupferfigur für ihr Krimskrams-Regal gekauft hatte. Das Thema war Bauernhof und der Neuzugang ein Hahn.

„Also, was bringt dich so früh hier her?", fragte Mom mit einem leichten Stirnrunzeln, das mir verriet, dass sie bereits ahnte, dass etwas im Busch war.

„Ähm, ich bin hier, um das Auto zu holen. Ich brauche es für ein paar Tage."

Das Auto war ein Camaro Z28 Cabrio von 1970 in Hellblau mit zwei schwarzen Streifen auf der Motorhaube. Es hatte Dad gehört und jetzt war es meins. Da ich die meiste Zeit nirgendwo hinfahren musste, stand es hier, in Moms Garage. Ich wohnte, aß, befriedigte meine Gelüste nach Salzkaramell-Eiscreme und brachte meine Wäsche in die Reinigung, und das alles in ein und derselben Straße. Am Ende war es billiger, mir ein Uber zu bestellen, wenn ich ein Auto brauchte.

„Wie kommt's?" Mom kniff ihre mit getuschten Wimpern umrandeten Augen zusammen.

Ich zuckte mit den Schultern und schaufelte Wurst in meinen Mund, bis ich mich fühlte wie ein Eichhörnchen, das sich für den Winter bereit machte. Ich hatte Mom noch nie anlügen können. Ich hatte geglaubt, älter zu werden würde helfen, aber die Augen dieser Frau waren wie Lügendetektoren.

Sie wedelte mit ihrer Gabel. „Bist du fertig?"

Ich schluckte schwer und setzte ein Lächeln auf. „Die Wurst schmeckt gut, Mom."

„Es ist die gleiche Wurst, die du seit zwanzig Jahren isst. Von DiGregorio's. Jetzt spuck es schon aus."

Ich rümpfte die Nase. „Das wäre einfach nur eklig."

Mom stieß einen müden Seufzer aus und wartete geduldig darauf, dass ich nachgab und mit der Sprache herausrückte. Ich überlegte, wie ich anfangen sollte: Ich könnte mich Stück für Stück vorarbeiten oder es einfach hinter mich bringen wie bei einem Pflaster. Ich überlegte noch einen Moment, dann entschied ich, dass die erste Möglichkeit keinen Unterschied machen würde. Das Endprodukt wäre dasselbe. Außerdem würde sie es sowieso irgendwann herausfinden. Das tat sie immer. Klatsch und Tratsch verbreiteten sich in The Hill wie Tsunamis.

„Ich brauche das Auto, weil ich gerade bei Rosalina wohne und ich muss zur Polizeiwache, um mit Tom zu sprechen und ihm zu sagen, dass ich ihm dabei helfen werde, Stephen Erickson aufzuspüren." Ganz sicher hatte sie Zeitung gelesen und wusste von der Entführung und dem sich anbahnenden Krieg, also führte ich das nicht aus. Und schlauerweise erwähnte ich Jake nicht.

Mom blinzelte langsam, während sie verarbeitete, was ich gerade gesagt hatte. Als die Bedeutung meiner Worte bei ihr ankam, lief ihr Gesicht rot an. Ich wich zurück und machte mich darauf gefasst, was kommen würde: das Schimpfen, die Standpauke, das Was-fällt-dir-eigentlich-ein? Aber alles, was ich bekam, war ein „Hmm", bevor sie weiter das Rührei auf ihrem Teller herumschob.

Seltsam.

Ich schlürfte meinen Tee und beobachtete sie über den Rand meiner Tasse hinweg. Ich wartete. Immer noch nichts. Ich hätte mich glücklich schätzen und es dabei belassen sollen, aber ich wollte wohl unbedingt bestraft werden.

„Keine ... tadelnden Worte?"

„Oh, davon schwirren mir genug im Kopf herum", gab sie zu.

„Aber ...?"

Sie nahm unsere beiden Teller und brachte sie zur Spüle. „Aber ich glaube, du kennst sie schon gut genug." Sie kratzte die Reste in den Müllschlucker, dann zog sie die Schlüssel des Camaros aus dieser einen Schublade, in der sich alles sammelte.

„Hier." Sie legte sie mir in die Hand.

Ich betrachtete stirnrunzelnd den Gateway Arch-Schlüsselanhänger. Dad hatte ihn bei unserem ersten und einzigen Besuch des Denkmals gekauft. Er hatte mich ihn aussuchen lassen und „Für *unser* Auto" gesagt. Ich war die Einzige, die je daran interessiert gewesen war, ihm beim Schrauben zu helfen, nachdem er es gekauft hatte. Leo war bereits ausgezogen und Daniella und Lucia hatten keine Lust gehabt, sich die Hände schmutzig zu machen oder Stunden damit zu verbringen, das Metall bis zum perfekten Glanz zu Polieren. Mehr als alles andere hatte ich es geliebt, Zeit mit Dad zu verbringen.

Mom legte mir eine Hand auf die Schulter.

Ich sah auf.

„Im letzten Jahr", sagte sie, „hast du mich mit deinen Entscheidungen und allem, was du getan hast, um dich aus deiner schwierigen Lage zu befreien, überrascht. Du bist jetzt ein großes Mädchen, Antonietta. Und große Mädchen treffen ihre eigenen Entscheidungen."

Oh, das war lieb. Es klang, als würde mir meine Mom wirklich vertrauen.

Sollte ich ihr davon erzählen, dass Jacob Knight im Spiel war?

Nein, das würde nur einen wirklich schönen Moment zerstören.

Mom lächelte. „Ich möchte, dass du diese Woche irgendwann zum Mittagessen vorbeikommst. Ich koche Tortellini in Sahnesoße für dich."

Lecker, mein Leibgericht!

„Pass einfach auf dich auf", fügte Mom hinzu, „und lass dich nicht wieder mit Jake Knight ein, okay?"

Ich fuhr den Camaro mit offenem Verdeck und genoss es, wie der Motor aufheulte und der Wind durch mein Haar wehte. Als ich mich der Polizeiwache näherte, zögerte ich das Unvermeidliche hinaus und drehte noch ein paar Runden um den Block, um das Gefühl noch ein bisschen länger zu genießen.

Schließlich parkte ich auf einem überfüllten Parkplatz und überquerte die Straße, wobei ich ein paar Mal fast wieder umdrehte, doch das Bild des abgetrennten Fingers hielt mich schnell davon ab. Ich war froh, dass ich mit Tom daran arbeiten konnte. Er würde mich unterstützen und nicht versuchen, mich auszunutzen. Ich wollte mit niemandem sonst bei der Polizei zusammenarbeiten. Es gab zu viele korrupte Polizisten.

Ein kleiner weißer Lieferwagen mit der Aufschrift „Vinnie's Donuts" auf der Seite stand vor der Tür.

Eine Frau kramte auf der Ladefläche herum und stapelte mehrere Boxen aufeinander. Trotz meines leckeren Frühstücks bei Mom klang ein Donut gerade ziemlich gut, vorzugsweise einer mit Schokoladenstreuseln. Vielleicht würde Tom mir einen abtreten.

Zu meinem Entsetzen war die erste Person, die ich sah, als ich hereinkam, Jake Knight. Er unterhielt sich gerade mit einer uniformierten Polizistin und bemerkte mich, bevor ich die Gelegenheit hatte, wieder hinauszuhuschen. Sofort entschuldigte er sich bei der Beamtin und marschierte in meine Richtung.

Verdammt! Ich wünschte, ich würde sein Auto kennen, damit ich ihm aus dem Weg gehen konnte. Die Frau mit den Donuts lief an mir vorbei zum Empfang. Sie stellte ihre Ladung auf die hintere Ecke des Tresens und lief schnellen Schrittes wieder hinaus. Sie sah mich böse an, als sie bemerkte, dass ich sie dabei beobachtete.

Warum die schlechte Laune?! Wahrscheinlich hasste sie Donuts und alle Donutfresser, die sie mit großen Augen ansahen, als sei sie eine Art Zuckerfee.

„Was machst du hier?", fragte Jake sarkastisch. „Willst du über den *Einbruch* sprechen?"

„Das geht dich nichts an", antwortete ich wie eine Zwölfjährige, aber hey, er hatte angefangen.

Er trug eine Fliegerjacke mit einem schlichten weißen T-Shirt darunter. Seine Jeans war verschlissen und schmiegte sich an seine muskulösen Oberschenkel wie weiche Butter an einen Toast. *Verdammt, er war so heiß!*

Zwei Polizistinnen liefen an uns vorbei und betrachteten schamlos seinen Hintern, wodurch ich mich plötzlich in die Highschool zurückversetzt fühlte.

„Ja, ich schätze, es geht mich nichts an", sagte er.

Gerade, als er gehen wollte, kam Detective Tom Freeman aus seinem Büro und winkte. Ich lächelte ihm zu. Jake warf einen Blick über seine Schulter und starrte den Detective an.

Dann explodierten die Donuts.

KAPITEL 16

Die Welt erzitterte und ich flog von den Füßen und knallte gegen die Wand hinter mir. Mein Hinterkopf schlug mit einem *Bonk!* dagegen und in meinem Sichtfeld explodierten Sterne. Ich brach auf dem Boden zusammen, wie eine Marionette. Etwas Schweres stürzte auf mich. Hitze breitete sich in mir aus und ich fühlte mich, als ob sich meine Haut ablösen und zu einer Pfütze zerschmelzen würde. In meinen Ohren klingelte es.

Schmerzensschreie drangen durch die Luft. Ich bewegte mich, was mir einen Stich in die Wirbelsäule versetzte, und drückte gegen das, was auf mir lag. Es war eine Person. Jake. Ich erkannte ihn an seinem unverwechselbaren Duft.

Meine Finger berührten etwas Feuchtes und Dickflüssiges. Ich hatte Mühe, bei der Hitze meine Augen zu öffnen und schaffte es gerade so. Jake war bewusstlos.

Um uns herum herrschte Zerstörung. Ein umgedrehter Stuhl lag auf Jake. Ich schob ihn mit einiger Anstrengung weg und ließ ihn mit einem Scheppern aus dem Weg rollen. Über uns hingen Deckenplatten lose herab und legten dicke Rohre und kurzgeschlossene Kabel frei, die von der Explosion zerrissen worden waren. Das Licht flackerte.

Ein paar Meter weiter lag jemand auf seinem Bauch; die Polizistin, die mit Jake gesprochen hatte. Ihre Kleidung war versengt und aus einem klaffenden Loch in ihrer Seite quoll Blut. Ich kniff die Augen zusammen und schob Jake von mir herunter, wobei ich halb unter seinem schweren Körper hervorkriechen musste.

Mein Hinterkopf und mein Rückgrat schrien vor Schmerz, aber als ich mich untersuchte, fand ich keine weiteren Verletzungen. Als ich allerdings Jakes Rücken sah, drehte sich mein Magen um. Ich drückte eine Hand an meinen Mund. Seine Fliegerjacke und sein T-Shirt waren mit Löchern übersät und das gleiche galt auch für seinen Rücken. Er sah aus, als hätte er einen Schuss aus einer Schrotflinte abbekommen. An seinem rechten Hinterbein prangte eine größere Wunde. Blut tropfte daraus und färbte seine Jeans schnell purpurrot. Gott, er hatte die volle Wucht der Explosion abbekommen, was mir das Leben gerettet hatte.

Mit seinen Werwolfskräften würde er sich erholen, aber nicht, wenn er nicht medizinisch versorgt wurde. Sofort!

Ich sah mir das Chaos und die reglosen Körper um mich herum an. Eine betäubende Benommenheit drohte mich zu übermannen. Ich riss meinen Blick von der Zerstörung los und zwang mich, mich auf Jake zu konzentrieren.

„Hey." Ich streichelte seine Wange. „Jake, wach auf."

Meine Kehle fühlte sich rau an. Ich zuckte zusammen, als die Hitze am Empfangstresen aufflammte und die Decke entzündete.

„Jake!" Ich schüttelte ihn.

Er stöhnte und blinzelte mich an.

Oh, Gott sei Dank. „Wir müssen hier weg. Komm schon, hilf mir."

Ich rollte ihn auf den Rücken. Er biss vor Schmerz die Zähne zusammen und knurrte.

„Tut mir leid. Tut mir leid. Tut mir leid", wiederholte ich unsinnigerweise.

Ich legte meine Hände unter seine Achseln und versuchte ihn in eine sitzende Position zu ziehen, doch er war zu schwer. Seine Stiefel rutschten auf einer heruntergefallenen Deckenplatte, als er versuchte, mir zu helfen. Ich strengte mich noch mehr an, lehnte mich gegen ihn und presste meine Wange an seine.

„Komm schon, du kannst aufstehen", flüsterte ich ihm ins Ohr. „Du kannst es."

Er beugte die Knie und drückte sich hoch. Ich drückte auch und half ihm, so nah an die Wand zu kommen, dass er sich abstützen konnte.

„Freeman", röchelte Jake.

„Ich weiß." Mein Herz schnürte sich zusammen und ich hoffte verzweifelt, dass es Tom gut ging. „Zuerst müssen wir *dich* hier rausbringen."

Ich hustete und schloss meine Augen, die in dem beißenden Rauch brannten. Mit Jakes Arm um meine Schultern gelegt liefen wir los. Durch das zusätzliche Gewicht pochte mein Rücken. Das Feuer hinter uns loderte weiter auf. Ich spürte es hinter mir, wie eine riesige Harke, die versuchte, mich bis auf die Knochen auszuziehen. Der Geruch von brennendem Haar durchdrang meine Sinne.

An der Wand leuchtete das Ausgangsschild neben dem blinkenden Notlicht. Verkohlte Möbel blockierten die Tür, die noch Kilometer weit entfernt schien. Wir würden es nie schaffen. Jake verlor das Gleichgewicht und wir stolperten vorwärts und fielen hin.

„Du musst kriechen", sagte ich, aber ich wusste, dass es nichts nützen würde. Er konnte sich kaum bewegen.

Er schubste mich leicht. „Verschwinde hier, Toni."

„Nein, ich lasse dich nicht hier."

Die Deckenplatten über uns knackten, als sie verbrannten. Meine Augenlider flatterten, dann schlossen sie sich. Mein Brustkorb bewegte sich flach. Ich stützte meinen Kopf auf den Boden und hustete schwach. Das war's.

Verdammt, ich hatte noch nicht einmal begonnen zu helfen und es war jetzt schon alles verloren. Keine gute Tat bleibt ungesühnt – auch nicht die, die man noch gar nicht getan hat.

Die Eingangstür flog auf. Flammen zischten darauf zu. Jake und ich kauerten uns eng aneinander, als sie über uns züngelten. Ich verdeckte mein Gesicht mit beiden Händen. Meine entblößte Haut brannte und ich stöhnte vor Schmerz.

Feuerwehrleute eilten in das Gebäude, zogen einen Schlauch mit sich und sprühten Wasser. Zwei maskierte Männer rannten herein und zogen uns nach draußen, wobei unsere Füße über den Boden schleiften. Ich war zuerst draußen, dann Jake. Andere kamen uns zu Hilfe. Sie fassten uns an den Füßen, hoben uns vom Boden und legten uns auf der anderen Straßenseite auf eine Grasfläche. Sanitäter eilten zu uns und drückten uns Sauerstoffmasken auf die Gesichter. Heiler strichen mit ihren Händen über unsere Körper und der Schmerz ließ ein wenig nach.

Ich hob eine Hand und zeigte auf das brennende Gebäude. „Die anderen", murmelte ich unter der Maske.

„Wir werden ihnen helfen, Liebes", sagte eine Sanitäterin. „Du hast das gut gemacht. Gut gemacht. Jetzt musst du nur noch atmen."

Als ob ich gerade von einer Fährtensuchtrance aufgewacht wäre, wurde alles vor meinen Augen schwarz und ich konnte nichts mehr sehen oder hören.

KAPITEL 17

Ich wollte wissen, wer zum Teufel mir die Kleider ausgezogen und mich in ein Krankenhaushemd mit einem riesigen Schlitz am Hintern gehüllt hatte. Im Ernst? Es reichte nicht, dass ich halb verbrannt war, sie mussten mir auch noch meine Würde und meine Unterwäsche nehmen? Zumindest hatten mein Handy und mein Autoschlüssel überlebt und lagen auf dem Nachttisch.

Ich stand neben einem hohen Krankenhausbett, kämpfte mit den Bändern in meinem Rücken und versuchte sie so zu binden, dass meine beiden Pobacken verdeckt waren. Ich musste aus diesem sterilen Raum rauskommen und Jake und Tom und ... all die Polizisten suchen, die bei der Arbeit gewesen waren; besonders die Frau, mit der Jake gesprochen hatte.

Meine Hände zitterten. Ich konnte noch nicht einmal einen einfachen Knoten binden. Ich knurrte frustriert und starrte meine Finger an. Sie waren mit neuer, verheilter Haut bedeckt und sahen anders aus. Die Heiler-Ärztin hatte gesagt, dass ich Glück gehabt hatte. Sie hatte mir Morphium gegen die Schmerzen gegeben, während sie über eine Stunde an mir arbeitete und die Haut auf meinen Unterarmen und Händen erneuerte, aber die Verletzungen waren oberflächlich genug gewesen, dass es ambulant durchgeführt werden konnte. Genau wie meine Finger fühlte sich auch mein Rücken seltsam an, aber der Schmerz war verschwunden. Ich konnte überall um mich herum verbrannte Haare riechen. Ich musste auf jeden Fall zum Friseur.

Glück gehabt, hatte sie gesagt und ich fragte mich ... was bedeutete das wohl für die anderen?

Ich war entschlossen, Antworten zu bekommen und fasste mir wieder an den Rücken, wo ich an den Bändern herumfummelte. Gerade als ich sie erwischt hatte, schwang die Tür zu meinem Zimmer auf. Jake stand dahinter. Seine silbernen Augen sahen für einen langen Moment in meine, dann stieß er den Atem aus, den er angehalten hatte und kam herein.

Er trug genau wie ich ein Krankenhaushemd und hatte nackte Füße. Seine Verletzungen waren schlimmer gewesen als meine, aber auch er schien sich komplett erholt zu haben. Oh, die Vorteile davon, ein Werwolf zu sein. Darum beneidete ich ihn.

Er schloss die Tür hinter sich und kam auf mich zu. Ohne ein Wort zu sagen, ging er um mich herum und band die Schnüre an meinem Rücken zusammen. Wahrscheinlich warf er einen Blick auf mein Hinterteil, aber das machte mir nichts aus. Nicht in diesem Moment.

Als er fertig war und wieder vor mir stand, sagte ich: „Geht es dir gut?"

Ein Geräusch drang tief aus seiner Kehle und er nickte einmal.

„Freeman?"

Er schüttelte den Kopf. „Ich weiß es nicht. Ich wollte zuerst nach dir sehen. Lass es uns herausfinden."

Jake und ich verließen mein Zimmer und gingen mit nackten Füßen über den Linoleumboden zur Schwesternstation.

Eine der Krankenschwestern sah von ihrem Computer auf und schaute uns stirnrunzelnd an. „Was macht ihr außerhalb eurer Betten?"

„Werwolf." Jake zeigte als Erklärung auf seine Brust.

Die Schwester hob die Augenbrauen und nickte, als wollte sie „na gut" sagen, dann sah sie mich an. „Und was ist mit dir?"

„Wir müssen wissen, wo Tom Freeman ist. Ist er auf dieser Etage?" Ich sah den langen Korridor hinunter, als ob ich erwartete, dass plötzlich ein Pfeil auftauchte, der uns zum Zimmer des Detectives führen würde.

Die Miene der Schwester verfinsterte sich. „Ist er ein Verwandter?"

„Hören Sie zu", sagte Jake, lehnte sich an den Tresen und starrte sie an. „Wir waren beide bei der Explosion dabei. Ich glaube, das gibt uns das Recht zu fragen, wie es ihm geht."

Das tat es eigentlich nicht, aber es machte irgendwie Sinn. Die Krankenschwester fand das auch, denn sie seufzte und tippte ein bisschen auf ihrer Tastatur herum.

„Tom Freeman", las sie vor. „Er ist auf der Intensivstation auf der zweiten Etage. Ärzte und Heiler behandeln ihn. Er wird morgen zum zweiten Mal operiert." Sie sah auf. „Seine Verletzungen müssen schwerwiegend gewesen sein."

„Wird er sich erholen?" Meine Stimme zitterte.

„Ihr müsst direkt mit seinen Ärzten und Heilern sprechen, wenn ihr mehr wissen wollt."

„Was ist mit den anderen Leuten, die auf der Wache waren?", fragte Jake.

Die Schwester seufzte. „Namen?"

Jake zuckte die Achseln.

Sie schüttelte demonstrativ den Kopf. „Es tut mir leid. Ich habe keine Ahnung."

Wir dankten ihr und gingen wieder in mein Zimmer. Ich setzte mich aufs Bett, verwirrt und unsicher, was wir als Nächstes tun sollten.

Jake blieb mit der Hand auf der Klinke an der Tür stehen. Ich blinzelte ihn an und fragte mich verdutzt, wieso er einfach nur da stand und unsicher aussah und ich war mir sicher, dass es nicht an dem unvorteilhaften Krankenhaushemd lag.

„Danke", platzte er schließlich heraus.

Ich legte den Kopf schief, runzelte die Stirn und fragte mich ausgerechnet in diesem Moment, ob er unter diesem Hemd irgendetwas anhatte.

„Du weißt schon ... weil du mir geholfen hast ... auf der Wache."

Ich schüttelte meinen Kopf und konnte mich kaum darauf konzentrieren, was er gerade gesagt hatte. Dann kam es an. „Du musst mir nicht danken."

„Ich finde schon."

„Nein, das musst du nicht. Ich hätte das für jeden getan, sogar für einen Fremden."

„Oh." Er sah zu Boden und fing an, rückwärts aus dem Raum zu gehen.

„Jake, ich ... so habe ich es nicht gemeint."

„Ist schon gut. Es spielt keine Rolle. Hör zu, ich hoffe, dass es dir bald besser geht. Ich merke, dass du noch ..." Er gestikulierte um seinen Kopf herum, als wollte er andeuten, dass ich gerade nicht ganz hier war. „Wie auch immer, man sieht sich."

„Gehst du?"

Er nickte. „Stephen hat nicht mehr viel Zeit. Diese Explosion ... ich bin sicher, dass es Fiore und ihre Leute waren. Sie wollen die Ermittlungen der Polizei verzögern, sie in die Irre führen. Die Detectives waren ihnen auf den Fersen. Jetzt werden sie mit diesem Durcheinander beschäftigt sein. Ich muss ihn finden, bevor es zu spät ist." Er wandte sich zum Gehen und das Hemd flatterte um seine muskulösen Waden.

„Warte!"

Er warf einen Blick über die Schulter, ein Muskel zuckte in seinem Kiefer, seine Pupillen waren groß und dunkel wie Onyx.

„Ähm, ich bin nicht auf die Wache gekommen, um ... mich wegen des Einbruchs zu erkundigen." Ich machte eine Pause, um das wirken zu lassen.

Als es bei ihm ankam, hob er eine seiner dichten Augenbrauen. „Ich verstehe."

Sein Mund verzog sich zu einem Lächeln, bei dem sich ein Kribbeln auf meinem ganzen Körper ausbreitete. Seine bisher steife und reservierte Haltung entspannte sich ein wenig und ließ mich an die Zärtlichkeit denken, die ich von ihm kannte. Er streckte eine Hand in meine Richtung aus, wobei seine Handfläche nach oben zeigte.

„Kommst du mit mir?", fragte er in sanftem, hoffnungsvollem Tonfall.

„So?" Ich zeigte auf mein Krankenhaushemd, dann auf seins.

Er zuckte die Schultern, als ob ihm das überhaupt nichts ausmachte und warum sollte es auch? In dem Moment, in dem er nach draußen trat, würde er sich verwandeln und dichtes, schönes graues Fell würde ihn bedecken. Allerdings vermutlich nicht, wenn ich mit ihm ging.

Ich tat es ihm gleich, zuckte mit den Achseln, schnappte mir mein Handy und den Schlüssel und nahm seine Hand. Seine Finger schlossen sich um meine. Sie waren um meine kalte Hand schön warm und fühlten sich wunderbar an. Seine Temperatur war immer ein bisschen wärmer – eine Werwolfsache. Es erinnerte mich sofort an die vielen Nächte, die ich umschlossen von der Hitze seiner Arme verbracht hatte.

Gott, war das ein Fehler? Würde er wieder mein Leben ruinieren?

Einen Moment lang hatte ich das Bedürfnis, meine Hand wegzuziehen. Ich konnte warten und mit Tom sprechen. Es würde ihm bald besser gehen, oder? Oder vielleicht konnte ich mit jemand anderem bei der Polizei sprechen, der mir den Job geben und mir den Schutz bieten würde, den ich brauchte. Aber wem konnte ich trauen? Tom war der Einzige, den ich kannte. Außerdem konnte die Zeit, die ich brauchte, um ihn zu suchen, entscheidend dafür sein, ob wir Stephen in einem Stück zurückbekamen oder ihn nie wieder sehen würden.

Wir hatten keine Zeit.

Als Jake also sanft an meiner Hand zog, ging ich mit ihm und wir tappten mit entblößten Hintern den Flur hinunter.

KAPITEL 18

V om Krankenhaus aus nahmen wir ein Uber zur Polizeiwache. Gelbes Absperrband war um das gesamte Gebäude gespannt und es gab keine Anzeichen von Bewegung darin.

Erst vor ein paar Stunden musste es dort vor Feuerwehrleuten, Detectives, dem Bombenentschärfungskommando, Reportern und Schaulustigen nur so gewimmelt haben. Jetzt, wo die Dämmerung schnell einsetzte, sah die Wache aus wie ein Spukhaus.

Auf dem zuvor so vollen Parkplatz standen noch ein paar Autos, einschließlich meines Camaros. Ich stieß einen erleichterten Seufzer aus, als ich ihn sah.

„Wo hast du geparkt?", fragte ich Jake und sah mich um.

„Um die Ecke, aber ich muss mir einen Ersatzschlüssel holen. Ich weiß nicht, was mit meinem passiert ist. Ich hole ihn später."

Von dort aus fuhren wir zu Jakes Büro, wo er sich Jeans, ein Shirt mit V-Ausschnitt, eine schwarze Motorradjacke und Motorradstiefel anzog, die Schnallen an den Seiten und einen Absatz hatten, durch den er noch größer war – nicht, dass er es gebraucht hätte. Er schnappte sich außerdem eine Sporttasche, in die er Wechselklamotten und das Nötigste packte. Anscheinend hatte er das Büro, wie ich, zu seinem Zuhause gemacht und wir waren auf mehr als eine Art Nachbarn.

Danach fuhren wir zu Rosalina. Ich rief sie auf dem Weg dorthin an, um ihr zu sagen, dass sie Besuch erwarten sollte und schnell zu erklären, was passiert war.

Zwanzig Minuten später saßen wir in ihrem Wohnzimmer. Ich zog mir bequeme Jeans und ein Top an und war froh, das blöde Hemd los zu sein, das meinen Hintern entblößte. Ich saß im Schneidersitz auf dem Zweisitzer und Jake beanspruchte das große Sofa gegenüber von mir, während Rosalina an der Seite in einem Sessel saß und mit ihren großen grünen Augen zwischen uns hin und her blickte.

Sie schien immer noch geschockt von den Ereignissen und der Tatsache zu sein, dass Jacob Knight in ihrer Wohnung war, ohne jemanden anzuschreien – das war etwas, was keine von uns hatte kommen sehen.

Nachdem sie mich von der Straße geholt hatte, rettete mich Rosalina auch vor der Leere, die Jake in meinem Leben hinterlassen hatte. Ich wusste nicht, wie viele Nächte ich geweint und Jakes Namen verflucht hatte, während sie mich getröstet und sich kreative Beleidigungen ausgedacht hatte, um mich zum Lachen zu bringen. Hinterlistiger Hund, miese Made, lausiger Lykanthrop. Sie liebte Alliterationen.

„Toni, ich verstehe, dass es dir mies geht", hatte sie einmal gesagt. „Du liebst ihn und daran ist nichts Falsches. Unser ganzes Leben lang lehrt man uns zu geben, uns zu kümmern, uns selbst zurückzunehmen, aber ich sage dir, dass dieser Gedanke völlig falsch ist. Ich verlange nicht, dass du gar nicht mehr liebst, sondern nur, dass du dich selbst ein wenig mehr liebst. Männer können echte Arschlöcher sein."

„Jake ist nicht so", hatte ich geplappert.

„Trotzdem hat er dich ohne Erklärung verlassen und jetzt sieh dich an. Du bist am Boden, aber du hast noch ein Leben zu leben. Für dich selbst, ob er nun hier ist oder nicht. Und du musst dich dazu entschließen, ein besseres Leben als das hier zu leben, denn er ist ganz sicher da draußen und hat Spaß und weint sich nicht bei einem Freund aus."

Damals hatte ich noch glauben wollen, dass er mich genauso sehr vermisste wie ich ihn, aber warum sollte er sich das selbst antun, wenn er hätte zurückkommen und mir sagen können, dass er mich liebte? Ich hätte ihn mit offenen Armen zurückgenommen, als ob er nie weg gewesen wäre.

Es hatte ein paar Wochen gedauert, aber schließlich machte Rosalinas Rat Sinn. Ich hatte mich ohne Jake so gefühlt, als würde ein Teil von mir fehlen, aber ich lernte schließlich, dass das nicht stimmte. Ich war immer noch einhundert Prozent Antonietta Luna Sunder. Mit oder ohne Jake hatte ich ein Leben zu leben und es konnte ein gutes Leben werden. Dann zeigte mir die Zeit, dass es das tatsächlich war. Ich hatte immer noch eine ganze Menge, für das es sich zu leben lohnte, auch wenn ich dachte, dass kein anderer Mann je an Jake herankommen könnte, auch wenn ich das Gefühl hatte, dass er mein Herz endgültig gebrochen hatte und dass es nie wieder richtig funktionieren würde. Zur Hölle, es hatte auch nicht richtig funktioniert, als ich mit Stephen zusammen gewesen war. Ich hatte ihn gemocht, aber die Leidenschaft hatte gefehlt.

Und jetzt saß Jake hier vor mir, sah heißer aus als je zuvor und holte alle möglichen Erinnerungen von dem mentalen Dachboden, auf dem ich sie untergebracht hatte.

Gott, das ist wirklich eine schreckliche Idee.

Vielleicht würde es klappen, wenn ich ihn nicht ansah. Mein Blick wanderte zu Rosalina hinüber, als ich mich am sprichwörtlichen Riemen riss und mich daran erinnerte, dass ich ein Jahr lang glücklich gewesen war, weil ich mich um die Person gekümmert hatte, die am wichtigsten auf der Welt war ...

Toni.

Rosalina lächelte mich an. Alles in allem ging sie gut mit der Situation um, auch wenn ich die leichte Falte zwischen ihren Augenbrauen nicht übersehen konnte. Hinter ihrem gelassenen Äußeren urteilte sie. Und wie.

Ich räusperte mich und sah Jake an. „Okay, also ... ich werde dir helfen, aber zuerst möchte ich verstehen, warum Ulfen den Entführern nicht geben will, was sie fordern. Wenn er seinen Sohn nach Hause bringen kann und es nicht tut, weil er ein Arschloch ist, werde ich nicht mein Leben riskieren."

„Ulfen kann ihnen nicht geben, was sie wollen, weil ihre Forderungen lächerlich sind. Es kommt nicht infrage."

„Warum nicht?"

„Sie wollen, dass sein Rudel St. Louis verlässt."

„Was?! Das ist wirklich lächerlich."

Werwölfe und ihre Rudel waren verdammt revierorientiert. Wenn Erickson und seine Anhänger ihre Heimat verließen – was so wahrscheinlich war, wie dass die Fae Elf-hame verließen – würden sie überall auf Konflikte stoßen. Andere Rudel würden sie verjagen, sobald sie versuchten, sich in ihrem Territorium niederzulassen. Ganz zu schweigen davon, dass es Ulfens Aufgabe als Alpha war, sein Rudel vor allem zu schützen, sogar vor seiner Familie. Und wer gab Bernadetta das Recht, jemanden aus seinem Zuhause zu vertreiben? Was für eine *Frechheit*!

„Okay, ich werde mitspielen", sagte ich. „Aber du musst versprechen, dass du mich danach in Ruhe lässt."

Jake kniff die Augen zusammen. Er war nicht der Typ für Versprechen. Tatsächlich hasste er es, Versprechen zu geben. Er hatte es mir in der Vergangenheit oft gesagt und ich hatte ihm nie einen Schwur entlocken können, egal wie unbedeutend.

Er zögerte eine Weile, aber schließlich neigte er ernst seinen Kopf. „Ich verspreche es."

„Gut." Ich schluckte schwer und ein seltsames Gefühl breitete sich in meinem Magen aus. War dieses Versprechen wirklich das, was ich von ihm hören wollte? Gott, ich dachte, dass ich über diesen Mann hinweg wäre, aber vielleicht hatte ich mir nur etwas vorgemacht. Ich verdrängte diese Gedanken und kam zur Sache.

„Also, das Wichtigste zuerst", sagte ich. „Ich brauche etwas, das Stephen gehört hat. Du weißt, wie es läuft." Wenn ich ein bekanntes Ziel finden wollte und einen Gegenstand hatte, der ihm gehörte, musste ich keinen Trank brauen, was uns Zeit sparen würde. Eine sehr gute Aussicht, denn je schneller ich die Sache hinter mich brachte, desto schneller konnte ich zur Normalität zurückkehren.

Jake seufzte frustriert. „Seit ich wieder in der Stadt bin, versuche ich, einen solchen Gegenstand in die Hände zu bekommen, aber ich habe es nicht geschafft."

Ich runzelte die Stirn. „Moment, ich dachte, ihr beide seid eng befreundet."

„Ja, aber sein Haus ist niedergebrannt und sein Büro wurde genau wie deines durchwühlt. Sie haben alle persönlichen Gegenstände mitgenommen, die man zum Fährtensuchen verwenden kann, also habe ich nichts."

„Dann müssen wir mit seinem Vater sprechen", sagte ich. „Ulfen muss etwas haben, das seinem Sohn gehört. Oder eine Freundin ... Hat er eine Freundin?"

„Stephen ist mit niemandem zusammen und Ulfen ... ähm ... er will nicht kooperieren."

„Was meinst du? Ich dachte, dass er dich engagiert hätte."

„Das war eine Lüge. Tatsächlich gibt er mir die Schuld für Stephens Verhalten. Er hat mir gesagt, dass ich mich von ihm fernhalten soll, sonst würde mich das Rudel in Stücke reißen."

Rosalina stand von ihrem Sessel auf und lief langsam rückwärts in die Küche. Alle paar Sekunden streckte sie ihren Kopf heraus, um zuzuhören, dann kam sie schließlich mit einer Tüte Mikrowellenpopcorn wieder heraus. Sie setzte sich wieder, öffnete das Popcorn und fing an zu essen, als wäre sie im Kino.

Jake und ich warfen ihr beide einen Seitenblick zu und konzentrierten uns dann wieder auf das Wesentliche.

„Was für ein Verhalten?", fragte ich und schüttelte dann meine Hände vor mir. „Vergiss es, das muss ich alles nicht wissen. Du musst mir nur etwas bringen, das Stephen gehört, damit ich mich an die Arbeit machen kann."

„Hast du mir zugehört? Ich habe dir gesagt, dass ich nichts habe."

Ich drehte meine Hände um, sodass die Handflächen nach oben zeigten und sah ihn genervt an. „Wie zum Teufel soll ich ihn dann aufspüren?"

„*Du* kannst mit Ulfen reden und ihm sagen, dass du bereit bist zu helfen."

Ich brach in Gelächter aus. „Das ist dein Plan?"

Er nickte und warf mir einen Blick zu, der „mein Plan ist doch gut" zu sagen schien.

„Wenn du wirklich gut mit Stephen befreundet wärst, hätte er dir gesagt, dass sein Vater mich hasst."

Rosalina machte ein zustimmendes, kehliges Geräusch. Sie war zu sehr damit beschäftigt, sich Popcorn in den Mund zu stopfen und sich die Finger abzulecken, um viel mehr beizutragen.

„Stephen hat mir gesagt, was passiert ist. Ich weiß, dass Ulfen dich aus denselben Gründen hasst wie mich. Er denkt, dass du Stephen von seinen Pflichten abgehalten hättest. Aber wenn du ihm anbietest, Stephen aufzuspüren, wird er das alles vergessen.”

Rosalina hob ihre Hand, als wären wir in der Schule. Wir sahen in ihre Richtung.

„Du musst nicht die Hand heben”, sagte ich. „Was gibt's?”

„Mir schwirrt eine Frage im Kopf herum. Ulfen Erickson ist reich, meint ihr nicht, dass er nicht schon jemanden dafür angeheuert hat, seinen Sohn aufzuspüren?”

Jake nickte. „Das hat er tatsächlich. Mehrere Fährtensucher, aber sie haben alle versagt. Ulfens Leute sind in der ganzen Stadt Spuren nachgegangen, die ins Nichts geführt haben. Fiore ist gerissen. Sie muss jemanden haben, der Störungen verursacht und die Fährtensuchzauber manipuliert. Ich weiß es nicht.”

„Warum denkst du dann, dass *ich* Erfolg haben werde?”, fragte ich verwirrt.

Er schnaubte. „Du bist eine viel bessere Fährtensucherin als diese ganzen Deppen. Außerdem kennst du Stephen. Du hattest eine enge Beziehung zu ihm. Du weißt, dass das eine Rolle spielen kann.”

Es stimmte. Wenn man einmal eine gewisse Verbindung zu jemandem aufgebaut hatte, war es leichter, ihn zu finden. Deshalb hatte ich nie versucht, Jake aufzuspüren, obwohl er ein einziges T-Shirt zurückgelassen hatte. Ich hatte es unter dem Bett gefunden, als ich die Wohnung verließ. Es war das Einzige, was er nicht eingepackt hatte und das war ein Versehen gewesen. Offensichtlich hatte er nicht gewollt, dass ich ihn fand und ich hatte wenigstens genug Stolz gehabt, ihm nicht hinterherzujagen – auch wenn ich mir seinetwegen die Augen aus dem Kopf geheult hatte.

Ich stand auf und begann, vor dem Zweisitzer hin und her zu laufen, wobei ich mir eine Hand an den Kopf drückte. „Ich weiß nicht, Jake. Ulfen wird mich wahrscheinlich auch abweisen.”

„Du musst es versuchen. Ich habe das Gefühl, dass du Stephens letzte Hoffnung bist.”

„*Oh mein Gott!*”, rief Rosalina. „Sag ihr doch so etwas nicht. Es ist schon schlimm genug.”

Jakes Kiefer spannte sich an und er schenkte meiner Freundin einen dieser intensiven Blicke, bei denen Kerle, die zweimal so groß waren wie er, den Schwanz einzogen. Rosalina setzte sich auf die Kante des Stuhls und erwiderte seinen bösen Blick. Sie ließ sich nicht so leicht einschüchtern – nicht einmal von einem Werwolf.

„Jake", mahnte ich. „Wir sind hier in *ihrer* Wohnung und du solltest Respekt zeigen."

Ich spürte fast, wie die Wut in Jake aufstieg, als wäre er ein riesiger, bissiger Hai, der Blut gerochen hatte. Er mochte es nicht, wenn ihm jemand sagte, was er zu tun und zu lassen hatte. Das war das Alphatier in ihm. Es war schon immer ein Problem gewesen. Er atmete scharf ein und nickte Rosalina entschuldigend zu.

Das brachte uns zum Thema zurück. „Also gehen wir morgen zu Ulfen und—"

„Morgen?" Jake kam auf die Füße und starrte mich an, als hätte ich den Verstand verloren. „Wir können nicht warten. Wir haben nur noch vier Tage, um Stephen zu finden."

„Was?! Warum hast du das noch nicht erwähnt?"

„Das habe ich." Jake sah mich mit einem tiefen Stirnrunzeln an und wirkte verwirrt.

Oh, Mist! Er musste es gesagt haben, als ich taub gewesen war. Ich warf Rosalina einen Blick zu. Warum hatte *sie* es nicht erwähnt? Sie schenkte mir ein gezwungenes Lächeln und ein kaum merkliches Achselzucken.

Ich tat so, als würde ich eine meiner Augenbrauen glatt streichen, während ich mein Gesicht hinter meiner Hand versteckte. „Ähm ... doch ... das hast du. Ich ... ich weiß nicht ... die Explosion und alles ... es geht alles so schnell." Ich sah Jake durch eine Lücke zwischen meinen Fingern an.

Er runzelte immer noch die Stirn und ich merkte, dass er mir nicht ganz abkaufte, was ich sagte.

„Also gehen wir jetzt?", sagte ich, halb als Aussage, halb als Frage.

Er nickte.

„Wohin gehen wir? Zu Ulfen?"

„Nein. Sein Haus ist eine Festung. Wir kämen nicht einmal am Haupttor vorbei. Aber ich weiß, wo wir ihn finden können."

Als wir uns zum Gehen bereitmachten, nahm Rosalina meine Hände. „Sei vorsichtig."

Ich drückte beruhigend zurück. „Ich mache das nur dieses eine Mal und dann kehrt wieder Normalität ein."

„Ich weiß."

Ich machte mich mit Jake auf den Weg, wobei ich gegen die widersprüchlichen Emotionen ankämpfte, die sich in meiner Brust sammelten und mir sagte, dass es dabei darum ging, ein Leben zu retten und *das* konnte kein Fehler sein.

KAPITEL 19

Jake saß auf dem Beifahrersitz meines Camaros, den er bis ganz nach hinten gestellt hatte, um Platz für seine langen Beine zu haben.

„Ich habe dieses Auto immer geliebt", sagte er und tätschelte das Armaturenbrett, als ob das Auto ein Hund wäre.

Stirnrunzelnd startete ich den Motor. „Wohin?"

Sein Kommentar hatte geklungen, als ob er über die guten alten Zeiten nachdachte und das gefiel mir nicht. Diese Vergangenheit tat weh. Ich wollte nach vorne sehen, das Ganze hinter mich bringen und dann Jake und diesen ganzen Unsinn wieder aus meinem Leben verbannen.

Er lehnte sich zurück und schnallte sich an. „Fahr auf die I-44. Ich sage dir Bescheid, wenn du abfahren musst."

Mehrere Minuten lang fuhren wir schweigend. Die Luft fühlte sich dick an und ich konnte nicht verhindern, dass das Leder des Lenkrads in meinen Händen quietschte, wenn sie darüber glitten.

„Das macht mich langsam verrückt", sagte er, als wir uns der Ausfahrt *Botanical Gardens* näherten.

„Entschuldige." Ich steckte mir ein Stück Kaugummi in den Mund, fing an, darauf zu kauen und konzentrierte mich darauf, meine Hände ruhig zu halten.

Jake trommelte mit den Fingern auf seinem Oberschenkel herum und kippelte nervös mit dem Bein. Ich fixierte mich auf die Bewegung und *das* fing an *mich* verrückt zu machen.

„Kannst du damit aufhören?" Ich sah sein zuckendes Bein an.

„Oh. Entschuldige." Er hörte auf und legte seine Hände flach auf seine Schenkel. Er starrte sie an, als ob es seine ganze Konzentration erfordern würde, stillzuhalten.

„Das ist unangenehm", sagte ich schließlich und kam mir dumm vor. So ungeschickt hatte ich mich schon lange nicht mehr gefühlt und das gefiel mir nicht.

„Das ist es", gab er zu. Ich erwartete, dass er mehr sagen würde, aber er starrte nur geradeaus. „Fahr hier ab."

Ich fuhr von der Schnellstraße herunter und bog rechts auf die South Vanderventer Avenue. Während ich fuhr und versuchte, nicht an den riesigen Elefanten im Camaro zu denken, fiel mir eine von Dads Weisheiten ein.

„Sag immer, was du denkst, Schatz. Ich kann deine Gedanken nicht lesen und wenn ich raten soll, was du denkst, dann rate ich wahrscheinlich falsch. Also sag mir einfach, was zum Teufel dir im Kopf herumschwirrt."

Ich lächelte vor mich hin.

„Was ist so lustig?", fragte Jake.

Ich schüttelte den Kopf. „Ich habe nur an Dad gedacht und an etwas, das er mir immer gesagt hat."

Er wurde wieder still. Mir lag eine Frage auf der Seele, etwas, dass ich das Universum schon tausendmal gefragt hatte, nachdem Jake abgehauen war, aber das Universum hatte nie geantwortet. Und jetzt war die einzige Person, die das Rätsel lösen konnte, hier und ich brachte es nicht über mich, die Frage zu stellen. Das Schlimmste daran war ... ich hatte Angst davor, was er vielleicht sagen würde und dass seine Antwort mich wieder fertig machen würde – auch wenn ich gelernt hatte, mich selbst zu lieben und wenn ich jetzt meinen Wert kannte.

Aber wem machte ich etwas vor? Ich *musste* es wissen.

„Warum bist du damals abgehauen?", platzte ich heraus.

„Ich wünschte, ich könnte—", sagte er gleichzeitig, aber unterbrach sich sofort. Er stieß ein trauriges Lachen aus, das tief und kehlig klang.

„Das ist nicht witzig." Ich trat auf die Bremse und hielt an einer roten Ampel.

„Nein, das ist es nicht. Ganz und gar nicht."

Er wies mich an, nach rechts auf die Kentucky Avenue abzubiegen und das Auto dort zu parken. Wir saßen einen Moment schweigend da, nachdem ich den Motor abgestellt hatte.

Ich atmete tief durch und schob all die guten Ratschläge in meinem Kopf beiseite. Es schien, als wären zwanzig Leute mit uns im Auto, die mir sagen wollten, was ich zu tun hatte. Dad, Mom, Daniella, Lucia, Rosalina, Tom. Sie hatten mir alle gesagt, ich solle Jake vergessen und nicht mehr an ihn denken. Auf Gedeih und Verderb unterdrückte ich ihr Gerede und beschloss, einfach ich zu sein.

„Ich finde, wir sollten reden", sagte ich, ohne in seine Richtung zu sehen. „Ich würde gerne mit dir reden, um es zu verstehen."

Ich wartete darauf, dass Jake antwortete und beobachtete ihn aus dem Augenwinkel. Seine Finger gruben sich in seine Oberschenkel und erste Anzeichen von Klauen blitzten einen Moment lang auf. *So schlimm war es also.*

„Vergiss es", sagte ich. „Versuch einfach, Dads Auto nicht mit Blut vollzuschmieren, okay?"

Als er erkannte, was er tat, entspannte er seine Hände. „Ich glaube, dass ein Gespräch die Sache schlimmer machen würde."

„Wie bitte?" Wut wallte in mir auf und Worte sammelten sich in meinem Mund.

Natürlich denkst du, dass miteinander zu reden die Sache schlimmer machen würde und verschwindest lieber komplett von der Bildfläche. Und warum auch nicht? Das ist ja so viel einfacher.

Das wollte ich sagen, aber die Wut ließ nicht zu, dass ich es aussprach. Offensichtlich war das der Beweis dafür, dass ich all den Rat, der in meinem Kopf herumschwirrte, aus gutem Grund bekommen hatte. Leute, die viel schlauer waren als ich, hatten mir netterweise Tipps gegeben, weil sie wussten, dass alles, was ich mir selbst ausdachte, nichts taugte.

„Vergiss es einfach", sagte ich. „Es war nur ein kurzer Moment des Wahnsinns, der mich dazu gebracht hat, zu fragen."

Er fuhr mit der Hand durch sein Haar und ich konnte spüren, wie Frustration von ihm ausging wie die Wellen im Wasser, nachdem ein Stein die Oberfläche durchbricht. Er war wie eine Rakete, die kurz davor war, ins All zu schießen und da es keinen Ausweg gab, war es gut möglich, dass er in meinem Auto explodierte.

Gerade als ich dachte, er würde zur Supernova werden, stieß er einen langen Atemzug aus und als hätte er eine Entscheidung getroffen, die ihn teuer zu stehen kommen würde, drehte er sich in meine Richtung und sah mir in die Augen.

„Ich wollte dir nie wehtun", sagte er in einem ruhigen Ton, der mir einen Schauer über den Rücken jagte.

Da war etwas an seinem Gesichtsausdruck, bei dem mein Magen auf die Größe einer Erbse zusammenschrumpfte.

An der Traurigkeit in seinen Augen konnte ich ablesen, dass er wirklich glaubte, dass ein Gespräch etwas wäre, das wir bereuen könnten.

Aber wie konnte das sein? Dad hatte immer gesagt, dass Reden gut sei, dass Gefühle in sich hineinzufressen so sei, als würde man eine Bombe bauen und dass Dinge, die der Interpretation überlassen werden, zu Lügen und Fehlern führten. Traf sein Rat in diesem Fall nicht zu? Sollte ich es einfach gut sein lassen, wie es mir alle geraten hatten?

Andererseits, wie konnte ich weiterleben, ohne es zu wissen? Wie konnte ich in dem Glauben an etwas leben, das vielleicht eine Lüge war? Und vielleicht hatte Jake ja Unrecht und wenn wir geredet hatten, würde diese Leere in meinem Herzen verschwinden, ich würde ihm vergeben können und den Rest meines Lebens ohne die Schatten verbringen, die in die Vergangenheit gehörten.

Ich seufzte. „Ob du es wolltest oder nicht, du hast mir wehgetan."

„Es tut mir leid." Seine Entschuldigung klang aufrichtig und obwohl er mein Herz entzweigebrochen hatte, hatte ich keinen Grund, daran zu zweifeln, dass es ihm wirklich leidtat.

Ich wünschte, dass er weitersprechen würde, aber das tat er nicht und ich fragte mich, ob er mir mit dieser Stille weiteren Schmerz ersparen wollte.

Du musst es nicht wissen, Toni. Du musst es nicht wissen.

Nach langer Stille atmete er tief ein und sah aus dem Fenster. „Bist du bereit, dich Ulfen zu stellen?"

„So bereit, wie ich es nur sein kann."

KAPITEL 20

Jake führte mich in einen Club in The Grove, einem belebten Geschäftsviertel, das sich etwa eine Meile entlang der Manchester Avenue erstreckte. Der Name des Clubs war *The Chained Wolf*. Ich hatte ihn schon einmal gesehen – Rosalina und ich gingen gerne in The Grove feiern –, hatte ihn aber gemieden wie die Pest, weil ... tja ... Werwölfe und ich einfach nicht zusammenpassten.

Ich hatte nicht einmal gewusst, dass der Club Ulfen Erickson gehörte, also hatte ich jetzt noch einen Grund, ihn zu meiden.

„Ulfen verbringt hier viel Zeit", sagte Jake und sah mit finsterer Miene zu dem lilafarbenen Neonschild hoch, auf dem ein heulender Wolf mit einer Sträflingskugel am Hinterbein zu sehen war. Musik dröhnte aus dem Inneren und ungefähr zehn Leute warteten darauf, eingelassen zu werden.

Ich hätte nicht gedacht, dass Ulfen Erickson in so einem Lokal verkehren würde, geschweige denn, dass es ihm gehörte. Ein Club, in dem sich Yuppies für Tinder-Abenteuer trafen, war nicht gerade eine angemessene Anlaufstelle für verheiratete Männer. Nicht, dass ich jemals den Eindruck gehabt hätte, dass er seine Frau liebte. Stephen hatte sich immer darüber beklagt, wie Ulfen sie behandelte. Offenbar war Untreue zu einer seiner Lieblingsbeschäftigungen geworden. Ich konnte mir vorstellen, dass der Club ihm reichlich Gelegenheit bot, junge Frauen aufzureißen.

„Er denkt, er kann tun, was er will, weil er ein Alpha ist", hatte mir Stephen mehr als einmal gesagt, weswegen ich mir jetzt Gedanken über den Alpha machte, mit dem ich gerade unterwegs war. Jake sah auf jeden Fall wie ein Mann aus, der sich alles erlauben konnte, was er wollte, einschließlich das Herz einer Neunzehnjährigen zu brechen. Er war stark, verdammt attraktiv, und ...

Verdammt! Ich musste mir diese dummen Gedanken wirklich aus dem Kopf schlagen. Ich sollte mich ganz darauf konzentrieren Stephen zu finden. Ich würde alle meine Sinne darauf ausrichten, ihn aufzuspüren und dann wieder die Probleme im Liebesleben der Reichen und Schönen von St. Louis lösen.

„Gehen wir durch den Hintereingang rein." Jake ging auf eine dunkle Seitengasse zu.

„Warum?"

„Die Türsteher haben die Anweisung, mich sofort wegzuschicken, wenn sie mich sehen."

„Ach, wie nett."

Auf der Rückseite des Gebäudes warteten wir hinter einem Müllcontainer. Der Geruch von toten Ratten hing in der Luft. Ich hielt den Atem an, während Jake den Hintereingang im Auge behielt. Zwei Glühbirnen auf beiden Seiten der Tür boten das einzige Licht.

Ich wollte gerade fragen, wie lange er plante zu warten, da öffnete sich die Tür. Jake streckte einen Arm vor mich, drückte meinen Rücken an die Wand und zerquetschte dabei meine Brüste. *Ernsthaft? Das war also sein Plan, um mich zu begrapschen.* Ich hielt die Luft an, als das Geräusch von Schritten durch die Gasse hallte. Etwas Schweres krachte in den Container. Ich erschrak und mein Herz setzte einen Schlag aus, aber ich schaffte es, mich zurückzuhalten und still zu bleiben.

Die Schritte entfernten sich nach ein paar Sekunden wieder. Jake nahm meine Hand und zog mich aus unserem Versteck. Wir stürzten auf die Tür zu, die sich langsam schloss. Er packte sie gerade rechtzeitig, dann sah er mich mit einem beruhigenden Blick an. Ein leichtes Grinsen umspielte seinen Mund, als ob wir eine Art Versteckspiel spielen würden. Er hatte nicht die geringsten Skrupel.

Mir hingegen schlug das Herz bis zum Hals.

Nach einem kurzen Moment nickte er, zog die Tür auf und wir schlüpften hinein. Vor uns erstreckte sich ein langer Flur, der mit Kisten gesäumt war. Ich las einige der Etiketten: Patron, Koval, Grey Goose. So wie es aussah, hatten sie genügend Schnaps, um die jungen Wilden von St. Louis monatelang betrunken zu halten. Ich konnte den Alkohol in der Luft riechen.

„Komm schon." Jake hielt immer noch meine Hand, während er mich durch den Flur führte.

An einer Abzweigung hielt er an und blickte vorsichtig in beide Richtungen, dann gingen wir weiter. Die Musik wurde lauter, als wir uns einer Schwingtür mit einem Fenster auf Augenhöhe näherten. Die Flaschen in den Kisten klapperten im Takt der tiefen Bässe der Musik. Jake spähte durch das Fenster, dann stieß er die Tür auf und wir waren drin.

„Siehst du", flüsterte er in mein Ohr, sodass ich ihn bei der lauten Musik hören konnte. „Kinderspiel."

Für mich fühlte es sich überhaupt nicht wie ein Kinderspiel an. Es fühlte sich an, wie scharfe Jalapeños in meinem Hals, von denen ich Sodbrennen bekam. Ulfen war ein gefährlicher Werwolf. Jedenfalls gefährlicher als die meisten.

Der Club war überfüllt und voller junger Paare, die Spaß haben wollten. Der Technobeat erschütterte alle meine inneren Organe und bei den Stroboskoplichtern musste ich mich auf einen schweren epileptischen Anfall einstellen. Die meisten Gäste sahen aus wie Fade, aber meine scharfe Nase sagte mir etwas anderes. Viele Übernatürliche mischten sich unter das Publikum, höchstwahrscheinlich Werwölfe.

Wir gingen weiter hinein und auf eine Reihe hoher Tische zu. Einige Leute standen um sie herum und unterhielten sich und tranken. Hinter der ersten Reihe Tische gab es noch eine und dann folgte eine überfüllte Tanzfläche, auf der Nebel um die Beine der Raver waberte. Ein DJ und eine Gruppe Tänzer standen im hinteren Teil auf einer Plattform; dem Mittelpunkt des ganzen Clubs.

Sowohl Männer als auch Frauen bewegten sich auf Podesten über der Menge und trugen verschiedene lederne Unter- und Oberteile, die kaum etwas der Fantasie überließen. Eine Blondine wickelte ihre Beine um eine Stange und trotzte so der Schwerkraft und ein Mann peitschte spöttisch einen Wer-Cowboy mit einer Gerte. Viele zeigten offen ihre Wandlermerkmale, wie leuchtende Augen, pelzige Ohren und Krallen und knurrten und heulten beim Tanzen ausgelassen.

Ich riss meinen Blick von dem interessanten Anblick weg und erinnerte mich daran, dass ich nicht hier war, um mich umzusehen, egal, wie heiß die Leute waren.

Auf der linken Seite der Tanzfläche gab es eine vollausgestattete, betriebsame Bar, die mit Neonröhren beleuchtet war und an der die Mitarbeiter nicht anders gekleidet waren als die Tänzer auf der Bühne. Sie jonglierten gekonnt mit Schnapsflaschen und verteilten links und rechts Getränke.

„Hier entlang", sagte Jake und zog mich weiter.

In einer Ecke standen runde Tische und bequeme rote Ledersitze, die die Wand säumten. Ganz am Ende saß Ulfen mit einer Gruppe von Leuten: zwei Männer und vier Frauen.

„Du gehst vor", sagte Jake. „Ich bin direkt hinter dir. Er wird schneller sauer werden, wenn er mich zuerst sieht."

Was bedeutete, dass der Alpha so oder so sauer werden würde. Was für ein Glück ich hatte.

Ich schluckte schwer und atmete tief durch, um mich für Ulfens einschüchternde Blicke zu wappnen. Wie Fiore hatte er den Ruf, gnadenlos zu sein. Das wusste ich nicht nur vom Hörensagen, ich hatte seine aggressive Art am eigenen Leib erfahren. Er hatte mir immer Angst eingejagt. Und die Tatsache, dass Jake dicht hinter mir war, trug wenig dazu bei, mich zu beruhigen. Wir waren hier in Ulfens Club, in dem es von *seinen* Leuten wimmelte.

Aber wir waren hier, um ihm unsere Hilfe anzubieten. Auch wenn er uns hasste, er musste einfach zuhören.

Ich straffte die Schultern und ging in seine Richtung, wobei ich eine Selbstsicherheit ausstrahlte, die ich nicht spürte.

Durch Schein zum Sein, Baby!

Ulfens Nase zuckte, dann sah er sofort in meine Richtung und hatte mich mit der Zielgenauigkeit eines Scharfschützen im Visier. Er zog die Oberlippe hoch und zeigte seine Zähne. Ich ging weiter und meine Selbstsicherheit wuchs, je mehr Wut in meiner Brust aufflammte.

Er schubste eine der Frauen von seinem Schoß und scheuchte sie alle weg. Seine Gäste huschten schnell zur Seite aus der runden Sitzgruppe heraus und verschwanden in der Menge. Ich würde nie verstehen, wie man sich von anderen so behandeln lassen konnte.

Ich blieb vor dem Tisch stehen und blickte ihn unnachgiebig an. „Hallo Ulfen."

„Was machen *Sie* denn hier? Ich dachte, ich hätte deutlich gemacht, dass ich Sie nicht mehr sehen will."

Auch wenn ich stand und er vor mir saß, gab er mir mit seiner Leg-dich-nicht-mit-mir-an-Ausstrahlung und donnernden Stimme das Gefühl, klein zu sein. Trotzdem war meine Stimme fest, als ich sprach.

„Ich bin hier, um Ihnen meine Dienste anzubieten und dabei zu helfen, Ihren Sohn zu finden", sagte ich.

Er kniff die Augen zusammen. „Ist das so?"

Ich nickte.

„Stephen wird seit über einer Woche vermisst, warum das plötzliche Interesse? Ich dachte, dass Sie in letzter Zeit nur noch Gefährten aufspüren."

In diesem Moment trat Jake aus der Menge hervor und stellte sich neben mich. Ulfens blaue Augen funkelten bedrohlich und er fasste die Tischkante mit solcher Kraft, dass seine Knöchel weiß wurden. Er machte den Anschein, als wolle er den Tisch nach Jake werfen.

„Ich habe sie überzeugt, zu helfen", sagte Jake.

Ein leises Knurren drang tief aus Ulfens Brust. Der Tisch knarrte unter seinem Druck. Meine Knochen wurden zu Wackelpudding und bevor ich merkte, was ich tat, griff ich nach Jakes Hand und verschränkte meine Finger mit seinen.

Einen Moment lang sah Ulfen so aus, als würde er gleich explodieren und wie ein Vulkan Lava spucken. Es wäre ein zweites Pompeji. Würde das Opfer einer Jungfrau ihn besänftigen? Ich bezweifelte allerdings, dass wir hier drin eine finden würden. Zeit zu rennen.

Überraschenderweise bekam der Werwolf seine Wut jedoch unter Kontrolle und ließ den armen Tisch los. Er strich sein dunkelgraues Jackett glatt und lockerte seine Krawatte. „Setzt euch."

Jake und ich tauschten einen Blick. Mit einem unbehaglichen Grinsen ließ ich schnell seine Hand los und rutschte auf die gepolsterte Bank. Jake setzte sich auf der anderen Seite hin, sodass Ulfen in einiger Entfernung zu uns in der Mitte saß.

„Danke, dass du das getan hast", sagte Ulfen durch zusammengebissene Zähne zu Jake. „Die Fährtensucher, die ich beauftragt habe, hatten kein Glück." Er drehte sich zu mir. „Ich habe gehört, dass Sie gut sind."

„Das bin ich."

Ich war jung und ich konnte nicht mit der jahrelangen Erfahrung prahlen, die andere Fährtensucher hatten, aber ich hatte die kleine Emily Garner gefunden, als alle anderen gescheitert waren. Das hatte mir einen gewissen Ruf eingebracht. Trotzdem musste ich davon ausgehen, dass die Leute, die Ulfen engagiert hatte, nicht schlecht gewesen waren. Er hatte das Geld, um die Besten zu bezahlen.

„Was brauchen Sie dafür?", fragte Ulfen.

Jeder Fährtensucher arbeitet anders. Manche brauchen bestimmte Gegenstände wie eine Bürste mit Haaren oder etwas, das die vermisste Person um ihren Hals oder ihr Handgelenk getragen hatte. Für diese Fährtensucher reichte nichts anderes aus. In meinem Fall würde alles funktionieren, das dem Ziel gehörte, alles, was die Person je für sich beansprucht hatte ... von einer Zahnbürste bis zu einem Haus.

„Ein beliebiger Gegenstand, der Stephen gehört hat, reicht aus", sagte ich.

Ulfen nickte, fasste in die Tasche seines Jacketts und zog etwas heraus. Er schob es über den Tisch in meine Richtung. Es war ein silberner Manschettenknopf in Form einer Mondsichel. Ich blinzelte und musterte Ulfens Gesicht. Seine blauen Augen sahen den Manschettenknopf an und sein Blick wirkte bedrückt und wehmütig, als wolle er sich nicht davon trennen. „Wir haben das an dem Tag, an dem sie ihn entführt haben, in seinem Auto gefunden", sagte Ulfen. „Er war an einem abgerissenen Ärmel befestigt. Er hat mit ihnen gekämpft. Da war Blut. Seit diesem Tag trage ich ihn mit mir herum. Reicht Ihnen das?"

Ich schluckte den Kloß in meinem Hals. Ich hätte nie gedacht, dass Ulfen ein sentimentaler Mann war, aber in diesem Moment glich er nicht der Person, die ich zu kennen geglaubt hatte. Jetzt gerade war er nichts mehr als ein besorgter Vater, der sich an einen Fetzen Hoffnung klammerte.

Zögerlich hob ich eine Hand und nahm den Manschettenknopf. Es fühlte sich falsch an, ihn zu nehmen und ich schlug fast vor, dass er ihn behalten und mir etwas anderes geben sollte, aber dafür hatten wir keine Zeit. „Das reicht aus."

Ulfen warf Jake einen Blick zu, dann knackte er mit dem Nacken, schnaubte und sein Gesicht nahm die undurchdringliche Maske an, die er immer trug. „Wie lange wird es dauern, ihn aufzuspüren?"

„Höchstens ein paar Stunden."

Er runzelte die Stirn und sah besorgt oder skeptisch aus; ich wusste nicht, was von beidem.

„So schnell?", fragte er.

Ich nickte. „Wenn ich einen Gegenstand von meinem Ziel habe, kann ich diese Person schnell finden, wenn es keine ... erschwerenden Umstände gibt, natürlich."

„Erschwerende Umstände", wiederholte er. „Ich kann Ihnen garantieren, dass es erschwerende Umstände geben wird, da Bernadetta Fiore dahintersteckt."

„Sind Sie sicher, dass sie es war?", fragte ich, ohne nachzudenken.

„Natürlich war sie es." Ulfen schlug mit der Faust auf den Tisch.

Ich zuckte zusammen.

„Wer sonst würde es wagen, sich mit mir anzulegen?"

Ich hatte keine Antwort auf diese Frage und hielt stattdessen den Manschettenknopf hoch. „Ich werde Ihnen das zusammen mit Stephens Aufenthaltsort zurückbringen, hoffe ich."

„Wie viel?", fragte Ulfen.

Ich schüttelte den Kopf. „Es geht nicht um Geld."

Er schnaubte, ging aber nicht weiter auf das Thema ein. „Wenn Sie wollen, können Sie Ihr ... Ding in meinem Haus machen. Wir könnten jetzt gehen und—"

„Nein, danke", sagte ich mit Nachdruck. „Ich muss es in meinen eigenen vier Wänden machen, sonst funktioniert es nicht."

Das war natürlich eine Lüge, aber da jeder Fährtenleser anders arbeitete, hatte er keine andere Wahl, als mir zu glauben. Nur wenige wussten, wie meine Fähigkeiten funktionierten und ich wollte, dass es so blieb.

Ulfen zog eine Visitenkarte aus seiner Brusttasche und schnippte sie über den Tisch. Sie rutschte über die glatte Oberfläche und Jake fing sie auf, bevor sie auf den Boden fiel.

„Rufen Sie mich an, sobald Sie etwas wissen. Das ist meine private Handynummer." Ulfen deutete auf die Karte.

Mit dem Manschettenknopf fest in meiner Hand stand ich auf. „Wir werden ihn finden."

„Versprechen Sie nichts, was Sie nicht halten können." Er schien so verletzlich, als er das sagte, als ob er Angst hätte, Hoffnung zu schöpfen.

„Ich werde mein Bestes tun. Das kann ich versprechen."

KAPITEL 21

„**I**ch dachte, dass es ihm egal wäre", sagte Jake, als wir zurück zur Polizeiwache fuhren, um sein Auto zu holen.

„Ich auch."

Ich hätte nie gedacht, dass Ulfen imstande war, etwas anderes zu fühlen als Misstrauen und Gier, aber es schien, als hätte sein steinernes, altes Herz doch noch einen weichen Kern. Ich schnaubte bei dem Gedanken daran.

„Was?", fragte Jake.

„Ich schätze, Stephen hatte Unrecht. Er hat gesagt, dass sein Vater ihn hasst."

„Ich habe ehrlicherweise auch gedacht, dass es so ist. Die Dinge, die Stephen mir über ihn erzählt hat ..."

„Vielleicht kümmert ihn nur die Zukunft der Familie. Stephen ist immerhin sein Erbe."

Jake starrte nachdenklich seine Hände an. Vielleicht hatte er, wie ich, angefangen, das zu hinterfragen, was er zu wissen glaubte. Vielleicht war Stephen mehr als ein rebellischer Sohn, der sich gegen seinen Vater auflehnte. Bei Gott, Stephen war kein bescheidener Mann. Er war verwöhnt und reich aufgewachsen. In der Highschool und in den ersten Jahren am College war er ein totaler Draufgänger gewesen. Ein echter Hitzkopf, mit ein paar Alkoholexzessen und Verhaftungen wegen Drogen. Der Mann, den ich später kennengelernt hatte, war jedoch ganz anders gewesen. Er liebte Partys immer noch, aber er feierte verantwortungsbewusst. Seine Freunde sagten, er sei endlich auf den richtigen Weg gekommen. Ich war nicht lange mit ihm zusammen gewesen, aber ich musste zustimmen. Doch vielleicht gab es trotz Stephens Fortschritten immer noch familiäre Unstimmigkeiten. Oder vielleicht hatte Ulfen die Veränderung nicht gereicht.

Wer wusste das schon?

Am Ende waren die Details egal. Blut ist dicker als Wasser. Familie steht immer an erster Stelle, besonders bei Werwölfen. Sie halten zusammen, beschützen einander und sind loyal den Rudelmitgliedern gegenüber.

Ich sah zu Jake hinüber. Er hatte für sich entschieden, ein einsamer Wolf zu sein, was mich immer verwundert hatte. Er hatte sein Rudel verlassen, nachdem seine Eltern gestorben waren und es war mir immer schwergefallen, zu verstehen, warum er sich abkapselte, wenn er diese Art von Loyalität haben könnte.

Wir fuhren an der Polizeistation vorbei. Es war unheimlich still; im Gebäude brannten keine Lichter. Jake und ich starrten beide die kaputte Tür, die gesprengten Fenster und die verrußten Wände an. Drei Polizeiwagen standen davor und bewachten das freiliegende Gebäude.

Echos der Explosion und die Schreie der Menschen klingelten in meinen Ohren. Ich umfasste das Lenkrad fester und fuhr weiter. Ich fragte mich, wie es Tom und den anderen ging.

Wir bogen um eine Ecke, dann schaltete ich in den Leerlauf. Jake stieg nicht aus. Er saß einfach nur da und starrte geradeaus, während sich seine Brust mit jedem tiefen Atemzug hob und senkte.

„Bist du sicher, dass ich nicht mitkommen kann?", fragte er nach einem langen, stillen Moment.

„Du weißt, wie das läuft."

„Tue ich das?" Er sah mich mit seinen dunklen Augen ernst an.

„Ja, es wird nicht funktionieren, wenn du dort bist. Deine Aura wird stören." Das war die Lüge, die ich ihm schon früher erzählt hatte und die Lüge, bei der ich jetzt bleiben würde.

Sein Mund zuckte auf einer Seite. „Und die Aura deiner Kollegin stört nicht?"

„Rosalinas? Nein, nicht wirklich. Sie ist keine Schräge, also ... hat sie nicht viel übernatürliche Aura."

Ich hatte das Gefühl, dass er mir nicht glaubte. In der Vergangenheit hatte er das, aber irgendetwas war jetzt anders. Er vertraute mir nicht, genauso wie *ich ihm* nicht vertraute. Wie auch immer, er konnte sich von mir aus seinen hübschen Kopf darüber zerbrechen.

Langsam, ohne ein dankbares Wort oder irgendetwas anderes zu sagen, stieg er aus dem Auto und ging auf eine superschicke Harley zu, eine Softail mit niedrigem Sitz und einer Ledersatteltasche mit Nieten. Jetzt fuhr er also ein Motorrad statt eines verbeulten Trucks. Gut zu wissen, worauf ich achten musste, damit ich in die andere Richtung laufen konnte.

Jake schwang ein Bein über das Motorrad. Er hatte keinen Helm, aber das machte nichts. Wenn er sich den Kopf zertrümmerte, würde das schnell heilen. Er konnte es sich leisten, unverantwortlich zu sein.

Ich schaltete in den ersten Gang und fuhr zu Rosalinas Wohnung, wobei ich im Rückspiegel beobachtete, wie er immer kleiner wurde.

Als ich dort ankam, war sie noch wach, hatte sich auf dem Sofa unter einer Decke zusammengerollt und schaute alte Folgen *Supernatural* auf Netflix. Als ich die Tür hinter mir schloss, sah sie auf und starrte mich mit müden Augen an.

„Gott sei Dank bist du zu Hause." Sie drückte den Aus-Knopf auf der Fernbedienung und stand auf, wobei die Decke, die Abuela Esperanza gehäkelt hatte, auf den Boden fiel. „Wie ist es gelaufen?"

„Gut. Wir konnten mit Ulfen reden." Ich ging in die Küche und goss mir ein Glas Wasser ein.

Sie folgte mir und tat so, als ob sie meinen Kopf von allen Seiten untersuchen würde. „Tja, falls er versucht hat, deinen Kopf abzubeißen, hat er es immerhin nicht geschafft."

„Zuerst war er ziemlich sauer, aber am Ende hat er mir das hier gegeben." Ich zog den Manschettenknopf aus meiner Hosentasche.

„Dann sollst du es also tun."

Ich seufzte und nickte.

„Wann willst du es machen?" Sie setzte sich auf die Arbeitsplatte und ließ die Beine baumeln. Sie trug ein Pyjama-Set aus einem roten Tank-Top und weißen Shorts mit Kussmundmuster.

„Ich bin jetzt zu müde. Morgen. Gleich als Erstes.“

„Du meinst wohl heute noch.“

Mist! Es war bereits morgen.

Nach einer schnellen Dusche krabbelte ich in einem weiten T-Shirt und einer bequemen Baumwollunterhose ins Bett. Die Bettdecke fühlte sich wunderbar kühl an meinen Beinen an, während ich versuchte, die Erinnerungen an die glühende Hitze zu verdrängen, die an meiner Haut gezehrt und gebrannt hatte, sodass ich mir wie ein Brathähnchen vorkam.

Als ich die Augen schloss, sah ich die herabhängenden Deckenplatten, die funkensprühenden Drähte und Jakes blutenden Rücken. Es schien unmöglich, dass die Explosion erst heute Morgen stattgefunden hatte. Ich war dankbar für die Heiler im Krankenhaus und dachte an Daniella, meine ältere Schwester. Sie arbeitete im St. Louis Kinderkrankenhaus und leistete genau diese Art von Arbeit. In den zwei Jahren, in denen sie dort arbeitete, hatte sie unzählige Leben gerettet. Ich hatte sie seit fast einem Monat nicht mehr gesehen oder mit ihr gesprochen. Ich nahm mir vor, sie anzurufen, sobald das alles vorbei war.

Ich hätte heute sterben können und das Letzte, was ich zu meiner Schwester gesagt hatte, war „halte dich aus meinen Angelegenheiten raus“. Sie hatte versucht, mir zu raten, noch keine Wohnung zu kaufen. Sie hatte gesagt, dass ich noch ein bisschen sparen und sichergehen sollte, dass mein Geschäft richtig Fuß fasst, bevor ich mich in eine so große Verantwortung stürzte. Daniella war als die älteste Schwester immer die Vernünftigste gewesen. Sie hatte nur versucht zu helfen.

Und was war mit Leo? Ich erinnerte mich nicht einmal an das Letzte, was ich zu ihm gesagt hatte, aber ich bezweifelte, dass Daniella, Lucia oder Mom das konnten. Wir hatten ihn seit über einem Jahr nicht mehr gesehen; wir wussten nur, dass es ihm gut ging, weil er Mom gelegentlich eine Postkarte aus der Stadt schickte, die er gerade besuchte. Die Letzte, die wir bekommen hatten, war aus Peru abgeschickt worden. Machu Picchu, dort war er gewesen. Wir wünschten alle, dass wir ihm zurückschreiben könnten oder dass er zumindest Bilder von sich schicken würde, aber er schien sich selbst finden zu wollen und brauchte Zeit für sich.

Ich würde ihm bei der ersten Gelegenheit einen Brief schreiben. Das tat ich, wenn ich ihn besonders vermisste. Normalerweise berichtete ich ihm von meinem Tag und schrieb ihm, dass ich ihn liebte und vermisste, dann faltete ich den Brief, steckte ihn in einen Umschlag und stopfte ihn zu all den anderen in eine Schublade. Wenn er zurückkam, würde ich sie ihm alle geben und verlangen, dass er mir von allem erzählte, was er erlebt und gesehen hatte.

Seufzend drehte ich mich auf den Rücken, starrte an die Decke und betete, dass es mir gelingen würde, Stephen aufzuspüren. Auch wenn ich mich auf diese Aufgabe nicht gerade freute, ich würde mein Allerbestes geben, um ihn zu finden und Jake ein für alle Mal loszuwerden.

KAPITEL 22

Am nächsten Tag wachte ich um 9:30 Uhr auf und wurde von heftigem Hunger erschlagen, der mich manchmal attackierte und den nichts zu stillen schien. Ich seufzte, setzte mich auf und dachte mir, dass es vielleicht der richtige Tag für zehn Blaubeerpancakes war. Noch dazu juckten meine Unterarme, als ob ich in Brennnesseln gefallen wäre, was wahrscheinlich bedeutete, dass ich auf das neue Waschmittel allergisch war. *Toll!* Ich kratzte mich und gähnte, dann stand ich aus dem Bett auf, schlüpfte in eine Jogginghose und ein Paar Hausschuhe und tapste in die Küche.

Die Küche fühlte sich vertraut an. Ich wusste, wo alles war und es dauerte nicht lange, bis ich eine Kanne Kaffee und einen Pancaketeig fertig hatte. Als ich hörte, dass Rosalina sich in ihrem Zimmer bewegte, erhitzte ich die Pfanne und begann zu braten. Als sie herauskam, hatte ich einen Stapel goldener Pancakes mit Butter, Honig und Marmelade zubereitet.

„Das riecht köstlich." Sie setzte sich mit geschlossenen Augen an den Küchentisch und streckte die Nase in die Luft, um den Duft von heißem Kaffee und frischen Pancakes zu genießen.

Wir stürzten uns darauf und sprachen kein Wort, bis wir beide mindestens zwei Pancakes gegessen hatten. Ich nahm mir noch zwei, träufelte Honig darüber und überließ es Rosalina, das Gespräch zu beginnen.

„Ich bin froh, dass du die Blaubeeren aufgebraucht hast", sagte sie und nippte an ihrem Kaffee. „Ich hatte Angst, dass sie vielleicht ein Eigenleben entwickeln."

„Das waren gefrorene Blaubeeren. Die entwickeln gar nichts. Sie schrumpfen nur, aber sie sahen noch gut aus."

„Die habe ich in meiner Smoothie-Phase gekauft. Ich bin überrascht."

„Eine wollte von der Arbeitsplatte springen und Geronimo rufen", scherzte ich.

Rosalina lachte ihr fröhliches Lachen, das irgendwelche magischen Kräfte haben musste, weil es mich immer aufmunterte, egal, was in meinem Leben gerade passierte.

Gemeinsam spülten wir das Geschirr ab und räumten alles wieder an seinen Platz. Danach schnitt sie mir noch schnell die Haare, um den Schaden, den die Explosion verursacht hatte, zu beseitigen.

Wir tranken beide zwei Tassen Kaffee, bevor wir über die Arbeit und Klienten sprachen. Gestern Abend hatte sie Nachrichten an zwei unserer Kunden geschickt und unsere Termine abgesagt. Sie hatte mir außerdem den morgigen Tag freigeschaufelt, da wir keine Ahnung hatten, wie sich die Fährtensuche heute auf mich auswirken würde.

Als wir endlich genug Mut gesammelt hatten, um anzufangen, ging ich ins Schlafzimmer. Noch drei Tage. Mehr Zeit blieb Stephen nicht. Ich hatte mich genügend ausgeruht. Jetzt musste ich handeln.

„Soll ich damit rechnen, dass Jake durch die Tür stürmt?", fragte Rosalina, als ich es mir in der Mitte des Bettes bequem machte.

Ich schüttelte den Kopf. „Er wird wegbleiben. Ich habe ihm gesagt, ich würde ihn anrufen." Ich warf einen Blick auf mein Handy, das auf dem Nachttisch lag. „Er könnte allerdings ungeduldig werden und anrufen, bevor ich fertig bin. Wenn er vorbeikommt, sorge bitte dafür, dass er wegbleibt, während ich mich erhole."

Rosalina sah mich mit hochgezogenen Augenbrauen an und legte die Hände auf ihre Hüften. „Ich kann diesen Mann nicht aufhalten, wenn er beschließt, herzukommen. Ich habe es schon mal versucht. Er ist wie ein verdammter Tornado durch die Wohnung gestürmt."

Ich lachte. „Das tut mir leid. Ich habe ihm gesagt, dass es unangebracht ist. Jetzt, wo er bekommt, was er will, sollte er sich besser benehmen." Das hörte sich egoistisch an, also fügte ich hinzu: „Er ist kein schlechter Kerl."

Ich wusste nicht, warum ich das sagte. In den letzten anderthalb Jahren hatte ich ihn nur als egoistisch und niederträchtig angesehen. Warum hatte ich jetzt das Bedürfnis, ihn zu verteidigen?

„Süße, lass nicht zu, dass sein *heißer Körper* dein Urteilsvermögen trübt."

„Findest du, dass ich das tue?"

Es war eine ehrliche Frage. Ich hatte das Gefühl, dass ich mir selbst nicht trauen konnte, wenn Jake in der Nähe war. Wenn er mich ansah, war es, als hätte er ein Netz ausgeworfen, in dem ich mich jedes Mal wie ein dummer Fisch verfing. Seine magischen Augen schienen mich anzuziehen und verwandelten mich in einen kleinen Mond, der sich nur um seine ganze Welt drehte. Es war erbärmlich.

„Ganz ehrlich?" Rosalina verzog das Gesicht, als wollte sie nicht antworten.

„Ganz ehrlich."

Sie streckte eine Hand aus und kippte sie von einer Seite zur anderen. „Irgendwie schon."

Das enttäuschte mich. „Ich schwöre, dass ich mein Bestes tue, aber ich weiß einfach nicht, was er an sich hat. So ist es schon seitdem ich ihn kenne, was so ziemlich mein ganzes Leben ist. Ich habe ihn damals auf dem Schulflur gesehen und vollkommen vergessen, was ich gerade tat. Als ob er ein verdammter geistiger Radierer wäre. *Bumm* und alles war weg."

„War Sabber mit im Spiel?"

„Auf jeden Fall."

Wir lachten beide.

Rosalina setzte sich auf die Bettkante und wurde ernst. „Ist es, weil er ein Werwolf ist? Ich habe gehört, dass Gestaltwandler ... ich weiß nicht ... betörend auf bestimmte Frauen wirken können."

„Vielleicht, aber warum genau ich?", jammerte ich und schlug mit meinen Fäusten auf die Matratze ein. „Gib mir diesen Manschettenknopf. Ich werde mich aus diesem Elend befreien."

Es würde mich in eine andere Art von Elend stürzen, aber zu diesem Zeitpunkt wusste ich ehrlich gesagt nicht, was schlimmer war. Rosalina drückte mir den Manschettenknopf in die Hand, schloss meine Finger darum und tätschelte sie. „Versuch, nicht zu tief reinzugehen, okay? Zieh dich zurück, wenn es zu lange dauert."

Ich nickte und sah zu, wie sie ging und die Tür hinter sich schloss. In meinem Magen kribbelte es und mir wurde übel. Vielleicht war es eine schlechte Idee gewesen, all die Pancakes zu essen.

Der Manschettenknopf stach mir in die Handfläche, als ich ihn fester umfasste. Ich schloss die Augen, versuchte mich zu konzentrieren, aber als ich versuchte, mich in Trance zu versetzen, nahm das Gefühl des Grauens, das sich in meiner Brust eingenistet hatte, seit ich dabei mitmachte, ungeheure Ausmaße an.

Ich öffnete verwirrt die Augen. Ich hatte mich nie auf die Trance gefreut, aber diese Angst war anders als alles, was ich je erlebt hatte. Fürchtete ich mich vor dem, was danach kommen würde? Oder vor dem, was ich herausfinden würde?

Was, wenn Stephen tot war?

Ich hatte schon einmal versucht, eine tote Person aufzuspüren und ich hatte nie vergessen können, wie es sich anfühlte, in Trance zu sein und nichts zu finden. Überhaupt nichts. Die gewaltige, nicht enden wollende Leere hatte mich all meiner Emotionen beraubt, bis ich nur noch eines gekannt hatte ...

Kalte, erbarmungslose Leere.

Ich wollte das nicht noch einmal fühlen. Das war einer der Gründe, warum ich es vorzog, Gefährten aufzuspüren. Es gab immer eine Person da draußen, die jemanden glücklich machen konnte, also musste ich mich dieser Leere nie stellen.

Ich schüttelte den Kopf.

Er ist nicht tot.

Wenn er tot wäre, würden sie nicht damit drohen, ihm den Kopf abzuhacken, oder? Sie würden keine Forderungen stellen, die Ulfen nicht befolgen konnte. Es schien eine Lücke in dieser Logik zu geben, aber ich musste daran glauben, dass er noch lebte.

Ich seufzte. Es hatte keinen Sinn, das Unvermeidliche hinauszuzögern. Ich hatte dem bereits zugestimmt und ich würde jetzt keinen Rückzieher machen. Ich schloss meine Hände um den Manschettenknopf und ließ meine Kraft fließen. Grüne Magie sprudelte aus meinen Fingern und wirbelte um meine Hände. Es war anders als beim Gefährtensuchen, einfacher, weil ich etwas von Stephen hatte.

Ich schloss meine Augen. Dieses Mal gab es keine glitzernde Welt, nur Schwärze. Kein Trank, kein Funkeln. Allmählich öffnete ich meine Sinne ... wie immer zuerst den Geruchssinn.

Sofort umgab mich ein angenehm süßer, warmer Duft. Der Geruch kam mir irgendwie bekannt vor, aber ich konnte ihn nicht genau zuordnen, was mich umso mehr störte, je mehr ich versuchte, die einzelnen Facetten wahrzunehmen. Ich versuchte, noch andere Gerüche zu finden, aber dieser Geruch war überwältigend und machte es schwer, etwas anderes zu riechen. Ich kämpfte lange mit mir, denn ich wusste, dass mein Essen umso stärker nach Pappe schmecken würde, je länger ich brauchte – Geruch macht einen großen Unterschied, wenn man versucht, sein Essen zu genießen.

Schließlich erkannte ich ein paar andere Gerüche: Vanille und Zimt und vielleicht auch Lavendel. Das waren Gerüche, die ich benennen konnte und sie konnten alles sein: jemandes Parfum, eine Zimtschnecke oder ein Vanille Latte Macchiato. Sie halfen mir nicht.

Frustriert löste ich mich als Nächstes von meinem Gehör und die gewohnte Kakophonie von Geräuschen brach über mich herein. Ich horchte für mehrere Sekunden und wartete darauf, dass das Getöse leiser wurde, während ich mich durch die verschiedenen Klänge arbeitete. Der Lärm ließ kaum nach. Einige Geräusche verschwanden, aber die meisten blieben, vor allem das konstante, unerbittliche Brummen eines Motors. Im Hintergrund nahm ich das Dröhnen des Verkehrs wahr; Reifen, die auf Asphalt und Schotter trafen, das gelegentliche Hupen, das Quietschen der Bremsen, das Klappern eines losen Fahrgestells – all das wurde durch das unermüdliche Brummen gedämpft.

Komischerweise war, wie bei den Gerüchen, eine Sache viel dominanter als alle anderen und übertönte mögliche wichtige Hinweise.

Ich bemühte mich, einzelne Geräusche einzuordnen, wie einen Glockenturm, die Fanfare eines Basketballspiels, eine bestimmte Melodie, eine Stimme, die ich wiedererkennen könnte. Nichts dergleichen drang zu mir durch, nur dieses Summen. Es war zwecklos.

Angst überkam mich, weil ich wusste, was als Nächstes kam. Es war eine Weile her, seit ich mein Sehvermögen benutzt hatte und ich hasste es. Es jagte mir eine Riesenangst ein. Taub zu sein war schon schwer genug, aber wenn ich nichts mehr sehen konnte, fühlte ich mich so angreifbar wie ein neugeborenes Kätzchen. Ich wusste nicht, wie ich mich ohne meine Sinne im Leben zurechtfinden sollte. Ich versuchte, besser darin zu werden, aber das ging nicht von heute auf morgen. Logischerweise wusste ich, dass andere Menschen ein vollkommen fähiges, autarkes Leben ohne diese Sinne führten, aber meine Angst hatte nichts Rationales an sich. Sie entstand aus einem reinen und unverfälschten Selbsterhaltungstrieb.

Ich kauerte mich zusammen und verdrängte das ungute Gefühl, denn ich wusste, dass diese Herausforderung mich nur stärker machen würde. Ich nahm all meinen Mut zusammen und ließ mein Sehvermögen los.

Meine Augen öffneten sich und ich sah nichts als Dunkelheit.

Panik ergriff mich bei dem völligen Ausbleiben von Licht.

Ich sah mich um und suchte nach dem kleinsten Lichtschimmer. Ich fand nichts als absolute Finsternis.

Wo halten sie dich nur fest, Stephen?

Ein Raum ohne Licht hatte trotzdem noch Fenster und eine Tür. Lichtstrahlen, und seien sie noch so dünn, würden durchkommen, aber nicht hier. Wo auch immer Stephen war, seine Entführer hatten absichtlich jede Lichtquelle abgedeckt.

Hektisch blickte ich mich in alle Richtungen um und hielt inne, um sicherzugehen, dass ich nichts übersah. Mein Herz raste, als sich der süße Geruch, das unaufhörliche Brummen des Motors und die Dunkelheit zu einem Crescendo unerträglicher Reize verbanden. Ich wirbelte herum und taumelte, während die Panik immer stärker wurde und sich ein Gefühl des Grauens und der Enttäuschung in mir breitmachte.

Zum ersten Mal hatte ich es nicht geschafft, ein Ziel zu finden und es würde Stephens Tod bedeuten.

KAPITEL 23

Als ich aus meiner Trance erwachte, umgab mich immer noch absolute Dunkelheit. Einen panischen Moment lang befürchtete ich, in dieser Zwischenwelt gefangen zu sein und nicht entkommen zu können, aber es war nur die Blindheit. Mit einem Ruck setzte ich mich auf, legte meine zitternden Hände flach auf das Bett und versuchte, mich zu erden. Ich atmete schnell, aber ich konnte meine Atemzüge nicht hören. Die Welt war still, dunkel und geruchlos.

Wo bin ich? Wo bin ich?! Die Frage war irrational, aber meine Angst war echt.

Ich spürte, wie mir jemand dreimal auf die Hand tippte, dann senkte sich die Matratze leicht. Erleichtert ergriff ich Rosalinas Hand und drückte sie an meine Brust. Mein Herz hämmerte wie die Trommeln in der Salsamusik, zu der sie so gern tanzte. Sie spürte meine Verzweiflung, rückte näher an mich heran und umarmte mich fest, dann strich sie mir mit den Händen über das Haar und ihr warmer Atem streifte mein Ohr bei tröstenden Worten, die ich nicht hören konnte.

„Ich konnte ihn nicht finden", schluchzte ich und kämpfte gegen den Kloß in meinem Hals an, als ich in ihren Armen zusammenbrach.

Sie zog sich zurück, nahm meine Hand und zeichnete mehrere Kreise auf meiner Handfläche.

Der Buchstabe „O".

Sie versuchte mir zu sagen, dass alles okay war. Wir hatten uns mehrere Gesten ausgedacht, mit denen wir kommunizieren konnten. Nichts Besonderes, aber wir konnten einander verstehen. Sie drückte mir ein kaltes Glas in die Hand und wickelte meine Finger darum. Ich trank gierig das Wasser, bis das Glas leer war.

Nachdem sie es mir abgenommen hatte, hielt ich fragend beide Handflächen hoch. Sie tippte mir fünfmal auf die linke Hand. Ich ließ mich wieder aufs Bett fallen. Fünf Minuten, ich war fünf Minuten lang weg gewesen, was bedeutete, dass es fünf Stunden dauern würde, bis ich meine Sinne wiederhatte. So lange war ich noch nie in Trance gewesen und es hatte nichts gebracht.

Ich spürte, wie Rosalinas Finger an meinem Brustknochen entlangfuhren. Zeichensprache für „hungrig?".

Ich schüttelte den Kopf.

Ihre Fingerspitzen berührten als Nächstes meine Stirn, dann zog sie sie langsam herunter, bis sie an meinem Kinn angekommen war. *Schlaf.*

„Ich kann nicht. Ich bin zu unruhig. Mein Herz tanzt zu deiner Salsamusik." Sie hatte kubanische Wurzeln und war mit der spanischen Sprache aufgewachsen. Seltsam für jemanden, der in The Hill aufgewachsen war, wo so viele Italiener wohnten. Doch ihre Familie war ihrer Herkunft treu geblieben, was sehr cool war.

Sie wiederholte die Bewegung. *Schlaf.*

Ich seufzte. „Ich werde es versuchen."

Rosalina signalisierte mir mit einer Berührung, dass sie gehen würde. Das Bett bewegte sich, als sie aufstand und ich stellte mir vor, wie sie aus dem Zimmer ging und die Tür hinter sich schloss.

Ich wusste, dass die Zeit schneller vergehen würde, wenn ich einfach schlief, aber ich glaubte nicht, dass ich das könnte – auch wenn ich unglaublich erschöpft war. Ich schloss die Augen und selbst hier auf dem Bett ließ mich der süße Geruch und das unaufhörliche Brummen des Motors nicht los. Da die Dunkelheit mich weiterhin umgab, hatte ich das Gefühl, noch immer in Trance zu sein.

Das ist keine Trance. Nein. Du bist frei.

Ich berührte das Bett, mein Kissen und mein Gesicht, um mich davon zu überzeugen. Ich wälzte mich hin und her und hoffte ein wenig Schlaf zu finden.

Nur fünf Stunden. Fünf Stunden Schlaf sind kein Problem.
Ich drehte mich auf den Rücken, auf den Bauch, auf die Seite.
Wie viel Zeit ist vergangen? Wie lange noch?

In diesem Zustand fand ich es immer unmöglich, ein Zeitgefühl zu behalten. Ich wusste nicht, wie viel Zeit vergangen war, als Rosalina wieder ins Zimmer kam. Sie schnappte sich meine Hand und kritzelte etwas darauf, aber es ging zu schnell, um es zu verstehen.

„Langsamer", sagte ich.

Sie zeichnete einen einzigen Buchstaben auf meine Handfläche. Den Buchstaben „J".

„Jake?", fragte ich.

Sie tippte einmal auf meine Hand, was *Ja* bedeutete.

„Er ist hier?"

Sie tippte noch einmal.

„Kannst du ihn davon abhalten, ins Zimmer zu kommen?"

Ich wartete auf ein weiteres Antippen, aber stattdessen kamen zwei. Sie ließ plötzlich meine Hand los, was mir sagte, dass Jake mal wieder hereingestürmt war.

Mist.

Ich rollte mich zur Seite, drehte meinen Rücken zur Tür und bewegte mich nicht. Ich stellte mir vor, wie er hinter mir stand und mich anbrüllte; wissen wollte, warum ich im Bett lag, wenn Stephen da draußen war und um sein Leben kämpfte. Was musste er bei meinem Schweigen bloß denken?

Eine schwere Hand landete auf mir. Sie legte sich um meine komplette Schulter.

Jake.

Das Bett bewegte sich, dann zog er an mir und zwang mich dazu, mich in seine Richtung zu drehen. Ich kniff die Augen zusammen und die Scham über mein Versagen vermischte sich mit der Scham über meine Verletzlichkeit. Tränen füllten meine Augen und im nächsten Moment legten sich seine Arme um mich und zogen mich in eine feste Umarmung.

Ich schmiegte mich auf vertraute, geübte Weise in seine Arme und plötzlich gab es nur noch Jake und mich. Ich legte meinen Kopf an seine muskulöse Brust und er streichelte mein Haar. Seine Wärme und

Stärke fühlten sich wie ein Schutzschild um mich herum an. Instinktiv atmete ich tief ein und hoffte, in seinem Duft, der sich wie ein Siegel in mein Gedächtnis eingeprägt hatte, Trost zu finden. Er war anders als alles andere, was ich je wahrgenommen hatte: stark, männlich, betörend und bekannt dafür, mich schneller zu erregen, als ich einen Lichtschalter umlegen konnte. Aber so tief ich auch einatmete, ich roch nichts.

Mein Herz schmerzte und die Tränen, die sich in meinen Augen gesammelt hatten, flossen über meine Wangen. Einen Moment lang befürchtete ich, dass ich wie ein Baby in seinen Armen anfangen würde zu schluchzen, aber es kamen keine Tränen mehr. Irgendwie war ich stärker geworden, seitdem ich das letzte Mal geweint hatte – das war seinetwegen gewesen. Es tat immer noch weh, mein gebrochenes Herz und die unbeantworteten Fragen, aber ich hatte es nicht mehr nötig, mir seinetwegen die Augen auszuweinen.

Stattdessen akzeptierte ich einfach den Trost seiner Berührung und erkannte, dass es möglich war, ihm zu vergeben. Jake war kein Monster. Wie ich es Rosalina gegenüber schon gesagt hatte, er war kein schlechter Kerl. Er war früher der Gute gewesen und ich wusste, dass er sich nicht verändert hatte. Er hatte seine Gründe gehabt, mich zu verlassen und auch wenn er mich zutiefst verletzt hatte, er hatte mir auch eine wichtige Lektion erteilt.

Stärke und Selbstliebe sind genauso wichtig, wenn nicht sogar wichtiger als die Liebe, die wir für andere empfinden. Wenn man sich nicht selbst mag, wie zum Teufel soll man dann andere mögen?

Jake hielt mich lange fest und er zeichnete mit seinen Fingern Kreise auf meinem Rücken. Meine Hände ließ ich hängen. Ich hatte Angst, ihn zu berühren und die Konturen seines Oberkörpers zu spüren; die latente Kraft seiner Muskeln. Vielleicht war es gut, dass ich ihn nicht riechen, hören oder sehen konnte.

Dies war nichts anderes als ein Moment der Schwäche, für den ich mir später verzeihen können würde.

Einige Zeit später ertönten leise Geräusche um mich herum und schwaches Licht leuchtete vor meinen geschlossenen Augenlidern. Der leichte Duft von Rosen kitzelte meine Nase, als ich mich in einem Zustand zwischen Schlaf und Wachsein befand.

Eine kalte Hand legte sich an meine Stirn.

„Hey, Toni der Tiger, wie geht es dir?" Rosalinas Stimme drang in mein Bewusstsein, so leise, als stünde sie weit weg von mir.

Ich öffnete meine Augen. Sie saß neben mir und war noch etwas unscharf. Meine Sinne kehrten langsam zurück, aber sie waren noch gedämpft.

Auf dem Nachttisch brannte eine Kerze, von der das Licht und der angenehme Duft ausgingen. Rosalina sorgte immer dafür, dass ich unter den bestmöglichen Umständen zurückkam. Sie war die beste Freundin, die man sich wünschen konnte und ich hatte so viel Glück, sie zu kennen.

„Mir geht's gut", sagte ich, dann erinnerte ich mich daran, dass Jake hier gewesen war. Ich rappelte mich auf und setzte mich hin. „Jake ... er weiß ... er ..."

„Shh, alles ist gut." Rosalina tätschelte meine Hand. „Er ahnt nichts", flüsterte sie ganz nah an meinem Ohr. „Er denkt nur, dass du verstört warst."

„Bist du sicher?"

„Ja, leg dich wieder hin und ruh dich aus. Es ist spät."

Erleichtert ließ ich mich wieder aufs Bett sinken. Ich wollte mich nicht vor Jake oder irgendjemandem sonst rechtfertigen. Die Art und Weise, wie meine Fähigkeit funktionierte, fühlte sich persönlicher an als je zuvor. Das war etwas, das ich nur mit denjenigen teilen wollte, denen ich am meisten vertraute.

Ich atmete tief durch und kuschelte meinen Kopf an das Kissen. In meinem Zustand war Schlafen das Vernünftigste, was ich tun konnte und so döste ich wieder ein.

KAPITEL 24

Als ich das nächste Mal meine Augen öffnete, waren meine Sinne komplett wieder da. Ich war allein im Zimmer und es war dunkel draußen. Alles sah schärfer aus, die Farben waren bunter und die Welt wirkte realer. Ich kniff die Augen zusammen und blickte auf den Wecker auf dem Nachttisch. Er zeigte 23:17 Uhr an. Ich hatte viel länger als nur fünf Stunden geschlafen.

Mein Magen knurrte. Ich hatte das Mittag- und Abendessen verschlafen und ich stellte mich schon an, wenn ich nur Snacks ausließ, besonders wenn mich dieser intensive Hunger überkam. Ich stieg aus dem Bett, kratzte meinen juckenden Arm und schlich leise aus dem Zimmer, direkt in Richtung Küche.

Rosalina hatte das Herdlicht angelassen und ich musste lächeln, als ich einen Teller auf dem Tisch stehen sah. Darauf lagen ein in Frischhaltefolie eingewickeltes Sandwich, eine Banane und eine Tüte Chips. Ich ging zum Kühlschrank, schenkte mir ein Glas Milch ein und kehrte zum Tisch zurück, um zu essen. Ich hatte einen Bärenhunger.

Gerade als ich mich hinsetzen wollte, sah ich eine Bewegung aus dem Augenwinkel. Ich erschrak und hob das Milchglas vor mich, als ob es eine Waffe wäre. Was wollte ich damit tun? Dem Eindringling eine Kalziumvergiftung verpassen? Tod durch Milch gab es nicht, oder doch? Ein Augenpaar blitzte in der Dunkelheit des Wohnzimmers auf. Mein

Herz schlug wie verrückt und hämmerte gegen meinen Brustkorb wie die Faust eines Riesen.

„Ich bin's nur", erklang Jakes dunkle Stimme aus der Finsternis.

Er kam langsam auf mich zu und das Licht der Küche beleuchtete nach und nach seine große Gestalt.

„Du hast mich zu Tode erschreckt. Was machst du hier?"

Als er ganz ins Licht kam, betrachtete ich ihn. Er trug eine aufgeknöpfte Jeans und einen Frauenpullover, der eng an seinem muskulösen Oberkörper anlag und seine breiten Schultern und seinen perfekt geformten Bizeps zur Schau stellte. Er war barfuß und sein hellbraunes Haar stand ihm zu Berge.

„Rosalina hat mich auf dem Sofa schlafen lassen", sagte er.

„Wirklich?"

Die kleine Verräterin. Wir würden uns mal unterhalten müssen. Wie konnte sie es wagen, einen heißblütigen Mann nur wenige Meter weit von mir entfernt schlafen zu lassen, wenn ich seit anderthalb Jahren keinen Sex mehr gehabt hatte und wenn der besagte Mann der Letzte *und* Einzige war, mit dem ich geschlafen hatte? Was zur Hölle dachte sie sich dabei?

Mit Sicherheit hatte sie auch etwas davon, sonst wäre sie nicht so rücksichtslos.

„Zum Schutz", sagte er. „Ich habe darauf bestanden."

„Meine Mom hat die Wohnung mit Schutzzaubern belegt, als Rosalina sie gekauft hat und im Gebäude gibt es einen Sicherheitsdienst, also musst du dich nicht darum kümmern." Ich nahm mein Sandwich und fing an, die Frischhaltefolie abzuziehen, aber mein Magen überschlug sich seltsamerweise und vertrieb den Hunger.

Jake nahm gegenüber von mir Platz und legte seine verschränkten Finger vor sich hin. Er hatte ein neues Tattoo auf seinem linken Bizeps; ein Pfeil, der sich um seinen Arm wickelte, wobei sich Spitze und Befiederung fast trafen. Sein anderer Bizeps trug eine berstende Sonne, deren Strahlen sich über seine Schulter ergossen. Ich kannte das Tattoo gut, hatte es oft mit dem Finger nachgezeichnet, als ich an seiner Seite eingeschlafen war.

Er kannte mein erstes Tattoo auch gut; ein kleiner nautischer Kompass unter meiner rechten Brust. Ich hatte mir allerdings zwei neue stechen lassen, seitdem er gegangen war. Das Wort „Fährte" mit einer Herzstromkurve auf beiden Seiten und das Neueste: ein verziertes Herz mit einer Mondsichel in der Mitte und einem Pfeil, der beide durchsticht. Das erste befand sich an meinem linken Unterarm und das andere unter meinem Schlüsselbein.

„Schutzzauber sind gut", sagte er, „aber man kann nie vorsichtig genug sein. Bernadetta hat alle möglichen Hexen und Magier auf ihrer Seite. Einige der Besten und nach dem, was in deinem Büro passiert ist … na ja, seitdem mache ich mir Sorgen."

Ich öffnete die Chipstüte und schüttete den Inhalt auf den Teller. Dann nahm ich mir einen und schob ihn mir in den Mund. Er war salzig und fettig und ich wollte sofort noch einen. Diese gerissenen Bastarde hatten recht, man konnte nicht nur einen essen. Ich aß noch fünf und versuchte zu verstehen, was zur Hölle Jake damit sagen wollte.

„Das macht keinen Sinn", sagte ich.

Er runzelte die Stirn und seine buschigen, dunklen Augenbrauen zogen sich zusammen. Ich erinnerte mich an den Tag, an dem ich angeboten hatte, die verirrten Härchen herauszuzupfen, um ihnen die perfekte Form zu geben. Er hatte meine Hand weggeschlagen und mir gesagt, dass sie schon perfekt wären. Damit hatte er recht gehabt.

„Das macht keinen Sinn?", wiederholte er. „Was meinst du?"

„Noch vor einem Jahr war ich dir vollkommen egal. Warum machst du dir jetzt solche Gedanken?" Sobald die Worte meinen Mund verlassen hatten, presste ich die Lippen aufeinander. Ich hatte mir geschworen, es auf sich beruhen zu lassen, aber verdammt, ich hatte mit diesem Mann noch ein Hühnchen zu rupfen.

Wie immer schwieg er und sah aus, als ob er sich auf die Zunge biss, um mir nicht seine Meinung zu sagen. Ich musste aufhören, darauf herumzureiten. Jake hatte mich nicht geliebt – zumindest nicht so, wie er mich hatte glauben lassen. Vielleicht war ich aber auch die Blöde, die alles überbewertet und ihn vergrault hatte.

Er holte tief Luft und sah mir in die Augen. „Was du auch immer von mir denkst, Toni, eins musst du in den Kopf bekommen. Du *bist* mir wichtig. Ich bin kein kaltherziger Bastard. Ich möchte nicht, dass dir oder deiner Freundin irgendwas passiert."

„Ich verstehe." Ich biss ein großes Stück von meinem Sandwich ab. Ein Salatblatt rutschte zwischen den Brotscheiben heraus und landete auf meinem Gesicht. Ein Kinnaccessoire. *Sieht sicher toll aus!*

Ich nahm es herunter, ließ es auf den Teller fallen und hatte Mühe, die teigige Masse zu kauen, die ich mir in den Mund gestopft hatte. Ich schmuggelte ein wenig Milch hinzu.

Jake hob eine Augenbraue, stahl einen meiner Kartoffelchips und aß ihn.

Ich schluckte geräuschvoll und musste noch mehr Milch trinken, um den Kloß in meinem Hals herunterzubekommen. Ich hatte es so satt, immer um dieses Thema herumzureden. Wenn ich irgendetwas aus der ganzen Sache lernen konnte, dann war es, dass man immer ehrlich und ohne Scham sprechen sollte, denn zu erraten, was in diesem Mann vorging, war schwieriger als Zeichensprache zu lernen.

„Verrate mir etwas, Jake und sei bitte ehrlich."

„Ich bin immer ehrlich." Er breitete beide Hände aus und streckte seine Brust heraus, als wollte er sagen: *„Sieh dir meine Ehrlichkeit an."*

Ich kniff die Augen zusammen und fürchtete, dass er sich über mich lustig machen würde. „Wirst du mir jemals sagen, warum du abgehauen bist?"

Er stieß einen schweren Seufzer aus und stand auf, wobei der Stuhl hinter ihm über den Boden kratzte. „Nein", sagte er knapp, dann drehte er sich um und ging zum Sofa zurück.

Ich kam auf die Füße, als meine Impulse wieder die Oberhand über mich gewannen. „Du bist ein Arschloch."

Er lief weiter, als hätte ich nichts gesagt, aber ich brauchte eine Reaktion von ihm. Irgendetwas. Egal was. Also sagte ich das Erste, was mir in den Sinn kam.

„Ich habe dich angelogen, Jake. Es gibt so viele Dinge, die ich dir nie gesagt habe, weil ich dir nie vollkommen vertraut habe."

Er blieb stehen und seine Silhouette erstarrte inmitten des dunklen Wohnzimmers.

Befriedigung überkam mich. *Ja, richtig gehört. Ich hoffe, das tut weh. Ich hoffe, dass du dadurch alles infrage stellst, was wir jemals hatten.*

Ohne sich zu mir umzudrehen, sagte er: „Ich verdiene sämtliche Wut, die du auf mich hast."

Ich erwartete, dass er mehr sagen würde, aber er legte sich nur auf das Sofa und wurde zu einem Umriss in den Schatten, als er sich zusammenrollte, um zu schlafen.

Fluchend nahm ich mein Essen und ging zurück in mein Zimmer.

„Bastard!"

Morgen könnte er sich jemand anderen suchen, den er „schützen" konnte. Rosalina und ich brauchten ihn nicht. Jetzt, wo ich erfolglos versucht hatte, Stephen zu finden, brauchten sich diese dummen Entführer nicht mehr darum zu sorgen, dass ich ihnen den Spaß verdarb und alles konnte zur Normalität zurückkehren.

KAPITEL 25

Als Rosalina und ich am nächsten Morgen aufwachten, war Jake verschwunden. Er hatte eine Notiz gekritzelt und sie auf den Küchentisch gelegt.

Danke an euch beide.

Darunter stand eine Telefonnummer.

„Sehr aussagekräftig", sagte ich.

Rosalina schaute verlegen. „Ähm, er hat darauf bestanden, über Nacht zu bleiben."

„Ich weiß. Ich bin zum Essen aufgestanden und habe ihn gesehen. Danke übrigens für das Sandwich. Das war genau das richtige." Ich rieb mir den Bauch. „Das bedeutet aber auch, dass ich mit dem Frühstück dran bin."

Während ich Omeletts und frisch gepressten Orangensaft machte, erzählte ich ihr von meinem Gespräch mit Jake.

„Wow, das ist krass", sagte sie, als sie Butter auf eine Scheibe Toast strich. „Glaubst du wirklich, dass er dich jetzt in Ruhe lässt?"

„Das will ich hoffen."

„Na ja, so oder so müssen wir uns wieder an die Arbeit machen, Tiger-Toni."

Ich lachte und nahm einen Schluck von meinem Saft, während Rosalina unsere Aufgaben an den Fingern abzählte.

„Du musst Celinas Gefährten finden, denn der findet sich nicht von allein. Ich muss die Versicherung anrufen und fragen, wie es mit unserer Forderung wegen der Laptops und dem Schaden steht. Du musst noch mal nach Pharowyn reisen und Zutaten für Tränke kaufen. Außerdem muss ich neue Termine mit ein paar potenziellen Klienten machen. Meinst du, es ist wieder sicher im Büro?"

„Da ich komplett versagt habe und Stephen nicht finden kann – ja, ich denke schon."

„Du hast nicht versagt. Vielleicht, wenn es um Männer geht, aber nicht beim Fährtensuchen."

„Wow, vielen Dank für die aufmunternden Worte."

„Gern geschehen. Deine Arbeit ist nicht einfach und der Preis, den du dafür bezahlst, deine Kraft zu nutzen, ist es auch nicht."

Ich legte meine Gabel ab und kaute langsam und nachdenklich.

Rosalina sah mich mit gerunzelter Stirn an. „Worüber denkst du nach?"

„Ich weiß nicht ... ich musste nur daran denken, wie seltsam es war ... all die Dinge, die ich während der Trance wahrgenommen habe. Es war, als ob diejenigen, die Stephen gefangen halten, genauso sind wie ich. Ich meine, jeder Fährtensucher ist anders. Manche werden zu einem Ort geführt, anderen fallen Städte- oder Straßennamen ein, andere benutzen Karten, um einen ungefähren Bereich zu bestimmen. Ich bin mir sicher, dass es tausend Möglichkeiten gibt, von denen einige nur für die Fährtensucher selbst einen Sinn ergeben. Nur wenige wissen, wie meine Fähigkeit funktioniert, aber wer auch immer Stephen festhält, er weiß genau, was er tut. Ich habe nichts als Dunkelheit gesehen, Rosalina. Da war sogar ein Geruch, der alles andere überdeckt hat."

„Was ist mit deinem Gehörsinn?"

Ich schüttelte den Kopf. „Nur das ständige Brummen eines Motors. Als wäre er in einem Auto oder so."

Rosalina hob ihre perfekten Augenbrauen. „Das macht sogar Sinn."

„Was meinst du?"

„Die Entführer wussten, dass Erickson versuchen würde, Fährtensucher zu engagieren, um seinen Sohn zu finden, was also, wenn sie ihn nicht an einem festen Standort gefangen halten? Was, wenn sie ihn zu verschiedenen Orten fahren?"

Ich nickte und konnte ihr schnell folgen. „Noch besser, was, wenn sie die ganze Zeit mit ihm herumfahren?"

„Ja, ja, JA! Wir sind genial!", rief Rosalina.

„Nicht wirklich. Das hätte mir sofort einfallen sollen. Ist doch klar!"

Rosalina winkte ab. „Jetzt haben wir es ja herausbekommen."

Ich fummelte an meinem Haar herum und band meinen Pferdeschwanz neu. „So werden wir ihn nie finden."

„Ich schätze, es geht uns auch nichts mehr an. Erzähl es einfach Jake und Ulfen und dann konzentrieren wir uns auf unser Geschäft."

„Du hast recht."

Ich versuchte, Jake unter der Nummer zu erreichen, die er auf die Notiz geschrieben hatte, aber ich wurde sofort mit der Mailbox verbunden. Ich hinterließ eine Nachricht: „Jake, ruf mich zurück, wenn du kannst."

Danach holte ich Ulfens Visitenkarte hervor und wählte die Nummer. Er nahm beim ersten Klingeln ab.

Ich räusperte mich. „Mr. Erickson, hier ist Toni Sunder."

Am anderen Ende war es sehr laut und ich hörte Leute streiten.

„Haltet alle die Klappe!", brüllte Ulfen. Als ob er Gott wäre und einfach gerade *Es werde still* gesagt hätte, kam es so. „Entschuldigung, Ms. Sunder. Bitte, sagen Sie mir, haben Sie Stephen gefunden?"

Ulfens Stimme klang heiser und eindringlich. Ich konnte hören, dass er versuchte, Herr über seine Anspannung zu werden, aber sie drang trotzdem durch den Hörer. Wo auch immer er war, er schien viel zu tun zu haben und vielleicht hoffte er, dass mein Anruf das Chaos etwas eindämmen würde. Schade, dass ich keine guten Nachrichten hatte.

„Nein, habe ich nicht."

„Scheiße!", brüllte er mit dröhnender Stimme, die aus meinem Telefon zu explodieren schien.

Ich erschauderte an meinem Ende der Leitung. Seine Wut war fast spürbar, als stünde er neben mir.

„Alles in Ordnung?", formte Rosalina lautlos mit den Lippen.

Ich verzog das Gesicht und zuckte mit den Schultern.

„Es tut mir leid", wiederholte Ulfen. „Es ist nur ... Sie waren meine letzte Hoffnung."

Ich konnte seine Frustration nachvollziehen. Stephen hatte nur noch zwei Tage zu leben.

„Ich bin nicht sicher, ob es hilft", sagte ich, „aber ich glaube, sie halten Stephen nicht an einem einzigen Ort fest. Ich glaube ... vielleicht bleiben sie mobil und haben ihn in irgendeinem Fahrzeug eingesperrt."

Ein Moment der Stille folgte. „Das ... ergibt irgendwie Sinn. Das würde erklären, warum die beiden Fährtensucher, die ich angeheuert habe, keinen Ort bestimmen konnten. Haben Sie eine Ahnung, was für ein Fahrzeug es sein könnte?"

„Es tut mir leid, aber nein." Stephen war auf sich gestellt und ich fühlte mich verantwortlich dafür. Ich hatte ihn im Stich gelassen.

„Können Sie mir irgendetwas sagen, dass mir hilft, meinen Sohn zu finden? Irgendetwas."

„Leider nicht. Das ist alles, was ich habe. Es tut mir leid, dass ich keine größere Hilfe sein konnte."

„Danke, dass Sie es versucht haben."

Ich hätte nie gedacht, dass ich mal Mitleid mit Ulfen Erickson haben würde, aber jetzt war es so weit. Niemand verdiente das, was er gerade durchmachte – nicht einmal ein Riesenarschloch wie er.

Als ich mich fertig machte, um ins Büro zurückzukehren, schien eine dunkle Wolke über mir zu hängen. Ich sah immer wieder Stephen vor mir, sein attraktives Gesicht und sein freundliches Lächeln, sein selbstsicheres Auftreten, seine offene Art, seinen abgeschnittenen Finger. Er verdiente das nicht. Ich hätte mich mehr anstrengen sollen. Was, wenn ich etwas übersehen hatte?

Als wir uns auf den Weg machten, war ich froh, mich mit Arbeit ablenken zu können, da sich meine Gedanken sonst wie auf Steroiden überschlagen würden. Wir nahmen meinen Camaro und waren innerhalb von fünfzehn Minuten am Büro. Wir gingen vorsichtig darauf zu und spähten durch das Fenster. Alles schien so zu sein, wie wir es hinterlassen hatten, als wir das letzte Mal hier gewesen waren.

„Was meinst du? Bist du hier alleine sicher?", fragte ich Rosalina.

„Ja." Sie nickte und sah sich mit den Händen auf den Hüften um. „Es ist Tag. Hier laufen Menschen herum."

Sie deutete auf den Gehweg, wo ein Pärchen Arm in Arm unterwegs war. Ein brauner Labrador lief vor ihnen und zog an der Leine. Es war ein wunderschöner Frühlingstag und es würden viele Leute auf der Straße sein und sich Kaffee, Eis oder Pizza holen.

„Okay, ich gehe zur Kathedrale und suche nach Celinas Gefährten. Ich habe große Hoffnung, ihn zu finden."

„Das ist die richtige Einstellung."

Ich ging zurück zum Auto. Der schöne Tag hatte mir einen dringend benötigten Schub gegeben. Die Luft war frisch, die Sonne schien und ich konnte heute jemanden glücklich machen. Celina würde sich keine Sorgen mehr um diesen *Idioten* machen müssen, der ihr das Herz gebrochen hatte. Sobald ich Mr. Morelli gefunden hatte und er vor ihr zu einer Pfütze zerfloss, würde dank ihres Scheckbuchs bei Rosalina und mir die Kasse klingeln und das würde uns direkt auf die Erfolgsspur katapultieren – ganz zu schweigen davon, dass ich dann genügend Geld für die Anzahlung meiner Eigentumswohnung haben würde.

An so einem Tag musste man einfach ohne Verdeck fahren. Es fühlte sich toll an und erinnerte mich daran, wie sehr ich es vermisst hatte, Auto zu fahren, vor allem in diesem Auto. Mein Haar wehte im Wind, die Sonne glitzerte auf der Motorhaube und spiegelte sich in meiner Sonnenbrille. Ich gönnte mir sogar in einem Drive-in den größten Karamell-Frappuccino, den es gab und als ich schließlich parkte und zur Kathedrale lief, hatte ich fast das Gefühl, dass alles wieder beim Alten war. Und das Beste daran ... ich schaffte es wirklich gut, nicht an Jake oder Stephen zu denken und das Gewicht der Schuld auf meinen Schultern zu ignorieren.

Ich schlürfte mein Getränk und ging den Lindell Boulevard hinunter, wobei ich mir die Umgebung ansah. Die Kathedralbasilika von St. Louis war rechts von mir. Die Kirche war ein schönes, symmetrisches Bauwerk mit einer Kuppel in der Mitte und Türmen auf beiden Seiten. Zwei breite Stufen führten zu ihrem kunstvollen, dreibogigen Eingang aus Stein hinauf.

Die Straße war hübsch und hatte einen breiten, von Bäumen gesäumten Bürgersteig. Mehrere hohe Wohnhäuser, eine Highschool und einige Bürogebäude umgaben die Kirche. Celinas Gefährte konnte in jedem dieser Gebäude sein. Vielleicht wohnte er in einer der Wohnungen. Er könnte ein Lehrer an der Highschool sein. Oder vielleicht war er Anwalt oder Buchhalter in einem der Bürogebäude. Die Möglichkeiten waren endlos.

Diesen Teil des Fährtensuchens mochte ich. Es war einfach und ich konnte alle meine Sinne einsetzen. Es konnte zeitaufwändig sein, aber es entspannte mich. Außerdem beobachtete ich gern die Leute. Wenn das je ein olympischer Sport werden würde, könnte ich eine Goldmedaille gewinnen ... oder zwei.

Ich entdeckte eine Zementbank, setzte mich und bereitete mich darauf vor, meinen Posten zu beziehen. Ich hatte Snacks in meinem Rucksack, ein Buch für den Fall, dass ich mich langweilte, ein paar Spiele auf meinem Handy und einen Block, um mir bei Bedarf Notizen zu machen.

Es waren zehn Minuten vergangen, als die Kirchenglocken anfingen zu läuten. Ich zählte mit und atmete tief ein, um alle Gerüche um mich herum wahrzunehmen. Dieses Viertel machte einen wirklich guten Außeneindruck.

Die Bürgersteige waren für diese Tageszeit ziemlich belebt. Menschen liefen auf und ab, gingen in verschiedene Gebäude hinein und kamen wieder heraus. Jedes Mal, wenn jemand an mir vorbeiging, zuckte meine Nase, als ich den Geruch der Person aufnahm. Ein paar von ihnen warfen mir misstrauische Blicke zu; wahrscheinlich dachten sie, ich hätte eine überaktive Nase oder so etwas, aber daran war ich gewöhnt.

An der Highschool hatte ein Typ, den ich nicht küssen wollte, weil sein Atem immer nach Melone roch – ich hasse Melonen im Allgemeinen –, mir den Spitznamen *Schlampenhäschen* verpasst. Er hatte allen erzählt, ich sei eine lausige Küsserin, die nicht aufhörte, mit der Nase zu zucken, wenn ich ihm die Zunge in den Hals rammte. Zum Glück hielt sich der Spitzname nur ein paar Wochen.

Fünf Kerle in Anzügen, von denen zwei ziemlich gut aussahen, gingen mit Aktentaschen in der Hand schnell an mir vorbei. Keiner von ihnen strahlte den Duft aus, der mir während der Trance aufgefallen war. Eine Gruppe Teenager in karierten Uniformen schlenderte den Bürgersteig entlang. Von den Mädchen ging Parfum aus, von den Jungs Gras und

Körpergeruch. Mal im Ernst, wenn sie sich eine feine Highschool leisten konnten, dann konnten sie sich auch Deo kaufen. Igitt.

Als Nächstes überkam mich ein fremder, jedoch angenehmer Duft. Mein Blick wanderte zu der Quelle. Es war ein männlicher Fae, der in einer geschmeidigen Lederhose, Stiefeln und ohne Hemd mit der Anmut eines Tänzers an mir vorbeilief. Ich blinzelte zu ihm hoch und sah sein gelbes Haar und die ebenso gelben Augen. Seine Gesichtszüge waren zart und wunderschön. Seine Ohren waren spitz und ragten durch die glatten Haarsträhnen. Ein seltener Anblick, um es vorsichtig auszudrücken. Fae hielten sich lieber in Elf-hame auf und wurden in unserer Gegend nur selten gesehen. Vielleicht brauchte er einen Buchhalter, der den Überblick über sein Gold behielt. Ich musste kichern.

Eine Stunde später wurde ich langsam unruhig, als ich an Rosalina, die allein im Büro war und an Stephen, Jake und an Tom dachte, der immer noch im Krankenhaus lag.

Seufzend wählte ich die Nummer der Agentur. Rosalina nahm sofort ab und versicherte mir, dass alles in Ordnung war. Danach rief ich im Krankenhaus an, um mich nach Tom zu erkundigen, aber sie wollten aus irgendwelchen blöden Datenschutzgründen keine Informationen herausgeben. Ich würde hingehen und es vor Ort herausfinden müssen.

Ich fluchte leise und versuchte, mich wieder auf die Arbeit zu konzentrieren. Normalerweise machte es mir nichts aus, stundenlang dazusitzen und Leute zu beobachten, aber meine Gedanken drifteten immer wieder ab. Um mich besser konzentrieren zu können, begann ich ein Spiel zu spielen, das mir Spaß machte: Ich dachte mir Namen für die Fremden aus, was sie gerade taten und wo sie arbeiteten.

Zum Beispiel der Typ ein paar Meter weiter auf dem Bürgersteig … der, der mit dem Rücken zu mir die Kirchenstufen fegte. Er war ganz in Schwarz gekleidet – er trug Hose und Hemd – und hatte eine Staubwolke um sich, bei der meine Nase dreifach zuckte. Ich drückte sie zusammen, um nicht niesen zu müssen und beobachtete ihn weiter. Seiner Kleidung nach zu urteilen, hatte ich das Gefühl, dass Fegen nicht sein Job war und vielleicht hatte er diese Aufgabe als Vorwand genommen, um an diesem schönen Tag draußen zu sein. Es sei denn, ich hatte mich geirrt und er war eine Art Emo-Hausmeister, der auf den Namen Thorn hörte und viel Eyeliner trug.

Der Mann stieß seinen Besen auf den Boden, legte ihn beiseite und ging von dem kleinen Schmutzhaufen weg, den er zusammengefegt hatte. Er stützte die Hände auf die Hüften, wandte sich der Kirche zu und blickte zu der smaragdgrünen Kuppel hinauf. Er trug ein stolzes Lächeln auf dem Gesicht, war um die fünfunddreißig, gut aussehend, groß, glatt rasiert und hatte perfekt geschnittenes Haar. Und er trug einen Priesterkragen.

Ah, also kein Emo-Hausmeister, sondern ein Priester, der sehr stolz auf sein Gotteshaus war.

Als sich die Staubwolke um ihn legte und der Wind aus der Richtung der Kirche zu mir herüberwehte, überkam mich plötzlich der Duft, nach dem ich gesucht hatte.

Verdammt!

Nein, das konnte nicht sein. Warum musste ich nur so ein Pech haben?! Celinas Gefährte war ein Priester. Was jetzt?

KAPITEL 26

Das war nicht gut. Es war überhaupt nicht gut. Ich nahm mein Handy und rief Rosalina an.

„Er ist ein Priester", sagte ich ein wenig hysterisch. Das hätte ich nie erwartet.

„Was? Wer ist ein Priester?"

„Celinas Gefährte."

Rosalina keuchte erschrocken. „Mist!"

„Du sagst es."

„Ähm, was tun wir jetzt?", fragte sie.

„Ich weiß es nicht. Deshalb rufe ich an. Ich kann den Mann nicht von seiner Berufung abbringen, dem Herrn zu dienen. Das kann ich einfach nicht. Das ist total falsch."

„Aber ... sie sind Gefährten. Wenn er sie trifft, wird er viel zu beschäftigt damit sein, diese heiße Frau anzuschmachten und wird seine Berufung vergessen. Oder?"

Ich stand auf und fing an, vor der Bank hin und her zu laufen. „Vielleicht."

„Okay, also suchst du einen anderen für sie."

„Ich bin mir nicht sicher, ob es noch einen in St. Louis gibt und ich möchte sie nicht um noch mehr Tränen bitten. Es war schon beim ersten Mal schwer. Außerdem kommt das unprofessionell rüber. Verdammt!

Ich schätze, ich muss ihr sagen, dass wir niemanden für sie finden konnten."

Rosalina grummelte.

„Was?"

„Ich habe sie heute Morgen angerufen und ihr gesagt, dass du jemanden gefunden hast."

Ich ließ mich wieder auf die Bank sinken. „Dann muss ich ihr sagen, dass ich einen Fehler gemacht habe oder so."

„Das wirkt auch unprofessionell und ist nicht gut für den Ruf, den wir uns aufbauen wollen. Sie wird allen ihren Freunden erzählen, dass wir nichts taugen."

Frustriert raufte ich mir die Haare. Das durften wir nicht zulassen. Für unseren Geschäftsplan war es von entscheidender Bedeutung, dass wir in den Kreis der exklusiveren Kunden aufstiegen. Ich konnte nur ein paar Kunden pro Monat betreuen und anders wäre es unmöglich, sich lange über Wasser zu halten. Unsere kleinen Ersparnisse würden nicht ausreichen und meine neue Wohnung ... die würde ich aufgeben müssen. Ich stampfte mit dem Fuß auf und kratzte mich am Kopf.

„Es ist deine Entscheidung, Toni", sagte Rosalina. „Ich bin mit allem einverstanden, was du tun willst."

Ich konnte Rosalina nicht in den Rücken fallen. Sie legte ihr ganzes Vertrauen in mich. Vielleicht war der Kerl ein ganz schrecklicher Priester. Abstinenz war mies. Das wusste ich aus eigener Erfahrung. Vielleicht, wenn ich—

„Alles in Ordnung?", fragte eine melodische Stimme zu meiner Linken.

Ich blickte auf und sah Celinas Priester neben der Bank stehen. Er hatte einen besorgten Gesichtsausdruck aufgesetzt und schien bereit zu sein, mir zu helfen und mich von allem Übel zu befreien, das mein Leben plagte. Sein Gesicht war so freundlich und weise, dass ich keinen Zweifel daran hatte, dass er mich aus den Fängen einer Todsünde befreien könnte.

„Toni?", sagte Rosalina am anderen Ende der Leitung.

„Ich rufe dich zurück." Ich drückte den Auflegen-Knopf und sah den Priester an. „Ähm, hallo."

Er lächelte und verschränkte die Finger vor seinem Körper. Er hatte sanfte braune Augen, die sofort Vertrauen in mir auslösten. „Ich konnte nicht umhin, deinen … Kummer zu bemerken und ich dachte, ich könnte dir vielleicht helfen. Darf ich?" Er neigte seinen Kopf in Richtung der Bank.

Ich rutschte ein Stück rüber, um ihm mehr Platz zu machen. „Sicher."

Er setzte sich, atmete tief durch und sah zufrieden aus. „Wunderschöner Frühlingstag, oder nicht?"

„Mm-hmm." Ich wusste nicht, was ich sagen sollte. Ich hatte noch nie mit einem Priester gesprochen. Trotzdem hatte ich das Gefühl, dass dieser Mann eine durch und durch gute Seele hatte.

Verdammt, ich bin geliefert.

Ich würde Celina ihr Geld wiedergeben müssen. Ich konnte keine Zweifel im Herzen dieses Mannes schüren. Denn das war genau das, was passieren würde. Wenn er Celina traf, wäre er sofort hin- und hergerissen zwischen seinem jetzigen Leben im Dienst Gottes und der Aussicht auf eine andere Art von Glück.

Er sah zu mir herüber. „Mir ist aufgefallen, dass du schon eine ganze Weile hier sitzt. Wie ist dein Name?"

„Toni."

„Ich heiße Vincent. Ich bin Priester in der Kathedralbasilika."

„Das habe ich mir schon gedacht."

Er berührte verlegen seinen Kragen und lächelte so liebenswürdig, dass ich spürte, wie mein Herz zu einer Pfütze aus purem Zuckerguss schmolz, den ich nur mühsam wieder abkratzen können würde. *Meine Güte*, dieser Mann hatte die Kraft von tausend süßen Welpen in zwei braunen Augen. Ein Blick auf diesen Mann und Celina würde sich in eine priesterfressende, gotteslästerliche Verrückte verwandeln. Sie würde wahrscheinlich nicht aufhören, bis sie ihm das Gewand vom Leib gerissen und ihn auf der Stelle vernascht hätte.

„Was bringt dich hierher?", fragte er. „Ich habe dich noch nie gesehen. Wohnst du in einer der Wohnungen hier? Bist du vielleicht eine neue Mieterin?" Er sah zu dem hohen Gebäude gegenüber der Kathedrale.

„Nein, ich habe hier nach jemandem Ausschau gehalten. Das gehört zu meinem Job."

„Ich verstehe."

„Es läuft allerdings nicht so gut."

Er nickte. „Kann ich irgendetwas tun, um dir zu helfen?"

Wenn er nur wüsste. Ich überlegte, es ihm zu sagen und kämpfte mit meinem egoistischen Selbsterhaltungstrieb und dem Verlangen, das Richtige für jemand anderen zu tun.

„Nicht wirklich", sagte ich schließlich.

Er runzelte die Stirn. „Ich spüre, dass du nicht ehrlich bist."

Okay, das musste eine Superkraft sein. Vielleicht war er eine Art Schräger, auch wenn ich keinen besonderen Duft von ihm vernahm. Er roch total menschlich. Vielleicht war er einfach weise für sein Alter.

„Also, es ist schwierig", sagte ich. „Ich muss eine Entscheidung treffen und es fällt mir schwer, weil sie das Leben von jemandem grundlegend verändern könnte."

Ein nachdenklicher Ton drang aus seiner Kehle, dann sagte er: „Ich schätze, du solltest dich fragen, ob es das Leben dieser Person zum Guten verändert."

„Das kann ich nicht wissen. Vielleicht. Vielleicht auch nicht. Ich glaube, es würde die Person auf eine Art glücklich machen, aber derjenige könnte auch für den Rest seines Lebens Zweifel und Reue empfinden."

Er rieb sich das Kinn. „Ein interessantes Dilemma, in dem du da steckst."

„Verstehst du jetzt, warum ich so frustriert bin?"

„Das tue ich." Er hielt inne. „Nun, als Priester muss ich mich manchmal solchen Situationen stellen. Das sind Dinge, die mir die Leute bei der Beichte erzählen, wenn sie erste Ratschläge und Warnungen brauchen. Manchmal sind die Dinge, die ich dort höre, belastend für mich, aber ich muss auf Gott und seinen Plan vertrauen. Also höre ich zu, gebe Ratschläge, so gut ich kann und überlasse den Rest Gott."

Verdammt, er macht es mir nicht leichter.

Er drehte sich zu mir um und sah mich an. „Ich habe fast das Gefühl, dass diese Entscheidung auch für dich eine Belastung ist. Warum ist das so?"

Ich beschloss, mit offenen Karten zu spielen, damit er noch dicker auftragen konnte. „Weil ich einen Nutzen daraus ziehen würde."

„Ahhh, ein wahrlich moralisches Dilemma."

„Da hast du recht.”

„Nun, mein Kind”, sagte er, sah mich wieder mit seinem Hundeblick an und ich fühlte mich sofort schrecklich. „Das zeugt von einem starken Charakter. Die meisten Menschen würden nicht davor zurückschrecken, sich selbst zu bereichern.”

Oh, verdammt. Ich seufzte; meine Entscheidung war getroffen. Ich konnte ihm das nicht antun. Ich konnte es einfach nicht. Aus irgendeinem blöden Grund sammelten sich Tränen in meinen Augen. Ich schluckte schwer und blinzelte schnell.

„Es wird alles gut werden.” Er tätschelte meine Hand, die auf der Bank lag.

„Ich weiß.” Ich schniefte und war stolz auf mich, weil ich die Tränen unterdrückt hatte. „Danke für deine Hilfe.”

„Aber ich habe doch gar nichts getan.”

„Das hast du.” Ich nahm meine Tasche vom Boden, stand auf und schlang sie um meine Schulter. „Schön, dich kennenzulernen, Pater.”

„Du kannst mich Vincent nennen.” Er stand auf und streckte mir eine Hand entgegen.

Ich schüttelte sie und fühlte mich, jetzt, wo die Entscheidung feststand und ich sie akzeptierte, schon besser. Rosalina und ich würden einen anderen Weg finden, um die Agentur über Wasser zu halten, ohne dass wir jemandes Leben zerstören mussten – besonders das dieses Mannes. Ich wandte mich zum Gehen, dann blieb ich noch einmal stehen, als mir ein Gedanke kam.

„Ähm, hast du gerade etwas zu tun?”

Er deutete mit dem Daumen in Richtung der Kirchenstufen. „Ich habe gerade gefegt.” Er schenkte mir ein charmantes Lächeln, bei dem sich jede Frau wünschen würde, er würde Gott aufgeben und abtrünnig werden.

„Ich habe da einen Freund. Er liegt im Krankenhaus. Ich weiß, dass es ihm viel bedeuten würde, wenn du ihn besuchen und ... mit ihm reden würdest.” Meine Stimme brach. Tom war Katholik und vielleicht konnte Vincent ihm die Kraft geben, wieder gesund zu werden. Bestimmt hatten sie im Krankenhaus eigene Priester, aber keine so besonderen wie Vincent. Da war ich mir sicher.

Verdammt, da waren die Tränen wieder. Es war zu viel auf einmal los und ich konnte meine Emotionen überhaupt nicht kontrollieren. Eins muss ich mir allerdings zugutehalten. Wenigstens verkroch ich mich nicht unter meinem Bett und zählte Wollmäuse.

„Es wäre mir eine Ehre, deinen Freund zu besuchen", sagte Vincent. „Wolltest du jetzt gerade dorthin?"

Ich nickte.

„Gehen wir."

KAPITEL 27

Als Vincent und ich aus dem Krankenhaus kamen, war es bereits Mittag. Sie hatten mich nicht zum Detective hineingelassen, aber Vincent hatten sie es erlaubt, da er für solche Dinge qualifiziert war. Ich hatte im Wartebereich gesessen und an meinem Taschengurt herumgefummelt, bis er herausgekommen war. Er versicherte mir, dass es zwar kritisch um Tom stand, aber dass er wie ein Mann wirkte, der nicht aufgab und dass er das Gefühl hatte, dass der Detective wieder auf die Beine kommen würde.

Ich dankte ihm, dass er sich die Zeit genommen hatte, meinen Freund zu besuchen.

„Das war doch nichts. Ich werde ihn ab jetzt jeden Tag besuchen", sagte Vincent, als ich ihn an der Basilika absetzte.

Danach fuhr ich ein wenig herum, um den Kopf freizubekommen und mir etwas zum Mittagessen zu suchen. Mir war flau im Magen, aber ich wusste, dass ich heftige Kopfschmerzen bekommen würde, wenn ich nichts aß und dann würde ich nicht mehr ins Büro gehen wollen, um mit den Konsequenzen meiner ach so selbstlosen Entscheidung umzugehen.

Ich fühlte mich total mies, also beschloss ich, mir etwas bei Pizza-A-Go-Go zu gönnen, einem tollen Laden, den es seit den Sechzigern gab und der Pizza nach New Yorker Art ausschließlich gegen Bares servierte.

Ihr winziger Parkplatz war rammelvoll, also parkte ich einen Häuserblock weiter und wollte zu Fuß zum Restaurant gehen. Ich war fast dort, als ein schwarzes Auto mit getönten Scheiben neben mir anhielt. Der Wagen fiel mir auf, weil es aus dem Augenwinkel so aussah, als ob das verdammte Ding nie aufhören würde. Es war eine Limousine.

Verdammt, ist das Teil lang.

Ich fragte mich, ob der Insasse wohl irgendetwas kompensieren musste. Ich ging weiter, während ich versuchte, mich zwischen Peperoni oder Salami zu entscheiden.

Der Fahrer stieg aus der Limousine. Er trug einen schwarzen Anzug und sah so breit aus wie ein Türsteher eines exklusiven Nachtclubs. Er hatte dunkelbraune Augen, blasse Haut, eine Glatze und einen gepflegten Schnurrbart. Ich erwartete, dass er die Tür öffnen und die Fahrgäste aussteigen lassen würde, aber stattdessen kam er auf mich zu und sah mich direkt an. Reflexartig blieb ich abrupt stehen und blickte mich um, weil ich mich bedroht fühlte.

Er blieb ein paar Schritte von mir entfernt stehen und neigte respektvoll seinen Kopf. „Guten Tag, Miss Sunder. Mein Name ist Bertram und meine Herrin möchte mit Ihnen sprechen." Er hatte eine tiefe Stimme mit leichtem deutschem Akzent.

„Ihre *Herrin*?"

„Ja, Bernadetta Fiore, ich bin sicher, dass Sie schon von ihr gehört haben."

Oh, verdammt.

Jetzt sah ich mich wirklich um, und zwar nach einer Fluchtmöglichkeit. Meine Handflächen fingen an zu schwitzen und mein Herz schlug mir bis zum Hals. Sie hatte zwei Männer geschickt, um mich zu entführen und sie waren gescheitert. Hatte sie jetzt beschlossen, die Sache selbst in die Hand zu nehmen?

„Ich ... ich fürchte, ich habe nichts mit Ihrer Herrin zu besprechen." Ich machte einen Schritt zur Seite und versuchte, an dem Fahrer vorbeizugehen. Er bewegte sich in die gleiche Richtung und versperrte mir den Weg.

„Sie besteht darauf." Bertram schenkte mir ein kaltes Lächeln, bei dem klar war, dass er und seine Herrin kein *Nein* akzeptieren würden.

Ich öffnete meinen Mund, vielleicht um zu schreien, da war ich mir nicht sicher, aber dann glitt das hintere Fenster der Limousine zischend auf und ein paar leicht glühende rote Augen blickten mich aus dem dunklen Inneren heraus an. Ich musste einfach zurückstarren.

„Miss Sunder", sagte eine tiefe, feminine Stimme aus dem Inneren. „Ich würde herauskommen und mich vorstellen, aber die Sonne macht es mir unmöglich. Würde es Ihnen etwas ausmachen, für einen Moment einzusteigen, um mit mir zu reden? Ich verspreche, dass es nicht lange dauern wird."

Ihre Stimme klang kultiviert und ruhig. Sie betonte jedes Wort und sprach die Silben mit Sorgfalt aus. Irgendetwas an ihrer Klangfarbe erinnerte mich an eine ältere Person, an jemanden, der Sprechen gelernt hatte, als Worte noch Gewicht gehabt hatten. Ich wusste, dass die Dunkle Donna seit Hunderten von Jahren Vampirin war, aber das war nicht der einzige Grund für ihre fesselnde Stimme. Etwas anderes machte es schwer, sie zu ignorieren, eine Anziehungskraft, die wahrscheinlich nur mit ihren Vampirkünsten zu tun hatte und nichts damit, dass sie uralt war. Ich fragte mich, wann sie gebissen und erschaffen worden war; ob sie eine Freiwillige oder ein Opfer gewesen war. Manche Fade dachten, dass Werwölfe genauso erschaffen wurden, aber das war lächerlich. Werwölfe wurden geboren, nicht gebissen.

Gegen meinen eigenen Willen spürte ich, wie mich meine Füße vorwärts auf das Auto zutrugen. Bertram öffnete die Tür und bevor ich mich versah, saß ich der atemberaubendsten Kreatur gegenüber, die ich im Leben je gesehen hatte. Die Tür der Limousine knallte zu und die getönte Scheibe fuhr automatisch wieder nach oben.

Bernadetta Fiore tauchte oft genug in der Zeitung auf, also hatte jeder Bewohner von St. Louis, der etwas auf sich hielt, sie schon einmal in der Klatschspalte gesehen. Ich hatte gewusst, wie schön sie war, aber was ich auf Fotos gesehen hatte, verblasste im Vergleich mit der Realität.

Sie hatte rabenschwarzes Haar und Haut so glatt wie Marmor. Ich hatte damit gerechnet, dass sie blass sein würde, aber sie hatte eine ähnlich olivfarbene Haut wie meine eigene. Im Inneren des Wagens glühten ihre Augen nicht mehr rot, sondern schienen vollkommen schwarz zu sein. Ihre vollen Lippen waren mit Lippenstift im Nude-Look geschminkt und ihre langen Wimpern flatterten wie sanfte

Schmetterlinge. Sie trug eine schwarze Lederhose, die sie in Stiefel mit zehn Zentimeter hohen Absätzen gesteckt hatte, ein mitternachtsblaues Oberteil mit einem tiefen, eckigen Ausschnitt und tatsächlich auch einen Umhang, den sie am Hals mit einer kunstvollen, mit Rubinen besetzten Silberbrosche zusammenhielt. Sie schien schmal und klein zu sein, vielleicht einen Meter fünfundfünfzig groß – noch etwas, das ich durch die Zeitung anders erwartet hatte. Trotzdem strahlte ihr schmaler Körper Kontrolle, kalkuliertes Urteil und mentale Stärke aus.

Mein Herz hämmerte wie wild. Ich legte eine Hand auf meine Brust und spürte es schlagen, als ob ich es so daran hindern könnte, ein Loch in meine Rippen zu brechen und auf den Teppichboden der Limousine zu plumpsen, wie ein leckerer Snack für die Vampirin. Meine Haut fing an, wie verrückt zu jucken, aber ich hielt mich davon ab, zu kratzen. *Verdammt*, ich musste wirklich mal zu einem Hautarzt gehen, aber wer hatte dafür schon das Geld?

Um mich abzulenken, sah ich mich im Inneren der Limousine um. Vier enorme cremefarbene Schalensitze aus Leder – von denen sich jeweils zwei gegenüberstanden – nahmen den Großteil der Fläche ein. Kastanienfarbenes, blitzblank poliertes Holz umrandete eine Minibar und einen Monitor mit dem Firmenlogo von Fiore Enterprises.

„Es tut mir wirklich leid, Ihnen solche Unannehmlichkeiten zu bereiten", sagte Bernadetta und legte ihren Kopf schief.

„Ist schon okay. Kein Problem. Ich wollte mir nur gerade eine Peperoni-Pizza holen gehen. Oder vielleicht eine mit Salami. Ich kann mich nicht entscheiden. Jedenfalls habe ich nichts Dringendes vor und ich ..."

Oh, halt einfach die Klappe, Toni.

Wenn die Vampirin noch nicht darüber nachgedacht hatte, mir die Kehle aufzuschlitzen und mich auszusaugen, hatte ihr mein Monolog bestimmt solche Ideen gegeben.

„Gut", sagte sie und verdeutlichte mit ihrer Knappheit, was für ein verbales Wrack ich war. Langsam breitete sich ein Lächeln auf ihren Kylie-Jenner-Lippen aus.

Ich widerstand dem Drang, noch etwas zu sagen und wartete darauf, dass die Dunkle Donna Abas Gespräch eröffnete. Schließlich war sie diejenige, die mich ausfindig gemacht hatte.

„Mir ist zu Ohren gekommen, dass Sie mit Ulfen Erickson zusammenarbeiten und ich nehme an, dass es mit dem Verschwinden seines Sohnes zu tun hat."

Ich umklammerte meine Schultertasche und drückte sie fest gegen meinen Bauch. „Ähm ... ich ... also, wissen Sie ..."

Ich presste meine Lippen zusammen und war mir bewusst, dass mein verbales Wrack zu einer Massenkarambolage geworden war, wie sie an schlimmen Schneetagen vorkommt. Sie hatte Ulfens Sohn entführt und wollte wissen, ob ich herausgefunden hatte, wo sie ihn festhielt.

Nein, Madam, ich konnte nichts herausfinden. Sie haben ihn gut versteckt. Das hätte ich sagen sollen, natürlich bis auf den letzten Teil.

Ich holte tief Luft und versuchte, mich zu beruhigen. Ein seltsam vertrauter, süßer, warmer Geruch in Kombination mit dem metallischen Stechen von Blut erfüllte meinen Kopf. Ich war so sehr damit beschäftigt gewesen, mir nicht in die Hose zu machen, dass ich den fauligen Gestank nicht bemerkt hatte. Meine arme Blase gab fast auf, als mir einfiel, wo ich etwas Ähnliches schon einmal gerochen hatte.

Oh, Mist! Mein Blick fiel auf den Türgriff. Könnte ich mich schnell genug bewegen, um aus dem Auto zu springen, bevor Bernadetta mich an den Sitz drückte und mich zum Mittagessen verspeiste? Ich bezweifelte es. Vampire konnten sich mit übernatürlicher Geschwindigkeit bewegen. Ich hatte es noch nie gesehen, aber es gehörte zum Allgemeinwissen.

Bernadetta sah mich mit hochgezogenen Augenbrauen an. „Das nehme ich als ein *Ja.*"

„Ja", quietschte ich. „A-aber ich habe ihn nicht gefunden." Die letzten Worte schossen aus meinem Mund wie Pistolenkugeln.

Die Vampirin kniff die Augen zusammen. Ihr Blick durchbohrte mich wie Nadeln und ich fühlte mich angreifbar und machtlos, als wären meine Gelenke aus Gummi.

„Sie sagen die Wahrheit", sagte sie. Es war keine Frage, sondern eine Feststellung.

„Immer, ich sage immer die Wahrheit. Es ist wie ein Zwang, ich kann nicht anders. Die Leute fragen mich etwas und ich erzähle ihnen einfach alles. Manchmal denke ich, dass mit mir etwas nicht stimmt und ich—"

Bernadettas Zähne prallten aufeinander, als wollte sie sagen: „Genug." Ich hielt den Mund.

Heilige Hexenlichter! Was war nur mit mir los? Ich hatte ihr gerade eine dicke, fette Lüge aufgetischt, als ich sie davon überzeugen wollte, dass ich immer nur die Wahrheit sagte. Konnte dieser Tag noch schlimmer werden?

„Nicht, dass es mir etwas bedeutet, was Sie denken", sagte sie und sah mich von oben bis unten an, als ob ich die Luft nicht wert war, die ich atmete, „aber ich habe Stephen Erickson nicht entführt. Jemand versucht einen Krieg zu beginnen und ich bin es nicht. Es gefällt mir, wie es momentan läuft."

Als ob. Wer von uns war jetzt die Lügnerin? Die Limousine stank nach dem gleichen überwältigenden Geruch, den ich auch während der Trance gerochen hatte.

„Ulfen sollte sich anderweitig umsehen", fügte sie hinzu, „und er sollte sich bessere Fährtensucher suchen."

Wie bitte? Das rüttelte mich wach. Ich war eine verdammt gute Fährtensucherin. Stephen war das einzige Ziel, das ich nicht finden konnte, und das auch nur, weil ein böser Vampir am Werk war.

Sie lehnte sich in ihrem Sitz nach vorne und je näher sie kam, desto kleiner wirkte das riesige Auto. „Sagen Sie ihm, dass er mich in Ruhe lassen soll, oder es wird *wirklich* einen Krieg geben."

„Sagen Sie es ihm selbst", blaffte ich und überraschte mich selbst damit.

Ich hatte Angst, aber ich hatte auch die Nase voll. Ich wollte mich nicht mehr von ihr einschüchtern lassen. Oder von irgendjemandem sonst. Ich hatte auch ohne eine gestörte Vampirin genug Sorgen.

„Ich arbeite nicht für ihn", fügte ich hinzu. „Ich habe versucht, ihm einen Gefallen zu tun, weil ich seinen Sohn kenne. Das ist alles. Also lassen Sie mich da raus."

Sie musterte mich noch einmal, indem sie sich zurücklehnte und ihren Blick an meinem Körper entlangwandern ließ. Einen Moment später sagte sie: „Dann lassen Sie mich Ihnen einen Rat geben. Seien Sie vorsichtig damit, wem Sie Gefallen tun. Es ist nicht gut, sich in Dinge einzumischen, von denen man nichts versteht. Sie könnten ... getötet werden."

„Ist das eine Drohung?"

Ein Kichern drang tief aus Bernadettas Kehle. „Ich drohe niemandem, Miss Sunder. Wenn mich etwas stört, kümmere ich mich sofort darum. Einen schönen Tag noch."

Als sie diese Worte aussprach, öffnete Bertram die Tür und Sonnenlicht fiel durch die Tür herein. Die Vampirin rutschte auf ihrem Sitz zurück. Ich stieß den Atem aus, den ich angehalten hatte und hätte am liebsten die Lichtpartikel umarmt.

Ich lebe noch. Ich lebe noch.

Offenbar ließ sich die Dunkle Donna nicht dazu herab, kleine Leute wie mich persönlich zu töten. Zu meinem Glück zog sie es vor, dass sich andere die Hände schmutzig machten. Ich sprang heraus und eilte, ohne einen Blick zurückzuwerfen, zu meinem Auto.

Meinen Appetit hatte ich komplett verloren.

KAPITEL 28

Wie im Autopilot fuhr ich zum Büro zurück. Ich parkte ein Stück vom Eingang weg, stellte den Motor ab und sank auf meinem Sitz zusammen. Vielleicht war meine Sachen zu packen und irgendwo hinzuziehen, wo mich niemand kannte, die Lösung für alles. Ich könnte per Videoanruf mit Rosalina und meiner Familie sprechen. Sie würden mich vielleicht dafür hassen, so feige zu sein, aber zumindest wäre ich am Leben und sicher vor allen mächtigen Schrägen in St. Louis. Ich könnte als Barista arbeiten und meine größte Sorge wäre es, den Haselnusssirup auf dem Regal aufzuspüren. Das wäre definitiv einfacher als dieses Chaos hier.

Ich hatte mich schon fast davon überzeugt, dass das die schlechteste Idee auf der Welt war, als Jake auf das Auto zukam. Er klopfte zweimal gegen das Glas, auch wenn ich ihn hatte kommen sehen. Ich stieß ein Seufzen aus. *China, hier komme ich.*

Wie üblich trug er eine enge Jeans, ein schwarzes T-Shirt, das um den Bizeps herum nicht genug Stoff zu haben schien und ein Paar sehr teuer aussehende Stiefel. Ich starrte eine Sekunde lang auf seinen linken Brustmuskel, der kurz davor zu sein schien, mit mir zu sprechen, als er sich anspannte.

Ich warf mir das Haar über die Schulter, zwang mich aufzusehen und entdeckte dunkle Ringe unter seinen müden Augen. Als Werwolf konnte es Jake tagelang ohne Schlaf aushalten, bis er etwas davon merkte. So wie er aussah, hatte er wohl seit Wochen nicht geschlafen, was bedeutete, dass er gestern Nacht nicht wirklich auf Rosalinas Sofa übernachtet hatte. Sein Haar war zerzaust, als ob er mit seinen Fingern hindurchgefahren wäre, um es herauszureißen. Ich biss mir auf die Unterlippe, denn ihn so zu sehen erinnerte mich an die Morgen, an denen wir zusammen aufgewacht waren. Ich schüttelte diesen fehlgeleiteten Gedanken ab.

„Irgendetwas Neues von Stephen?", fragte ich.

Er schüttelte den Kopf. „Ich habe deine Nachricht erhalten. Ich war gerade beschäftigt und konnte nicht zurückrufen. Was ist los?"

„Oh, stimmt ja." Bei allem, was passiert war, hatte ich es ganz vergessen. „Ähm", ich sah mich um und fragte mich, ob das wirklich der beste Ort war, an dem wir schlimme Dinge wie Entführungen und Drohungen von Vampiren besprechen sollten. „Wir sollten nicht hier reden. Hast du schon zu Mittag gegessen? Ich nicht und ich verhungere."

„Ich bin auch am Verhungern."

„Wie wäre es mit Pizza?" Ich deutete auf die gegenüberliegende Straßenseite.

„Perfekt."

„Lass mich zuerst bei Rosalina reinschauen, dann treffe ich dich dort."

Er ging weg und ich versuchte dem Verlangen zu widerstehen, über meine Schulter zu sehen und seinen Hintern zu begutachten. Ich schaffte es nicht. Die Jeans passte ihm perfekt. Sie war abgenutzt und hatte verblasste Linien in Form seiner Brieftasche an einer der Taschen. Sein Gang war nicht unbedingt überheblich, aber er hatte etwas an sich, das von grenzenlosem Selbstbewusstsein zeugte.

Ich riss meinen Blick von ihm und ging ins Büro. Rosalina war an ihrem Handy und kritzelte hektisch auf einem gelben Notizblock herum. Sie hielt einen Finger hoch und ich wartete, bis sie auflegte. Eine Minute später beendete sie das Gespräch, legte den Stift ab und lehnte sich mit erleichtertem Gesichtsausdruck in ihrem Stuhl zurück.

„Das war die Versicherung", sagte sie. „Der Sachverständige war eben hier und er hat gerade die Zahlung für unsere Laptops, die beschädigten Zutaten und andere Reparaturen bestätigt." Sie nahm eine Kreditkarte vom Schreibtisch und wedelte freudig damit herum. „Jetzt kann ich shoppen gehen und mit diesem Ding hier neue Macs kaufen. Wir sind im Handumdrehen wieder im Geschäft."

Ich setzte ein Lächeln auf, das wahrscheinlich eher wie eine Grimasse aussah.

„Oh nein." Rosalina stand auf und kam zu mir herüber. Sie legte ihre Hände auf meine Schultern. „Du hast beschlossen, den Kerl zu einem Leben der Enthaltsamkeit zu verdammen, oder?"

Ich brauchte mich nicht zu rechtfertigen. Sie kannte mich so gut, dass sie erraten konnte, was ich getan hatte. „Ich habe mit ihm gesprochen. Er ist glücklich damit, was er tut und nicht nur das, er ist auch gut darin. Ich habe das Gefühl, dass er die Art von Mann ist, der etwas verändern kann, egal, wohin er geht."

„Willst du, dass *ich* es tue? Ich habe kein Problem damit. Er wird so oder so glücklich sein."

„Nein. Das bringt vielleicht schlechtes Karma."

Auf einer Seite ihrer Lippen zog sich ihr Mundwinkel nach oben. „Ich möchte nicht, dass du die Chance auf deine Wohnung verlierst und hier wird es auch ein wenig knapp."

Ich studierte ihr Gesicht und fühlte mich schrecklich.

„Weißt du was? Du hast recht." Sie winkte ab. „Du musst nach deinen Prinzipien leben. Wenn nicht, wird dich der Job unglücklich machen und das ist es nicht wert."

Tränen brannten in meinen Augen. „Danke, dass du es verstehst."

„Alles wird gut. Ich habe zwei Klienten für uns. Einer kommt später noch, um 15:30 Uhr. Er ist nicht so bekannt, aber wir brauchen Kunden. Jim Morris hat ihn empfohlen."

Jim Morris war ein Junggeselle aus der Nachbarschaft, den ich kurz nach der Eröffnung der Agentur verkuppelt hatte.

„Das ist großartig." Ich schenkte ihr ein hundertprozentig aufrichtiges Lächeln.

Sie ging zurück zum Schreibtisch und griff nach ihrer Handtasche. „Ich denke, ich gehe mal ins Einkaufszentrum."

Ich ließ sie gehen, ohne ihr von meinem bevorstehenden Mittagessen mit Jake zu erzählen. Irgendwie machte mich der Gedanke daran nervös, mich mit ihm allein zum Essen zu treffen. Bisher hatten wir größtenteils über Stephen und seine Entführung gesprochen. Würden andere Themen, persönliche Themen, aufkommen, während wir aßen? Ich konnte mich nicht entscheiden, ob ich hinrennen oder ihn anrufen sollte, um ihm zu sagen, dass etwas dazwischen gekommen war.

Am Ende gewann mein Verlangen, ihm nahe zu sein und ich schloss das Büro ab und ging über die Straße.

Jake saß an einem Tisch in der Ecke. So wie es aussah, hatte er bereits Getränke und eine Vorspeise für uns bestellt. Ich ging zögerlich auf ihn zu. Er sah auf seine verschränkten Hände hinunter, die auf dem Tisch lagen. Ich kannte diesen intensiven Gesichtsausdruck gut. Seine tiefe Konzentration verriet mir, dass er vielleicht versuchte, etwas zu begreifen.

Er sah auf, als ich auf die Sitzbank rutschte.

„Ich habe dir eine Orangenlimonade und Knoblauchbrötchen bestellt", sagte er.

Ein Kloß bildete sich in meinem Hals. Er wusste immer noch, was ich am liebsten bestellte. Nur wenige Leute wussten so viel über mich. Jakes Verschwinden hatte mich gelehrt, mich den Leuten nicht so sehr zu öffnen und ich hatte vergessen, wie gut es sich anfühlte, wenn jemand an die kleinen Dinge dachte, die mich glücklich machten.

„Danke." Ich nahm einen Schluck von der Limonade. Sie war kalt, leicht säuerlich und sprudelte, genau so, wie ich es mochte. Die Knoblauchbrötchen waren außen knusprig und buttrig und innen noch weich. *Lecker.*

Ich bestellte Lasagne, weil Pizza mich zu sehr an Bernadetta erinnerte und Jake nahm eine Fleischpastete. Nachdem der Kellner gegangen war, saßen wir in unangenehmer Stille da und sahen alles an, nur nicht einander.

„Also ... was wolltest du mir sagen?" Seine Stimme klang hoffnungsvoll und ängstlich zugleich, wodurch ich mich fragte, was er zu hören erwartete. Vielleicht etwas Persönliches?

Oh, reiß dich zusammen, Toni. Es geht ihm nur um Stephen.

Er hatte es gestern Abend sehr deutlich gemacht, dass er überhaupt nicht beabsichtigte, über *uns* zu sprechen.

„Ich weiß nicht, ob das hilfreich ist", fing ich an, „aber als ich darüber nachgedacht habe, was ich bei der Suche nach Stephen gespürt habe, ist mir aufgefallen, dass sie ihn nicht an einer Stelle festhalten können. Ich habe den Eindruck, dass sie ihn vielleicht ständig bewegen."

„Du meinst, dass sie ihn nicht lange an einem Ort behalten?"

Ich schüttelte den Kopf. „Nein, ich meine, dass es sich anfühlt, als ob er die ganze Zeit unterwegs wäre. Ich glaube, dass sie ihn vielleicht in einem fahrenden Auto festhalten."

„Verdammt", sagte Jake leise. „Kein Wunder, dass ihn niemand finden kann." Er fuhr mit den Fingern durch sein ohnehin schon zerzaustes Haar und schaffte es, eine Locke glattzustreichen, die abgestanden hatte. „Ich war schon überall in der Stadt und habe versucht, Stephens Geruch an Orten aufzuspüren, die mit Ulfens schlimmsten Feinden in Verbindung stehen. Ich habe Stunden damit zugebracht, Immobilienakten durchzugehen und in der ganzen Stadt herumzufahren, aber es war alles Zeitverschwendung."

Er biss die Zähne zusammen und ein Muskel zuckte in seinem Kiefer. Er holte tief Luft und atmete langsam aus, wobei er sich unheimlich anstrengte, seinen Frust und seine Wut zu kontrollieren.

„Sei nicht so hart zu dir selbst", sagte ich. „Du tust dein Bestes. Du hättest es nicht wissen können."

Jake schüttelte sich und zwang sich, alle Emotionen zu unterdrücken. „Hast du es Ulfen schon gesagt?"

„Ja."

„Hoffentlich bringt ihn das auf ein paar Ideen. Mir gehen sie nämlich langsam aus."

Ich zögerte und fragte mich, ob ich ihm von der Dunklen Donna erzählen sollte. Sie war eine gefährliche Kreatur und ich wollte nicht, dass Jake Ärger mit ihr und ihren Leuten bekam, aber ich sagte mir, dass es nicht meine Aufgabe war, ihn zu beschützen. Er war ein großer Junge und hatte sich bereits an den falschen Stellen eingemischt. Genaue Informationen würden ihm vielleicht helfen.

„Da ist noch etwas", sagte ich.

Er setzte sich gerader hin. „Was?"

„Ich bin ziemlich sicher, dass Bernadetta Fiore damit zu tun hat. Ich meine ... sie ist sowieso schon die Hauptverdächtige, aber ich glaube, dass ich Beweise habe. Irgendwie."

„Sprich weiter", sagte er.

„Ich ... hatte heute ein sehr unerfreuliches Treffen mit ihr.”

Jake blinzelte langsam und sprach gezwungen ruhig. „Bitte erklär mir das.”

„Eigentlich hat sie mich kurz in ihre riesengroße Limousine entführt.”

„Was?!”

Jakes Körper zitterte und ich befürchtete, dass er sich vielleicht genau hier, mitten auf seinen Knoblauchbrötchen, verwandeln würde. Ich starrte ihn mit großen Augen an und mein Herz fing an zu rasen. Jake war eindeutig überreizt und stand buchstäblich an der Schwelle zum Ausrasten. Er brauchte dringend ein Nickerchen. Er gewann die Kontrolle zurück, indem er tief durchatmete und für ein paar Sekunden die Augen schloss.

„Geht es dir gut? Hat sie dir wehgetan?”, fragte er, als er seine Augen öffnete.

„Nein, sie hat mir nichts getan. Tatsächlich”, ich runzelte die Stirn, „war sie ziemlich freundlich. Sie hat versucht, abzustreiten, dass sie etwas mit Stephens Verschwinden zu tun hat, aber sie hat gelogen.”

„Wie kommst du darauf?”

Ich zuckte die Achseln. „Meine Fähigkeit.”

Jedes Mal, wenn Jake so eine Frage stellte, gab ich ihm dieselbe Antwort. Ich gab nie Einzelheiten darüber preis, woher ich etwas wusste, wenn ich jemanden in Trance gesucht hatte. Er hatte keine Ahnung, dass ich meine Sinne dafür brauchte, also konnte ich ihm nicht von dem Geruch in Bernadettas Limousine erzählen.

Er machte ein angeekeltes Geräusch, das tief aus seiner Kehle drang.

Als wir zusammengearbeitet hatten, hatte ich mich mit meinen Fähigkeiten und ihren Konsequenzen nicht wohlgefühlt – nicht genug, um jemandem die Wahrheit anzuvertrauen, vor allem nicht denen, die mir am nächsten standen. Das erste Mal, als ich jemanden aufgespürt hatte, hatten mir die Nebenwirkungen eine Heidenangst eingejagt, was dazu führte, dass ich zurückhaltend und defensiv wurde und Angst hatte, meine Familie und Jake würden mir verbieten, sie zu benutzen. Ich hatte Nonna angefleht, es niemandem zu sagen und ihr versichert, dass ich niemanden ohne Hilfe aufspüren würde. Da sie in New York City lebte, war es leicht gewesen, zu lügen.

Jetzt war es anders. Ich wachte nie allein aus einer Trance auf oder litt allein unter dem Fehlen meiner Sinne. Rosalina war immer bei mir und fand einen Weg, es aushaltbar zu machen; sie war sogar auf die Idee gekommen, zusammen Gebärdensprache zu lernen. Es gab niemand anderen auf der Welt, dem ich so vertrauen und mit dem ich mich in diesem verletzlichen Zustand so wohlfühlen konnte – ganz zu schweigen davon, dass ich niemandem zur Last fallen wollte und sei es auch nur für eine kurze Zeit.

Wie schon zuvor war Jake nicht erfreut über meine ausweichende Antwort. Er schürzte die Lippen und lehnte sich zurück.

Der Kellner kam mit unserem Essen. Dampf und köstlicher Duft stiegen davon auf. Ich inhalierte praktisch die Hälfte meiner Portion, während Jake desinteressiert in seiner Pastete herumstocherte.

„Du solltest essen", sagte ich. „Du siehst beschissen aus."

Er lachte in sich hinein, ohne meine Worte ernst zu nehmen und fing an zu essen.

Ich erzählte ihm von Tom und dem Priester. Er schien erleichtert, als ich erwähnte, dass Tom auf dem Weg zur Besserung war. Dann wurde es wieder still um uns.

Ich fühlte mich durch das unangenehme Schweigen unter Druck gesetzt, etwas zu sagen und meine Neugier gewann die Überhand, also fragte ich: „Wo bist du damals hingegangen, Jake?" Ich erwartete, dass er die Frage nicht beantworten würde, aber das tat er.

„New Orleans. Erinnerst du dich an Kaden Smith? Er wohnt dort."

Kaden war auf der Highschool mit Jake und meinem Bruder in einer Klasse gewesen. Sie waren unzertrennlich gewesen. Alle drei beliebte Schräge, die in der Schulmannschaft gespielt hatten und von einer Schar von Mädchen verfolgt worden waren.

„Ich war noch nie in New Orleans", sagte ich. „Ich muss ihn mal besuchen."

Es war eine der Städte, die auf meiner Liste der Orte standen, in denen ich nach neuen Gerüchen, Geräuschen und Eindrücken suchen wollte. Das würde meine Möglichkeiten und die Wahrscheinlichkeit, Partner für die Leute zu finden, sicherlich erweitern. Jeder neue Ort, den ich besuchen konnte, hatte einen großen Einfluss auf meine Erfolgsquote.

„Es ist eine tolle Stadt", sagte Jake. „Gutes Essen, unglaubliches Nachtleben. Total einzigartig."

„Hat dich dort etwas dazu veranlasst, dein Detektivbüro zu eröffnen?"

Er schob ein Stück Wurst an den Rand seines Tellers und erinnerte mich daran, wie wählerisch er mit Essen sein konnte. „Nee, die Idee hatte ich hier, nachdem wir Emily Garner gefunden haben. Sie zu ihrer Familie zurückzubringen hat sich ... großartig angefühlt."

„Ja, das hat es."

Ich erinnerte mich immer noch an die Gesichter ihrer Eltern, als wir in die Polizeiwache kamen und Jake Emily in seinen Armen trug. Es hatte sich so angefühlt, als hätten wir nicht nur das kleine Mädchen, sondern auch ihre ganze Familie gerettet. An diesem Tag gaben wir ihnen mehr zurück als nur ein Kind. Wir gaben ihnen Hoffnung und den Wunsch zurück, weiterzumachen.

Und wir hatten das zusammen geschafft, indem wir unsere Fähigkeiten und unser Wissen kombinierten.

„Ich habe noch anderen Leuten geholfen und es hat sich jedes Mal so gut angefühlt." Er legte seine Gabel ab. „Dann habe ich von Stephen gehört. Er hat ein bisschen Zeit mit mir und Kaden in New Orleans verbracht. Er wollte weg von seinem Vater und ... über eine bestimmte Beziehung hinwegkommen."

Ich hätte nie gedacht, dass Stephen über *mich* hinwegkommen müsste. Ich war nicht glücklich damit, wie unsere Beziehung zu Ende gegangen war, aber ich konnte nicht sagen, dass es mich groß betroffen hatte. Ich mochte Stephen und vielleicht, wenn wir uns weiter hätten treffen dürfen, hätte ich irgendwann Gefühle für ihn entwickelt, aber so war es nicht gekommen.

Ich schätzte, jeder liebte auf andere Weise.

„Ich wünschte, er wäre nicht nach St. Louis zurückgegangen", fuhr Jake fort. „Dann wäre das nicht passiert. Aber Ulfen hat ihn zurückgerufen, ihm gesagt, dass er hier gebraucht wird und dass es Zeit wird, seine Pflichten als Erbe anzutreten."

Ironischerweise hätte ich nicht mit Jake dort gesessen, wenn Stephen nicht zurückgekommen wäre und mich danach gesehnt, ihm all die Fragen zu stellen, auf die er nicht antworten wollte.

„Was ist mit dir?", fragte Jake. „Wann habt ihr die Agentur eröffnet?"

„Vor fast einem Jahr.”

„Gefällt dir deine Arbeit?”

Ich spürte das Urteil in seiner Stimme. Den Gefährten von jemandem zu finden war im Vergleich dazu, ein Kind zu seinen Eltern zurückzubringen, für ihn nicht besonders erstrebenswert. Und ja, ich musste zugeben, dass mein neuer Job auf einer Skala von Mutter Teresa bis Hitler eher etwas rechts von der Mitte angesiedelt war. Trotzdem machte mich das nicht zu einem schlechten Menschen. Ich half trotzdem anderen, ihr Glück zu finden, während ich mein eigenes behielt.

„Sie gefällt mir tatsächlich”, sagte ich. „Ich habe auch Leuten geholfen und es hat sich gut angefühlt. Und das Beste daran ist, dass ich tue, was für mich am besten ist. Wenn du findest, dass mich das egoistisch macht, dann bin ich das wohl.”

Jake streckte eine Hand über den Tisch und nahm meine, womit er mich überraschte. Bei der Berührung fuhr ein Schauer meinen Arm hinauf, bei dem mir der Atem stockte. Ich erstarrte und schaffte es nicht, meine Hand wegzuziehen, als sein Daumen über meine Knöchel strich.

„Ich war unfair zu dir”, sagte er in einem leisen Flüstern, das mich an viele intime Momente erinnerte. „Das tut mir leid. Es steht mir nicht zu, über dich zu urteilen. Dein Leben ist dein Leben und ich...” Er schluckte und es war klar, dass dieses Gespräch schwer für ihn war. „Ich sollte meine Nase nicht hineinstecken. Du solltest jetzt in Sicherheit sein. Jetzt sollte dich niemand mehr belästigen. Ich bin froh, dass du dieser Vampirin gegenüber klar gesagt hast, was mit Ulfen ist. Sie darf dir so nicht drohen. Ich werde ihn anrufen und ihm von deiner Begegnung mit der Dunklen Donna erzählen. Versuch, wieder zur Normalität zurückzukehren. Wenn ich dich nebenan störe, dann werde ich gehen und mir etwas anderes suchen. Allerdings habe ich vor, in St. Louis zu bleiben.” Er zog seine Hand weg und ich musste meine unter den Tisch gleiten lassen, um sie nicht wieder zu ergreifen.

Seine Berührung öffnete eine Tür, die ich vor vielen Monaten zugeschlagen hatte und alles, dass ich hineingestopft hatte, platzte jetzt heraus, wie aus einem überfüllten Schrank. Alles, was es dazu gebraucht hatte, war eine elektrisierende Berührung seiner Haut auf meiner, um die Lügen, die ich mir die ganze Zeit eingeredet hatte, zu zerschmettern.

Ich war nicht über Jacob Knight hinweg. Überhaupt nicht.

In diesem Moment der Erkenntnis wollte ich ihm sagen, er solle sich verdammt noch mal von mir fernhalten und sich eine andere Bleibe in den Tiefen von St. Louis suchen – irgendwo, wo die Sonne nicht schien –, damit ich ihn nie wieder sehen musste und daran erinnert wurde, was für eine schwache, erbärmliche, selbstzerstörerische Frau ich war.

Aber wenn ich das tat, dann würde er erkennen, dass er immer noch Macht über mich hatte und verdammt, ich war viel zu stolz, um ihn das sehen zu lassen. Also setzte ich ein Lächeln auf und log ihn durch zusammengebissene Zähne an.

„Das ist in Ordnung, Jake. Es macht mir nichts aus. Wirklich nicht." Mein Tonfall war kalt und distanziert und ich winkte unbekümmert mit der Hand herum. „Ich bezweifle sowieso, dass wir uns oft sehen werden, weil wir in so verschiedenen Berufen arbeiten."

Jakes Augen verengten sich und er beobachtete mich aufmerksam, während ich sprach. Als ich fertig war, breitete sich langsam ein Lächeln über seine gemeißelten Lippen aus und ein allwissender Ausdruck legte sich auf sein Gesicht.

„Was ist so lustig?", fragte ich.

Sein Lächeln verschwand und er schüttelte den Kopf. „Nichts, das ist nur genau das, was ich auch gedacht habe."

Ich setzte ein ähnlich sarkastisches Lächeln auf.

Das war wohl die Art und Weise, wie *Scheinfreunde* miteinander auskamen, indem sie sich gegenseitig eklatante Lügen auftischten und so taten, als würden sie sie glauben. Trotz allem war ich überzeugt, dass ich mit seiner Nähe zurechtkommen würde und falls ich mich irren sollte, war St. Louis eine große Stadt. Ich konnte einen anderen Ort finden, an dem ich arbeiten konnte. Ich hatte ohnehin vor, gesellschaftlich aufzusteigen, also würden andere Gegenden der Stadt für die Klientel, das meinen Terminkalender bald ausfüllen würde, besser geeignet sein.

An diesem Abend ging ich zum Kickboxen und stellte mir Jakes Gesicht auf dem Boxsack vor. Es war verdammt gutes Training und ich konnte meinen ganzen Frust herauslassen. Ich hatte getan, was ich konnte, um zu helfen. Jetzt konnte ich zur Normalität zurückkehren.

KAPITEL 29

Am Ende des Tages, sobald wir in Rosalinas Wohnung ankamen, fütterte ich Cupid und kroch ohne Abendessen ins Bett, weil ich mich emotional so ausgelaugt fühlte. In nur wenigen Tagen war so viel passiert und obwohl Rosalina vorgeschlagen hatte, etwas zu bestellen, konnte ich nur an weiche Kissen und die gemütliche Bettdecke denken.

Ich schloss meine Augen, als sich die Ereignisse des Tages in meinem Kopf abspielten wie ein Film auf Dauerschleife. Ich spürte immer wieder Jakes Finger über meine Knöchel fahren, während seine intensiven silbernen Augen in meine Seele starrten. Mir wurde am ganzen Körper heiß, als ich mich an unser erstes Mal erinnerte.

Es war perfekt gewesen. Dafür hatte er gesorgt.

„Ich möchte, dass du dich an diesen Tag als den Schönsten deines Lebens erinnerst", hatte er mir ins Ohr geflüstert, als wir uns auf das luxuriöse Bett im Four Seasons Hotel setzten, wo man durch das Fenster die Gateway Arch sehen konnte.

Vor diesem Abend hatte ich ihm mehrmals gesagt, er sollte mich auf dem Rücksitz seines Pick-Up-Trucks nehmen, als wir herumgemacht hatten. Wir waren uns sehr nahe gekommen, aber er war sehr viel stärker als ich und hielt sein Versprechen, dass mein erstes Mal etwas ganz Besonderes werden würde.

Ich hatte mich schon eine ganze Weile nicht mehr mit Erinnerungen an diese Nacht und weitere, die darauf folgten, gefoltert, aber seit seine einfache Berührung diese Tür geöffnet hatte, fand ich mich in diesem luxuriösen Zimmer wieder. Die Laken waren aus weißer, weicher Baumwolle. Ich trug ein schwarzes Trägerkleid und hohe Schuhe, das gleiche Outfit, das ich am Abschlussball getragen hatte. Jake trug einen dunkelgrauen Anzug und sah atemberaubend aus.

Er verführte mich langsam und auf perfekte Weise, von dem Moment an, als er mich zu Hause abholte, bis zu dem, als unsere Körper miteinander verschmolzen. Die ganze Nacht waren seine Finger auf mir. Auf meiner Taille, meinen Hüften, an meinem Nacken. Er verteilte Küsse, die gleichzeitig sinnlich und süß waren. Und als wir allein waren, erreichte mein Verlangen seinen Höhepunkt und seine Berührungen waren wie heiße Flammen auf meiner Haut.

Diese Nacht war, tatsächlich, die Schönste meines Lebens gewesen und ich liebte und hasste Jake gleichermaßen dafür, dass er sie mir beschert hatte. Er hatte mich ruiniert. Diese Nacht und alles, was er mir bedeutete, waren der Grund, warum ich niemandem mehr so nahe kommen konnte. Niemand konnte sich damit messen, besonders, weil ich so unglaublich verliebt in ihn gewesen war.

„Du hast diesen Mann wie in Büchern und Filmen geliebt", hatte Mom einmal zu mir gesagt. *„Es war nicht gesund. Gut, dass du ihn los bist."* Ich hätte mein Leben für ihn gegeben. Ich hätte seine Kinder geboren, einen ganzen Wurf von Halbwerwölfen. Stattdessen hatte er mir das Herz herausgerissen.

Ich wälzte mich im Bett hin und her, kämpfte darum, ihn aus meinen Gedanken zu vertreiben und meine überaktiven Hormone zu beruhigen, bis ich schließlich einschlief.

„Toni."

Das Brummen eines Motors erfüllte meine Ohren, laut und unaufhörlich. Mein Gehör war überfordert und es schien der einzige Sinn zu sein, der noch funktionierte. Ich konnte nichts riechen. Ich konnte auch nichts sehen.

War das eine Trance? Ich konnte mich nicht erinnern, einen Trank benutzt zu haben.

„Toni."

Reifen auf dem Bürgersteig. Das Klappern von Metall. Das Quietschen von Bremsen. Hupen. Irrsinnig, als wäre man mitten auf einer Autobahn zur Hauptverkehrszeit.

Eine Stimme kämpfte gegen die ununterbrochene Kakophonie an.

„Toni."

Ich konnte sie kaum verstehen, aber es schien, als ob die Stimme meinen Namen rief. Ich versuchte, mich darauf zu konzentrieren. Die Stimme war mir vertraut. Ich hatte sie schon einmal gehört, aber ich konnte sie nicht zuordnen.

„Toni, bist du das?"

Mein Atem stockte.

Stephen!

„Ja, ich bin es." Ich bewegte meine Arme durch die Dunkelheit und versuchte, ihn zu finden. „Wo bist du?"

Mein Herz hämmerte. Er war ganz in der Nähe.

„Bitte hilf mir", flehte er.

Das musste eine Trance sein. Das musste es einfach. Es war die einzige Erklärung und aus irgendeinem Grund wusste Stephen, dass ich nach ihm suchte.

„Ich versuche, dich zu finden", sagte ich. „Wo bist du?"

„Ich bin hier", schrie er.

Ich wirbelte herum und folgte dem rauen Klang seiner Stimme. Ich stolperte vorwärts und streckte die Hände vor mich. Dieser bestimmte Geruch erfüllte plötzlich die Luft; süß und warm drang er in meine Kehle. Meine Hände ergriffen etwas. Ich befühlte es. Eine Person.

„Stephen?"

Er sagte nichts.

Ich fühlte weiter mit meinen Händen und bewegte sie nach oben. Sie erreichten etwas, was sich wie ein Schlüsselbein anfühlte, dann einen Hals, ein Gesicht. Es war feucht und klebrig. Ich zog die Hände zurück und wünschte mir, ich könnte in dieser Dunkelheit etwas sehen. Als sich der Wunsch erfüllte, wurde auch mein Augenlicht wiederhergestellt. Es kam allmählich zurück. Ich blinzelte und hielt meine Hände näher an mein Gesicht. Die Dunkelheit umgab mich immer noch, aber ich konnte Formen erkennen. Ich wackelte mit den Fingern. Etwas Dunkles war auf ihnen verschmiert, dann sah ich Farbe.

Rot.

Rotes, klebriges Blut.

Ich zitterte am ganzen Körper und senkte meine Hände. Eine Figur zeichnete sich in der Dunkelheit vor mir ab. Mein Herz hämmerte.

„Stephen?", murmelte ich mit bebenden Lippen.

Die Figur trat vor und sein Gesicht wurde sichtbar. Ich presste eine feuchte, klebrige Hand an meinen Mund, um einen Schrei zurückzuhalten.

Es *war* Stephen.

Ich erkannte ihn, auch wenn sein Gesicht blutverschmiert war. Ein Schnitt verlief durch seine Augenbraue und Blut tropfte auf sein geschwollenes Auge. Seine Unterlippe war aufgeplatzt und rote Schlieren liefen über sein Kinn.

„Hilf mir." Er kam einen Schritt näher. „Hilf mir." Noch einen Schritt. „Hilf mir." Kurz vor mir blieb er stehen und hielt seine Hände nach oben. „Sieh dir an, was sie mit mir gemacht haben. Warum hilfst du mir nicht?!"

Alle seine Finger fehlten und alles, was noch übrig war, waren blutige, aufgedunsene Stümpfe.

Oh Gott.

Erbrochenes brannte in meiner Kehle.

„Lusiola", sagte Stephen, dann griff er mit seinen verstümmelten Händen nach meiner Kehle.

Ich schrie und schrie und schrie.

Im nächsten Augenblick wurde alles dunkel und still.

Jemand packte meine Schultern. Ich schrie wieder und schlug mit den Armen aus, um die Hände wegzustoßen. Ich verlor das Gleichgewicht und fiel polternd zu Boden. Verzweifelt krabbelte ich auf Händen und Knien weg, bis ich ein Hindernis erreichte.

Mein Kopf und mein Herz pochten unkontrolliert.

Ich tastete mit den Fingern umher und versuchte, einen Ausgang zu finden, aber ich war gegen eine Wand gestoßen. Ich tastete mich an ihr entlang, bis ich die Ecke erreichte.

Es gab keinen Ausweg.

Ich drückte mich mit dem Rücken an die Ecke und kauerte mich dort zusammen, umarmte meine Beine und vergrub mein Gesicht auf meinen

Knien. Ich wartete darauf, dass Stephen, oder wer auch immer, mich auf die Beine zerrte und ... und was? Ich wusste es nicht.

Ich schluchzte in meine Beine hinein und mein Körper bebte vor Anspannung, während ich das Schlimmste erwartete.

Die Minuten vergingen. Nichts passierte. Aber ich konnte immer noch nichts hören oder sehen.

Ich weiß nicht, wie lange ich in dieser Position verharrte, aber als der Klang von sanftem Vogelgesang an meine Ohren drang, öffnete ich meine Augen und fand mich in der Ecke meines Zimmers kauernd wieder, wo Rosalina auf dem Bett saß und mich aufmerksam beobachtete.

„Toni." Sie sprach meinen Namen vorsichtig aus, als ob sie Angst hatte, dass ich zerbrechen würde.

Tränen der Erleichterung ergossen sich über meine Wangen. Sie kam vorsichtig auf mich zu und machte keine plötzlichen Bewegungen, als ob ich eine schreckhafte Katze wäre. Als sie bei mir ankam, schlang sie ihre Arme fest um mich und wiegte mich hin und her, bis meine Tränen versiegten.

KAPITEL 30

„**I**ch habe dich schreien gehört", sagte Rosalina.

Wir saßen auf dem Sofa und hielten identische Teetassen in den Händen. Ich hatte mich beruhigt und eine heiße Dusche genommen, mit der ich es geschafft hatte, mich wieder halbwegs wie ein Mensch zu fühlen.

„Also bin ich in dein Zimmer gerannt. Du hast aufrecht im Bett gesessen und gewimmert. Ich habe versucht, mit dir zu sprechen, aber ich glaube, du konntest mich nicht hören. Als ich dich angefasst habe, bist du vom Bett gesprungen und in die Ecke gekrabbelt. Du konntest mich nicht sehen. Deine Augen waren trüb, als wärst du gerade aus einer Trance aufgewacht."

Bei ihren Worten erinnerte ich mich an die Panik und fing an zu zittern.

Rosalina legte ihre Hand auf meine. „Geht es dir gut? Wir müssen nicht darüber reden, wenn du noch nicht bereit bist."

„Nein, ist schon gut. Ich möchte verstehen, was passiert ist."

„Es war mehr als ein Albtraum. So viel kann ich dir sagen. Du warst blind und taub, Toni."

Ich nickte und wusste, dass sie recht hatte.

„Was, wenn du dich irgendwie selbst im Schlaf in eine Trance versetzt hast?"

Ich stellte meine Teetasse auf dem Couchtisch ab. „Vielleicht."

„Aber das ist noch nie passiert."

„Nein, aber die Fähigkeiten von Schrägen können sich mit der Zeit verändern." Die Möglichkeit, dass ich die Trance nicht kontrollieren konnte, jagte mir eine Heidenangst ein. Vielleicht würde ich nie wieder schlafen können.

Rosalina zuckte leicht zusammen. „Ich traue mich fast nicht zu fragen, aber ... was hast du gesehen?"

Ich zwang mich, meine Angst zu überwinden und erzählte ihr alles, wobei ich keine Details ausließ. Als ich fertig war und zu ihrem Gesicht aufblickte, war sie blass – oder zumindest ihre Version von blass. Ihre schöne gebräunte Haut sah aus, als hätte jemand ihren goldenen Schimmer ausgeschaltet.

„Das muss ein Albtraum gewesen sein. Du warst nicht wirklich da, oder?", fragte sie zweifelnd.

„Ich weiß es nicht. Es hat sich so real angefühlt. All diese Geräusche und der Geruch. Was meinst du, was das Wort bedeutet, das er gesagt hat?"

Rosalina schüttelte ihren Kopf. „Ich habe keine Ahnung. Vielleicht sollten wir es googeln." Sie griff nach ihrem Handy, das auf der Armlehne des Sofas lag. „Wie würdest du es buchstabieren?"

Ich zuckte die Achseln. „L-U-S-I-O-L-A."

Schnell tippte sie die Buchstaben in die Suchzeile, dann sah sie auf. „Anscheinend ist es eine Stadt in Kenia. Verdammt, denkst du, sie haben Stephen dort hingebracht?"

„Nein." Aus irgendeinem Grund hatte ich das Gefühl, dass er in der Nähe war. „Vielleicht wird es anders buchstabiert. Versuch es mit L-U-C-I-O-L-A."

Sie benutzte Google noch einmal. „Eine Gattung blitzender Glühwürmchen", las sie. „Das hilft mir genauso, als würde da ‚Konstellation von Neutronensternen' stehen." Rosalina schaute mich besorgt an und verwirrte mich mit ihrer Analogie. Sie war zu schlau für mich. „Vielleicht hattest du ja nur einen Albtraum, wenn auch einen sehr lebhaften."

„Je mehr ich darüber nachdenke, desto sicherer bin ich, dass es kein Albtraum war. Vielleicht kann Jake etwas mit dem Wort anfangen."

Rosalina seufzte. „Wirst du heute arbeiten können?"

„Ja, ich denke schon. Ich muss etwas tun, das mich ablenkt."

„Alles klar, machen wir uns fertig und gehen. Oh, deine Mutter hat übrigens einige Male angerufen. Sie möchte, dass du sie zurückrufst. Sie klang ziemlich hartnäckig."

„Ja, sie drängt mich, zum Mittagessen zu kommen. Sie macht mir Tortellini. Ich rufe sie zurück."

Auf dem Weg zum Büro holten wir uns Frühstück bei einem Drive-in. Ich nahm einen doppelten Espresso und zwei übergroße Blaubeermuffins; Rosalina traf eine gesündere Wahl und nahm einen Tee und ein Ei auf Weizentoast.

„Wenn das so weitergeht, werden diese Kurven bald verschwinden", stichelte ich und deutete auf ihre Brüste.

„Pfft, die gehen nicht weg. Das ist ein Familienfluch. Abuela Esperanza hat sie, meine Mom hat sie, meine Schwester hat sie und wenn ich einen Bruder hätte, hätte er sie auch."

„Ein Fluch?" Ich rollte mit den Augen, als ich den Camaro in unsere Straße lenkte. „Männer stehen darauf."

Sie nickte zögernd. „Stimmt, aber sie sollten abnehmbar sein oder so. An manchen Tagen kann ich sie einfach nicht ausstehen. Du verstehst das nicht, weil…" Sie verstummte.

Ich zog meine Augenbrauen nach oben und warf ihr einen Blick zu. „Wage es dich ja nicht, meinen Vorbau zu beleidigen. Es ist vielleicht nicht viel, aber es ist alles, was ich habe."

Wir stiegen lachend aus dem Auto aus. Ich fühlte mich ein bisschen unbeschwerter, auch wenn die Blaubeermuffins, die ich verdrückt hatte, mich fast zwei Kilo schwerer machten. Rosalina hatte einfach diese Wirkung auf mich. Ich liebte es, sie lächeln zu sehen und unser Geplänkel brachte sie immer in Fahrt, was mich dazu motivierte, sie zu necken.

Sie steckte den Schlüssel ins Schloss und wir traten ein. Es schien, als ob ich jedes Mal den Atem anhielt, wenn wir herkamen, weil ich erwartete, Chaos zu sehen – aber alles war in Ordnung. Ich fragte mich, wie lange ich dieses Gefühl noch mit mir herumtragen würde. Ich wusste es nicht, doch eins war sicher: Ich würde nie wieder eine Nacht im Loft verbringen.

Nach meinem nachmittäglichen Treffen mit dem Klienten gestern, hatte ich einen Trank gebraut. Die Zutaten, die Rosalina nachbestellt hatte, waren schnell angekommen, auch wenn das nicht billig gewesen war. Bei allem, was gerade los war, konnte ich sie nicht selbst abholen, also mussten wir einen Kurier bezahlen, der nach Elf-hame reiste, plus eine Gebühr für die Expresslieferung. Auch wenn es teuer gewesen war, es hatte sich gelohnt. Wir hatten ein paar kostbare Tage verloren und mussten sie aufholen, um Miete und Rechnungen zu bezahlen. Und natürlich unsere Gehälter, die immer einen Schlag abbekamen, wenn so etwas passierte.

Ich hatte einen weiteren Termin um 9 Uhr, was mir noch eine Stunde für einige Erledigungen gab, zum Beispiel Celina Morelli anzurufen und ihr die schlechten Nachrichten zu überbringen. Das wollte ich wirklich nicht tun. Ich hatte der Frau falsche Hoffnungen gemacht und ich fürchtete, dass mein Anruf ihr Herz noch ein wenig mehr brechen würde – ganz zu schweigen von den Auswirkungen auf die Agentur.

Ich drückte mich erstmal vor dieser Aufgabe und beschloss, ein anderes Problem anzugehen.

„Hey, ich gehe nach nebenan und schaue, ob Jake da ist." Ich hatte ihn angerufen, aber er war wieder nicht rangegangen.

Rosalina, die bereits an ihrem Schreibtisch saß, sah mit sorgenvollen Augen auf. „Okay, ich hoffe, dass er helfen kann."

„Ich auch."

Dieses Mal war Jakes Tür abgeschlossen. Ich klopfte und wartete. Nichts. Anscheinend war er nicht da. Ich versuchte es noch einmal auf seinem Handy. Keine Antwort. Ich seufzte, ging wieder ins Büro und machte mit meinem Tag weiter, angefangen mit dem gefürchteten Anruf bei Celina Morelli.

„Ich habe Ihren Anruf erwartet", sagte sie.

Hörte ich da etwas Hoffnung in ihrer Stimme? *Mist.* „Miss Morelli, es tut mir leid, Sie mit schlechten Nachrichten anzurufen." Ich erwartete, dass sie sagen würde, dass sie das nicht überraschen würde, oder etwas Bissiges in der Art, aber sie blieb still. „Ich konnte keinen Gefährten aufspüren. Bitte entschuldigen Sie. Das kommt sehr selten vor. Meine

Erfolgsquote für das Aufspüren von Gefährten ist sehr hoch, aber nicht perfekt und—"

„Aber Ihre Partnerin sagte, dass Sie jemanden gefunden haben", unterbrach sie mich.

„Ich weiß und ich entschuldige mich für das Missverständnis. Ich dachte, dass ich jemanden gefunden hätte, aber ich habe mich geirrt."

„Sie klangen so überzeugt davon, jemanden finden zu können. Was ist passiert?"

„Ich kann Ihnen keine spezifischen Details nennen", sagte ich. „Sie erinnern sich sicher, dass Verträge unserer Agentur eine Verschwiegenheitsklausel bezüglich unserer Methoden beinhaltet. Alles, was ich sagen kann, ist, dass meine Fähigkeiten niemanden aufspüren konnten."

„Wie kann das sein? Stimmt etwas nicht mit mir?"

„Oh, nein", versicherte ich ihr. „Natürlich nicht."

„Was dann?"

„Es tut mir leid. Mehr kann ich nicht sagen. Meine Partnerin wird Ihnen Ihre Anzahlung zurückerstatten."

„Das ist inakzeptabel."

„Es tut mir leid."

Celina schimpfte über falsche Versprechungen und Betrug und ich nahm alles geduldig hin. Fast wäre ich eingeknickt und hätte ihr von Vincent erzählt, aber ich blieb ruhig und bewahrte meine Würde. Hoffentlich würde mich Letzteres nicht meine Existenz kosten.

Den Rest des Vormittags und am Nachmittag schaute ich immer wieder auf mein Handy, in der Hoffnung auf einen Anruf, aber es schien, als hätte Jake Besseres zu tun. Vielleicht verfolgte er eine echte Spur, während mein „Luciola"-Albtraum nur genau das war.

Meine Mittagspause und mein Termin um 15:45 Uhr kamen und gingen. Ich lehnte mich auf meinem Stuhl zurück und aß geistesabwesend meinen zweiten riesigen Blaubeermuffin. Es war genau das Richtige und der Zucker holte mich aus dem Nachmittagstief. Energiegeladen verließ ich das Büro.

„Hey, ich gehe mal nachschauen, ob Jake zurück ist", erklärte ich Rosalina, die auf eine Budgettabelle starrte, um sicherzustellen, dass wir über den Monat kommen würden.

Dieses Mal war Jakes Tür offen, als ich daran zog.

Wie beim letzten Mal gab es im Inneren kein Zeichen von ihm. Ich rief ein paar Mal nach ihm, aber er antwortete nicht, also ging ich durch die nächste Tür. Der Boden war mit Schutzfolie bedeckt und es lagen Farbdosen, neue Rollen und Pinsel sowie blaues Kreppband herum. Auch hier keine Spur von Jake. Ich stieg die Stufen zum Loft hinauf. Die Einrichtung war identisch mit meiner und die kahlen Wände kamen mir seltsam vor, denn ich hatte erwartet, dass dort Schwarz-Weiß-Fotos hängen würden.

Ich fand Jake im Obergeschoss auf einer Matratze direkt auf dem Boden. Er lag mit dem Gesicht nach unten und trug nichts als enge, schwarze Boxershorts. Mein Blick schweifte über seinen kräftigen Körper. Sein breiter Rücken verjüngte sich sanft zu einer schmalen Taille mit zwei Grübchen an der Hüfte. In der Zeit, in der er weg gewesen war, war er muskulöser geworden und hatte sich ein weiteres Tattoo auf seiner linken Seite stechen lassen. Ich ging einen Schritt näher, um es mir genauer anzusehen. Die Körperkunst bestand aus Worten, die in einer hübschen Schriftrolle geschrieben waren. Ich versuchte, sie zu lesen, aber sie waren nicht auf Englisch.

Sein linker Arm hing von der Matratze herunter und seine Hand lag flach auf dem Boden. Seine Füße reichten auch über die Matratze. Er war einfach zu groß dafür. Ich hielt die Luft an, während ich ihn betrachtete und versuchte, seinen köstlichen Duft nicht einzuatmen. Er war unglaublich heiß, eine Augenweide, besonders für jemanden, der eine Zeit lang enthaltsam gelebt hatte – ganz zu schweigen von jemandem, dessen letzter Sexpartner *er* gewesen war.

Doch es war nicht sein erstaunlicher Körper, der mich am meisten verblüffte. Vielmehr war es, wie verletzlich er wirkte. Niemand konnte Jacob Knight und seinen Werwolfssinnen gefährlich werden. Das hatte er mir einmal gesagt und doch jetzt lag er einfach da, während ich ihm beim Schlafen zusah.

Seine Stirn war gerunzelt und er sah gestresst aus, sogar im Schlaf. Er musste wirklich eine enge Beziehung zu Stephen aufgebaut haben, wenn sein Verschwinden ihn so sehr mitnahm. Ich kämpfte gegen den Drang an, mich neben ihn zu knien und über sein Haar zu streichen. Ich wollte ihm sagen, dass alles gut werden würde, dass er Stephen finden würde, aber ich hatte keine Ahnung, ob das stimmte.

Seine Kleidung lag in zwei Stapeln auf dem Boden verstreut. Ich stellte mir vor, dass es der „Dreckhaufen" und der „Stinkt nicht so sehr-Haufen" waren.

„Hast du meinen Arsch jetzt genug angestarrt?", fragte er, ohne seine Augen zu öffnen.

Verdammt! Jake schlief gar nicht und ich hatte dagestanden und gedacht, er sähe verletzlich aus.

Er rollte sich auf den Rücken, streckte die Arme über den Kopf und seine stählernen Bauchmuskeln begrüßten mich. Ich drehte mich zur Treppe um, als meine Wangen heiß wurden.

Heiliger Bimbam, meine Erinnerungen waren überhaupt nicht übertrieben. Dieser Mann war wirklich so ... eindrucksvoll.

Er stöhnte und gähnte, dann sagte er: „Ich hätte dich nicht für eine Spannerin gehalten."

„Sehr witzig."

Ich atmete tief ein und sah ihn wieder an, denn ich wollte nicht zulassen, dass er mich beschämte. Er setzte sich auf und lehnte sich gegen die Wand, zog ein Knie an und legte seinen Arm darauf ab, während sich ein zufriedenes Lächeln auf seinen Lippen ausbreitete.

„Ich habe nicht gespannt", sagte ich. „Ich wollte dich nicht wecken. Du sahst ... friedlich und müde aus, aber ich war hin- und hergerissen, weil ... na ja, gestern Nacht ist etwas passiert, das mir vielleicht einen Hinweis auf Stephen gegeben hat."

Jake sprang sofort auf die Füße, schnappte sich eine verschlissene Jeans von einem der Kleidungshaufen und zog sie an. Er rieb sich den Schlaf aus den Augen und schlug sich auf die Wangen.

„Was für einen Hinweis?", fragte er.

„Ich hatte einen ... Albtraum." Ich wollte nicht ins Detail darüber gehen, was tatsächlich passiert war, und ein Albtraum war die einfachste Erklärung. „Stephen kam darin vor. Er war verletzt und bat mich um Hilfe, aber kurz bevor ich aufgewacht bin, hat er etwas Seltsames gesagt. Nur ein Wort, aber es ist mir im Gedächtnis geblieben."

„Welches Wort?"

„Luciola."

Er runzelte die Stirn und wiederholte das Wort leise. „Luciola.”

„Weißt du, was es bedeutet?”

Er rieb seine Stirn und fing an, im Raum herumzulaufen. „Es kommt mir bekannt vor, aber ich weiß nicht, warum.” Er blieb stehen und wirbelte plötzlich zu mir herum. „Gehen wir runter.” Er rannte an mir vorbei und seine Muskeln spannten sich an, als er zwei Stufen auf einmal nahm.

Unten sah er sich in seinem chaotischen Arbeitsbereich um.

„Wo ist es?”, murmelte er vor sich hin. „Da!”

Er kniete neben einer Plane nieder, zog einen Stapel Schnellhefter darunter hervor und blätterte sie durch. Er fuhr mit dem Finger über mehrere Blätter, seine Augen überflogen schnell die Worte. Ich wartete mit einem Kloß im Hals und betete, dass er etwas finden würde, das uns half, Stephen zu retten.

Moment mal, uns?!

Seit wann waren wir *uns*?

„Hier!” Er sprang auf die Füße und kam zu mir herüber, wobei er mir ein Papier hinhielt. „Luciola.” Er zeigte auf eine Stelle unten auf der Seite.

Das Wort wurde L-U-C-C-I-O-L-A, mit zwei Cs, buchstabiert und es schien ein physischer Ort zu sein, nicht nur ein abstrakter Begriff, denn auf dem Papier stand eine Adresse.

„Es ist eins von Bernadettas Gebäuden”, sagte Jake. Er blieb einen Moment lang wie erstarrt stehen, sein Blick huschte von einer Seite zur anderen, dann rannte er wieder nach oben und ließ mich neben einem riesigen Eimer mit Farbe stehen.

Adrenalin schoss durch meinen Körper und ich zappelte herum. Fragen tobten in meinem Kopf. War das ein Zufall? War mir wirklich ein Hinweis eingefallen? Und wenn ja, was sagte das über meine Fähigkeiten aus? Was genau war letzte Nacht passiert? Und warum?

Ein paar Momente später kam Jake wieder herunter. Er war jetzt komplett angezogen, mit einem T-Shirt, einer braunen Lederjacke und passenden Stiefeln. Ohne anzuhalten, nahm er seinen Motorradhelm von der Werkbank und drückte ihn mir in die Hände.

„Komm schon, gehen wir.” Er fasste mich am Ellenbogen und zog mich mit sich.

Ich hätte wahrscheinlich protestieren sollen, ihm sagen sollen, dass ich andere Dinge zu tun hatte, aber stattdessen ging ich mit ihm, während ein Gefühl von Entschlossenheit und Gewissheit in mir aufkam. Stephens Leben hing schon seit Tagen am seidenen Faden und vielleicht würden wir ihn heute finden. Wir würden ihn nach Hause bringen und er würde wieder gesund werden.

„Gib mir einen Moment", sagte ich und rannte ins Büro, um meine Tasche zu holen und Rosalina zu sagen, dass ich mir den Rest des Tages freinahm. Ich kam schnell wieder heraus. Jake saß bereits auf seinem Motorrad.

Er startete den Motor. „Zieh den Helm auf."

„Was ist mit dir?", fragte ich, als ich mich hinter ihn setzte.

„Ich habe einen Dickschädel, weißt du noch?"

Ich schnaubte vor Lachen. Er hatte wirklich einen Dickschädel, sowohl im übertragenen als auch im wörtlichen Sinne. Er tippte die Adresse in sein Handy ein und ließ das Gerät in einer Halterung am Armaturenbrett einrasten, dann rollten wir vom Bürgersteig weg und in Richtung Norden.

KAPITEL 31

Wir kamen fünfzehn Minuten später am Delmar Loop an. Jake parkte sein Motorrad einen Häuserblock von der Adresse in seiner Akte entfernt und wir gingen den Rest des Weges zu Fuß. In der Gegend wimmelte es nur so von Fußgängern, die in den Geschäften und Restaurants, die die Straße säumten, ein und aus gingen, sodass es kein Problem war, nicht aufzufallen.

Wir kamen von der Nordseite und liefen ganz lässig über den Bürgersteig.

„Was? Lucciola ist ein Kerzenladen?", fragte ich verwirrt, als ich das kleine Geschäft entdeckte. Über Tür und Schaufenster war eine schwarze Markise mit goldenen Akzenten angebracht.

„Sie hat in der ganzen Stadt viele Geschäfte", sagte Jake. „Ganz verschiedene Läden."

Ich fühlte mich unwohl und begann mich zu fragen, ob ich überhaupt dort sein sollte. Ich glaubte nicht, dass es Bernadetta gefallen würde, wenn ich in einem ihrer Gebäude herumschnüffelte. Ich ließ mein Haar nach vorne fallen und verdeckte mein Gesicht. Jake deutete auf ein Café gegenüber von *Lucciola – Feinste Kerzen*.

„Lass uns hineingehen. Ich hole uns Kaffee. Warum sicherst du uns nicht einen Tisch?"

Wir betraten das Kaffeehaus und ich setzte mich an einen der Tische am Fenster, von dem man eine gute Sicht auf den Kerzenladen hatte. Ich legte meine Tasche ab. Die Waffe darin war so schwer, dass sie mit einem *Bumm* aufkam. *Ups!*

Mein Handy vibrierte und die Anruferkennung zeigte „Mom" an. Ich drückte den Anruf weg, tippte „Lucciola" in die Suchleiste ein und fand ein Restaurant in New York City mit dem gleichen Namen. Ich erfuhr auch, dass das Wort einen lateinischen Ursprung hatte und „ich glänze" bedeutete, und dass das Wort auf Italienisch „Glühwürmchen" hieß. Da die Dunkle Donna ursprünglich aus Italien stammte, dachte ich mir, dass es wohl eher Glühwürmchen heißen sollte. Kein schlechter Name. Ich steckte mein Handy weg und warf einen verstohlenen Blick auf die andere Straßenseite. Dort war nicht viel los.

Jake kam mit zwei Tassen Kaffee und zwei Croissant-Sandwiches wieder und stellte sie auf dem Tisch ab. Er schob einen Kaffee in meine Richtung. „Milch und drei Stück Zucker."

Verdammt, er wusste auch noch, wie ich meinen Kaffee trank. Ich blinzelte langsam und nahm einen Schluck. Lecker. Das Croissant war verführerisch, aber ich musste auf meine Linie achten.

Ich deutete auf das Essen. „Wenn du genug Hunger hast, kannst du beide Sandwiches essen. Ich habe vorhin einen riesigen Blaubeermuffin gehabt."

„Oh, ich habe Hunger." Jake schien immer hungrig zu sein. Das war so eine Werwolf-Sache. Sein Stoffwechsel lief auf Hochtouren, wie eine Weltraumrakete.

Wir nippten schweigend an unseren Kaffees, während wir den Kerzenladen beobachteten. Leute gingen an unserem Fenster vorbei. Ich musterte sie genau; es erinnerte mich daran, nach einem Ziel zu suchen. Der einzige Unterschied ... ich hatte keine Ahnung, worauf wir hier warteten. Wir wussten bereits, dass sie Stephen in Bewegung hielten. Wir würden ihn nicht in dem Kerzenladen finden.

Gott, wir mussten ihn finden. Wir hatten weniger als vierundzwanzig Stunden Zeit, bevor es zu spät war.

Ich versuchte, nicht unverschämt zu klingen, als ich fragte: „Also ... was genau tun wir hier?"

Jakes Blick wanderte von dem Laden zu mir. Er zuckte die Achseln. „Wir sammeln Hinweise. Detektivarbeit kann frustrierend und manchmal irrational erscheinen, aber die kleinsten Details können einen riesigen Unterschied beim Lösen eines Falls machen."

„Was denkst du, was wir hier sehen werden?"

„Ich habe keine Ahnung. Vielleicht gehe ich mal rüber und kaufe eine Kerze." Sein Mund verzog sich zu einem seiner verschmitzten Lächeln. „Lavendel, Zitrus, Vanille? Was magst du?"

Ich keuchte.

„Was?"

Ich schüttelte den Kopf. Ich war so dumm. Warum war mir das nicht aufgefallen, sobald ich gesehen hatte, dass Lucciola ein Kerzengeschäft war?

Jake runzelte die Stirn, während er auf eine Antwort wartete.

Verdammter Mist, wie sollte ich ihm erklären, was mir gerade klar geworden war, ohne zu verraten, wie meine Fähigkeiten funktionierten? Ich kämpfte damit, was ich tun sollte und fühlte mich dabei wie Abschaum. Stephens Leben stand auf dem Spiel und ich saß hier und machte mir Sorgen um mich selbst und meine gescheiterte Beziehung zu Jake.

„Toni, was auch immer es ist, du musst es mir sagen."

„Ich weiß." Ich senkte meinen Kopf und holte tief Luft. „Okay, aber du musst das für dich behalten. Du darfst es niemandem sagen."

„Du kannst mir vertrauen. Das weißt du."

„Weiß ich das?"

Okay, vielleicht war diese Frage ein wenig unfair, da meine beruflichen Geheimnisse nichts mit unserer Beziehung zu tun hatten. Ich winkte mit der Hand, um meine eigene Bemerkung zu verwerfen und senkte meine Stimme, als ich anfing, zu erklären. „Wenn ich in Trance bin, benutze ich meine Sinne, um mein Ziel zu finden."

Jake runzelte die Stirn, aber er unterbrach mich nicht.

„Du weißt, wie ausgeprägt mein Geruchssinn ist", sagte ich und erinnerte mich daran, dass er es in der Vergangenheit ständig angesprochen hatte. Er hatte immer gesagt, dass er mit seinem eigenen mithalten konnte und Werwölfe waren dafür bekannt. „Tja", fuhr ich fort, „als ich versucht habe, Stephen aufzuspüren, habe ich Zimt, Vanille und Lavendel gerochen.”

Ich ließ das sacken. Jakes Augen leuchteten auf, als er die Verbindung erkannte. Er sah zum Kerzengeschäft hinüber. „Vielleicht halten sie ihn dort fest.” Er umklammerte die Tischkante so stark, dass das Holz knarzte.

Ich schüttelte den Kopf. „Nein, ich habe dir doch gesagt, dass er unterwegs sein muss.”

Er sah mich mit zusammengekniffenen Augen an. „Und deine ... Sinne haben dir auch bei dieser Erkenntnis geholfen?”

„Ja. Ich konnte den Motor eines Autos, Reifen, die über den Asphalt rollten und Verkehrslärm hören.”

„Und was hast du *gesehen*?”

„Nichts. Es war dunkel – es gab kein Fünkchen Licht.”

Jake senkte seinen Kopf und schien tief in Gedanken versunken zu sein. Als er eine Hand durch sein goldbraunes Haar gleiten ließ, sah ich im Augenwinkel eine Bewegung. Vor dem Kerzengeschäft hielt ein weißer Lieferwagen. Auf der Seite war ein Logo aufgemalt, auf dem in schwarzen und goldenen Buchstaben *Lucciola Kerzen* zu lesen war.

Bevor ich wusste, was ich tat, kam ich auf die Füße und stürmte aus dem Kaffeehaus. Ich überquerte mit wenigen Schritten die Straße und fand mich vor den Kofferraumtüren des Wagens wieder. Die hinteren Fenster waren getönt. Ich machte einen Schritt vorwärts und streckte meine Hand nach dem Griff aus.

„Kann ich Ihnen helfen?” Ein Mann, offensichtlich ein Fader, kam um den Lieferwagen herum. Er trug eine schwarze Stoffhose und ein graues Shirt mit dem Logo des Unternehmens auf der Brusttasche. Sein Bierbauch stand hervor und wurde kaum von seinem abgenutzten Gürtel zurückgehalten.

„Öffnen Sie diese Tür”, verlangte ich.

Der Mann legte seine Stirn in Falten und sah von mir zu dem Kerzenladen hinter ihm.

„Ich, ähm—” Sein Mund schloss sich abrupt, als er Jake hinter mir auftauchen sah. Der Bierbauch-Kerl trat einen Schritt zurück und sah aus, als würde er jeden Moment losrennen.

„Tu, was die Dame dir gesagt hat", knurrte Jake mit seinem Alpha-Ton; ein markerschütternder Klang, bei dem man das Gefühl hatte, tausend verärgerte Väter würden einen zurechtweisen.

Bierbauch erschauderte sichtlich und sein Gesicht wurde schlaff vor Angst. Es hätte mich nicht überrascht, wenn er sich in die Hose gemacht hätte. Ich konnte genau den Moment erkennen, in dem er beschloss, dass es keinen Sinn hatte, zu diskutieren. Er hob beide Hände und ging langsam auf den Lieferwagen zu. Zitternd umschloss er den Griff und öffnete die Tür.

Licht fiel in das Innere des Wagens und gab den Blick auf Metallregale frei, die die Seiten säumten und einen leeren Gang in der Mitte bildeten. Pappkartons füllten die Regale und an der hinteren Wand war eine Sackkarre befestigt.

Eine Welle von Gerüchen strömte durch die Türen, traf mich mit ihrer penetranten Note und ließ mich einen Schritt zurücktreten. Meine Knie wurden schwach, als mir die Bilder von abgetrennten Fingern durch den Kopf gingen. Mein Magen drehte sich um. Das war genau die Mischung aus Geruchsreizen, die ich während meiner Trance erlebt hatte.

Jake schnüffelte, dann rümpfte er die Nase, als er die Düfte aufnahm. Sein Kopf drehte sich in meine Richtung. „Ist es das? Hast du das gerochen?"

Ich nickte und kämpfte gegen die Tränen an, die mir in die Augen stiegen.

Jake drehte sich zu Bierbauch um. „Wie viele Lieferwagen wie den hier gibt es?"

Der Mann hielt wieder seine Hände nach oben und fing an, rückwärts auf den Eingang des Geschäfts zuzugehen. „Hör zu, Mann, ich weiß es nicht. Ich fahre das blöde Ding nur und liefere die Kerzen aus. Das ist alles."

Blitzschnell sprang Jake auf Bierbauch zu, packte ihn am Kragen und drückte ihn gegen die Glastür von Lucciola. Eine Frau, die sich auf dem Bürgersteig näherte, gab einen Schrei von sich, machte auf dem Absatz kehrt und lief den Weg zurück, den sie gekommen war.

Ich ging vorsichtig auf Jake zu. Sein Temperament konnte in den falschen Momenten so unberechenbar sein. Meistens hatte er seinen Wolf gut unter Kontrolle, aber manchmal übermannte ihn die

Wut, sodass er sich unwillkürlich verwandelte. Vielleicht hatte sich seine Beherrschung in den letzten anderthalb Jahren verbessert, aber ich wusste es nicht genau. Er brauchte jetzt keine Anklage wegen unkontrollierter Verwandlung. Kein Wandler wollte das in seiner Akte stehen haben, genauso wie niemand Trunkenheit am Steuer darin sehen wollte.

„Jake", ich stellte mich neben ihn, damit er mich sehen konnte. „Tu ihm nicht weh. Vielleicht sagt er die Wahrheit."

Seine silbernen Augen blickten zu mir, dann wieder zu dem Mann. Jakes Kiefer lockerte sich und seine Hände um den Bierbauch begannen sich zu entspannen. Ich atmete erleichtert aus, aber dann öffnete sich die Tür des Ladens und beide Männer stürzten hinein.

Eine gewaltige Vampirin, weit über einen Meter achtzig groß, trat anmutig zur Seite, als Jake und Bierbauch zu Boden krachten.

„Was ist hier los?", wollte sie wissen und rümpfte die Nase beim Anblick des Spektakels vor ihr. Sie trug ein schwarzes, hauchzartes Kleid, das bis zum Boden fiel und einen schönen Vorhang hätte abgeben können. Blonde Locken fielen ihr über die Schultern; die Art von üppigen Locken, für die man Stunden braucht, um sie in Form zu bringen. Ihre Haut war glatt und blass wie Porzellan und das makellose Make-up betonte ihre großen blauen Augen. Eine Schönheit, wenn da nicht ihr Resting Bitchface gewesen wäre. Ich hätte schwören können, dass man damit die Kakerlaken aus jeder noch so dreckigen Küche vertreiben konnte.

Sie trat einen Schritt zurück, streckte die Hand nach einem Tisch aus, auf dem pyramidenförmig Kerzen aufgebaut waren und holte ein Handy hervor, wahrscheinlich um den Notruf zu alarmieren.

„Jake", blaffte ich. „Ich glaube, sie will die Bullen rufen."

„Genau das werde ich." Sie fing an zu wählen, aber bevor sie damit fertig war, sprang Jake auf die Füße und riss ihr das Handy aus der Hand.

„Wie kannst du es wagen?!" Sie rümpfte erneut die Nase und warf Jake einen angewiderten Blick zu. „Werwölfe wie du sind hier nicht willkommen."

Da er endlich frei war, stand Bierbauch auf und stolperte aus dem Laden.

Jake hatte das Interesse an ihm verloren, sah jetzt die Vampirin von oben bis unten an und erwiderte dann ihr Starren. „Werwölfe wie ich?"

„Ja, gewalttätig und unflätig." Sie schnaubte. „Wann war das letzte Mal, dass du geduscht hast?"

Er hatte heute nicht geduscht. Ich wusste das genau, aber für mich war sein Duft betörend und nicht abstoßend. Vampire und Werwölfe kamen nicht miteinander aus. Jeder wusste das. Aber wie sie irgendetwas durch die übertriebene Süße im Geschäft riechen konnte, war mir ein Rätsel.

„Was zur Hölle riecht hier so süß?", sagte ich laut, ohne es zu merken.

„Das ist nur das beste Bio-Bienenwachs, das es gibt", sagte die Vampirin.

Bienenwachs? Natürlich!

Draußen fuhr Bierbauchs Lieferwagen mit quietschenden Reifen aus der Parklücke.

„Wann war das letzte Mal, als Sie Stephen Erickson gesehen haben?", wollte Jake wissen.

Der Gesichtsausdruck der Vampirdame veränderte sich. Der Ekel verschwand und kalkulierte Bedachtheit ersetzte ihn. „Ich mische mich nicht in ... *Scharmützel* dieser Art ein", sagte sie schließlich. „Das geht weit über meine Gehaltsklasse hinaus. Ich möchte Sie höflichst bitten, den Laden zu verlassen. Wir verkaufen Kerzen und wenn Sie nicht hier sind, um eine zu kaufen, können Sie Ihren Gestank woanders hin mitnehmen."

„Ich stinke nicht", beschwerte sich Jake unsinnigerweise. Diese Vampirdame ging ihm damit wirklich auf die Nerven.

Zeit, die Sache anders anzugehen.

„Ich entschuldige mich für diesen ... Ausraster", sagte ich und setzte mein freundlichstes Lächeln auf. „Wissen Sie, mein ... Partner und ich sind Privatdetektive und ein Hinweis auf unserer Suche nach Stephen Erickson hat uns hierhergeführt."

Die Blondine schritt zurück, wedelte mit den Händen und hielt sich von dem Sonnenstrahl fern, der durch das Schaufenster schien. „Nein, nein, ich habe euch bereits gesagt, dass das nicht in meiner Gehaltsklasse liegt. Ich verkaufe Kerzen und sonst nichts."

Ich sah zu einer Tür im hinteren Teil des Geschäfts hinüber. „Hätten Sie etwas dagegen, wenn wir uns auf dem Gelände umsehen?"

„Das werdet ihr auf gar keinen Fall. Wenn ihr nicht irgendeine Art legal bindendes *Papierdings* habt, werdet ihr jetzt von hier verschwinden."

Sie meinte einen Durchsuchungsbefehl, schätzte ich, aber nein, so einen hatten wir nicht – wir waren ja nicht einmal bei der Polizei – aber Fragen kostete nichts.

„Vielleicht können Sie uns dann eine Frage beantworten." Ich schenkte ihr ein weiteres Lächeln, aber es hätte genauso gut ein Knurren sein können, denn sie eilte hinter den Verkaufstresen und entfernte sich so von uns.

„Ich beantworte überhaupt keine Fragen." Sie griff unter die Kasse.

Vielleicht drückte sie einen Alarmknopf? Das wäre schlecht. Stattdessen holte sie einen Telefonhörer hervor, an dem ein spiralförmiges Kabel befestigt war und drückte ihn an ihr Ohr. Sie wartete auf eine Verbindung, wobei ihre klaren blauen Augen von Jake zu mir und wieder zurück blickten.

Meine Gedanken überschlugen sich, als ich versuchte, herauszufinden, wie ich irgendwelche nützlichen Informationen aus dieser Person herausbekommen konnte. Ich wusste, dass Stephen nicht hier war. Bernadetta war nicht dumm. Sie hielt ihn in Bewegung. Da war ich mir sicher, aber was könnte ich als Nächstes fragen?

Jake fiel zuerst etwas ein. „Fünf Fahrer, fünf Lieferwagen", sagte er. „Wo sind die anderen?"

„Deine Informationen sind falsch, Stinker. Wir haben zwei Fahrer und Garrett fällt wegen Krankheit aus." Sie sprach gerade zu Ende, als eine Stimme durch den Hörer drang. „Ja, hallo, hier ist Chrissa von der Filiale im Loop. Wir haben hier ein Problem."

Jake lehnte sich näher an mich heran und flüsterte mir ins Ohr. „Zeit zu gehen."

Das musste man mir nicht zweimal sagen – ich ging als Erste aus dem Geschäft. Wir wurden nicht langsamer, bis wir bei Jakes Motorrad ankamen. Wir sausten davon, während mein Körper fest an seinen gepresst und meine Arme um seine Taille geschlungen waren.

Nur zwei Fahrer und einer war krank. Ich hätte wetten können, dass seine Krankheitstage sich mit dem Zeitraum deckten, in dem Stephen verschwunden war. Und entweder fuhr er den Wagen oder ihm war aufgetragen worden, auszusetzen, während sein Fahrzeug für andere Zwecke benutzt wurde.

In meinem Kopf wirbelten die Möglichkeiten umher. Wie konnten wir mehr herausfinden? Gab es eine Möglichkeit, an die Personalakten von Lucciola heranzukommen, um die Adresse des Fahrers herauszufinden? Oder vielleicht brauchten wir nur das Nummernschild des anderen Lieferwagens, dann könnte die Polizei ihn finden. Ich wünschte, ich könnte Tom anrufen, um ihn darum zu bitten. Oder vielleicht hatte Jake seine eigenen Kontakte. Ich hoffte es wirklich.

Mein Herz hämmerte gegen meine Rippen und ich fragte mich, ob Jake es spüren konnte, als ich mich an ihn lehnte. *Verdammt*, mein Blut war schon lange nicht mehr so schnell durch mich hindurch gerauscht und es gefiel mir nicht, wie lebendig ich mich dabei fühlte.

KAPITEL 32

Jake fuhr in die entgegengesetzte Richtung von The Hill.

„Hey, wo fahren wir hin?", brüllte ich über den Verkehrslärm hinweg.

„Wir fahren zu jemandem, der uns vielleicht helfen kann", rief er zurück. „Du kannst deine Freundin anrufen, wenn wir dort sind."

Ein Teil von mir wollte protestieren, aber dem anderen Teil, dem, der ein Adrenalinjunkie zu sein schien, machte es nichts aus, besonders nicht, als Jake den Motor aufheulen ließ und wir schneller als erlaubt die Straße hinunterrasten. Der Wind war kühl und drang durch meine Jeans, wobei mir ein Schauer über den Rücken lief.

Fünfzehn Minuten später fanden wir uns im Central West End wieder, genauer gesagt im historischen Viertel am Westmoreland Place, einer privaten Wohnanlage mit prächtigen Häusern, die bereits um 1800 gebaut wurden. Wen kannte Jake hier, der uns helfen konnte? Meine Verwirrung wuchs, als er vor einer der größten Villen in der Straße vorfuhr und parkte.

Wir stiegen vom Motorrad und ich starrte vom Bürgersteig aus auf die Villa. Das Haus war wunderschön. Für die elegante Architektur hatte ich keinen Namen, obwohl sie mit ihren schlossähnlichen Türmen, den verzierten Steinen und Bögen ziemlich europäisch wirkte. Ein roter, von gepflegten Hecken gesäumter Ziegelweg führte zur Eingangstür, auf der der große, verzierte Buchstabe „K" prangte.

Konnte das vielleicht für *Knight* stehen?

War das Jakes Haus?! Nein, das konnte nicht sein. Seine Eltern hatten ihm Geld hinterlassen, aber nicht so viel, oder? Außerdem hatte ich ihn schlafend auf einer Matratze auf dem Boden seines sogenannten Büros gefunden. Warum sollte er dort schlafen, wenn ihm so ein Haus gehörte?

Als wir den Weg entlang gingen, sah ich zu den warm erleuchteten Fenstern und zu dem dämmrigen Himmel hinauf, der dieses Märchen umrahmte. Auf der rechten Seite kam ein Mann um die Ecke, der die Hecken mit einer großen Schere attackierte. Er hielt einen Moment lang inne, um zu winken. „Hallo Mr. Knight."

„Hi Clyde."

Jake stieg die Treppe hinauf und schlenderte, ohne anzuklopfen, ins Haus.

Mein Verwirrungsgrad stieg bis in den roten Bereich an.

Ein riesiger Schnauzer kam ins Foyer gestürmt. Jake kniete sich vor das Tier und ließ sich von ihm das Gesicht ablecken.

„Hey, Kumpel." Er vergrub seine Hände im Fell des Hundes und kraulte ihn.

Ich hatte schon mehrere Schnauzer gesehen, aber nie einen, der so groß war. Dieser Hund musste auf Steroiden sein – oder wahrscheinlich einfach eine andere Rasse. Sein Fell glänzte schwarz und er war perfekt gepflegt, einschließlich seines Bartes und seiner buschigen Augenbrauen.

Ohne sich die Mühe zu machen, sein Gesicht abzuwischen, stand Jake auf und stellte mir den Hund allen Ernstes vor. „Toni, das ist Bones. Bones, das ist Toni."

Ich blinzelte das Tier an und fragte mich, ob ich seine Pfote schütteln sollte. Stattdessen winkte ich ihm zu. „Hi Bones."

Ich hätte schwören können, dass der Hund mich böse ansah. Moment mal, war er etwa ein Gestaltwandler?

„Sie ist in Ordnung ... zumindest meistens. Sei nett zu ihr, Bones." Jake tätschelte den Kopf des Hundes und ging auf die Tür am Ende des Foyers zu. „Komm schon, um diese Zeit ist er wahrscheinlich in der Küche."

„Wer ist wahrscheinlich in der Küche?", fragte ich, folgte ihm und warf Bones einen vorsichtigen Blick zu, der neben mir herging, um sicherzugehen, dass ich keine der vielen Vasen und vergoldeten Porträts, die an den Wänden hingen, stehlen würde. In diesem Haus wurde schick ganz groß geschrieben. Marmortische mit frischen, duftenden Blumen in Porzellanvasen. Hohe Decken. Flauschige Teppiche und ein Farbschema, das eindeutig von einem professionellen Innenarchitekten entworfen wurde.

Wir durchquerten die Halle, die einen halben Kilometer lang zu sein schien und mit Schwarz-Weiß-Fotos von Wölfen in bewaldeten Landschaften geschmückt war. Ich wollte innehalten und sie mir näher ansehen, aber Jake machte große Schritte, also hatte ich kaum Zeit, alles wahrzunehmen. Am Ende der Halle vibrierte mein Handy. Ich warf schnell einen Blick darauf und es zeigte einen weiteren Anruf von Mom an. Ich steckte das Handy weg, als wir eine großzügige Küche betraten, die von Düften erfüllt war, bei denen mir das Wasser im Mund zusammenlief.

Bones rannte voraus und rollte sich auf einem großen, flauschigen Kissen zusammen. Die Küche war so groß wie Rosalinas gesamte Wohnung. In der Mitte befand sich eine zwei Meter breite Kochinsel, an der Hocker standen. Kirschbaumfarbene Schränke reichten bis zu den hohen Decken und Geräte aus rostfreiem Stahl glänzten wie Spiegel.

Ein Mann mit grauem Haar stand vor einem riesigen Gasherd und kochte etwas, das wie Rib-Eye-Steaks aussah, auf einem Indoor-Grill.

„Hey Grandpa", begrüßte Jake den Mann.

Ich blieb abrupt stehen. Grandpa?! Warum hatte er nie von ihm erzählt? Der Mann drehte sich mit einem so strahlenden Lächeln zu uns um, als hätten wir eine 100-Watt-Lampe angeknipst.

„Ich habe gerade noch ein Rib-Eye auf den Grill geschmissen", sagte er. „Du hättest Bescheid sagen sollen, dass wir Besuch bekommen."

Jake ging auf ihn zu und gab ihm eine Bärenumarmung, dann schlug er ihm auf den Rücken. Sie hatten beide die gleiche Größe und Statur und ich hätte schwören können, dass das Profil des alten Mannes so aussah, als hätte es jemand abgezeichnet, um eine Schablone für Jakes Gesicht zu machen. Die Ähnlichkeit war verblüffend.

„Das ist also die berühmte Toni", sagte der alte Mann, legte eine große Zange neben dem Herd ab und kam mit ausgebreiteten Armen auf mich zu. „Es ist schön, dich endlich kennenzulernen." Er gab mir eine warme und herzliche Umarmung.

Seine Freundlichkeit und seine Worte erstaunten mich. So wie es sich anhörte, hatte Jake ihm viel von mir erzählt. Ich sah über die Schulter des Mannes zu Jake, aber er sah mich nicht an. Stattdessen beschäftigte er sich damit, eine Cherrytomate aus einer Salatschüssel zu fischen und sie sich in den Mund zu stecken.

„Ähm, es ist auch schön, Sie kennenzulernen, Mr ..." Ich wusste nicht, wie ich ihn nennen sollte.

„Mein Name ist Walter, Walter Knight." Er lächelte mich weiter herzlich an und ließ seine Hände auf meinen Schultern ruhen.

Seine Augen waren dunkelbraun und starrten mit einer Intensität in meine, die fast schon gegensätzlich zu seinem sanften Lächeln war. Meine Augenlider flatterten, als mich ein seltsames Kribbeln durchfuhr. Irgendetwas in meiner Brust fühlte sich durch seinen Blick entblößt und durchleuchtet an, als wäre meine Seele für ihn nackt, als könnte er meine tiefsten Geheimnisse so leicht entschlüsseln, als wäre ich ein offenes Buch, das in Großbuchstaben gedruckt war – eines, für das man keine Lesebrille brauchte. Einen langen Moment später tätschelte er meine Schulter und ließ mich los. Ich taumelte vorwärts und stützte mich an der Insel ab.

Was zur Hölle ist das?, wollte ich wissen, aber ich war mir gar nicht so sicher, ob überhaupt etwas passiert war und das Gefühl der Orientierungslosigkeit verflog schnell.

Ich sah auf, als Walter mit dem Rücken zu mir davon schlenderte. Jake hatte einen fragenden Ausdruck auf dem Gesicht und starrte seinen Großvater eindringlich an. Der alte Mann schüttelte leicht den Kopf und eine Welle der Enttäuschung schien Jakes Gesicht und Körper zu überkommen. Er senkte den Blick zum Boden und seine Schultern beugten sich, als ob er eine sehr schlechte Nachricht erhalten hätte.

Mir war immer noch schwindlig, als ich tief einatmete und meine Lungen mit Luft füllte. Ich ließ meinen Blick in der Küche umherschweifen, als würde ich etwas suchen, aber ich wusste nicht was. Was war gerade passiert? Wir waren hereingekommen ... Jakes Großvater hatte sich vorgestellt, und dann ... dann war er wieder zum Herd gegangen. Warum fühlte ich mich also so seltsam? Ich versuchte, dieses komische Gefühl einzuordnen, aber es war so schnell wieder vergangen, dass ich an meiner Vernunft zweifelte.

Walter nahm die große Zange auf und drehte die Steaks um. „Warum deckt ihr zwei nicht draußen den Tisch? Es ist ein schöner Abend."

„Eigentlich brauche ich deine Hilfe", sagte Jake.

„So?" Der alte Mann sah seinen Enkel mit hochgezogenen, buschigen Augenbrauen an.

„Ja, du musst uns dabei helfen, ein Fahrzeug zu finden. Kannst du deine Leute darauf ansetzen?"

„Hat das irgendetwas mit Stephen Erickson zu tun?"

Jake nickte.

„Gut", sagte Walter und warf damit eine Menge Fragen in meinem Kopf auf.

Warum war das gut? Als ob er meine Frage gehört hätte, erklärte Walter sich.

„Ich möchte Ulfen keinen Gefallen schulden. Wenn wir seinen Sohn finden, ist die Sache vom Tisch, meinst du nicht?", fragte er und klang dabei amüsiert.

Jake lächelte schief. „Ich würde sagen, ja."

Was für einen Gefallen? Gott, mein Kopf war kurz davor, vor lauter Fragen zu explodieren.

„Schreib mir die Infos auf." Walter zeigte mit der Zange auf einen Schreibtisch, auf dem ein paar Notizblöcke lagen und Stifte in einem hölzernen Halter steckten. „Hol mir dann das Telefon und deck den Tisch, wie ich es wollte, ja?"

Ich war, gelinde gesagt, verblüfft. Jake hatte einen reichen Großvater, von dem er mir nie erzählt hatte und anscheinend hatte der Mann Leute, die möglicherweise entführte, reiche Erben finden konnten.

Jake kritzelte die Informationen auf einen Notizblock und legte ein kabelloses Telefon, das er von der Wand genommen hatte, darauf. Dann ging er zu einem Schrank und fing an, Teller und Weingläser herauszunehmen. Aus einer Schublade nahm er Stoffhandtücher und Silberbesteck. Bei Letzterem half ich ihm, dann gingen wir durch eine Flügeltür und traten auf eine überdachte Terrasse hinaus.

Hinter der Terrasse erstreckte sich ein riesiger, gepflegter Garten. Ein von unten beleuchteter, nierenförmiger Pool befand sich in der Mitte des Gartens. Beleuchtete Bäume und Sträucher bildeten eine Begrenzung, die sich in jede Richtung etwa zwölf Meter weit ausbreitete. Die Blumenbeete strotzten nur so vor saisonalen Blüten und ließen keinen Zweifel daran, dass Clyde viele Stunden mit der Landschaftsgestaltung verbrachte, damit alles tipptopp aussah.

Draußen, auf der Terrasse, deckten Jake und ich einen aufwendig gestalteten, schmiedeeisernen Tisch mit edlem Tafelgeschirr. Jake bewegte sich so schnell, dass ich nicht einmal die Chance bekam, ihm Fragen zu stellen, bevor er wieder in die Küche ging.

„Warum lässt du Toni nicht eine Flasche Wein aussuchen, die zum Essen passt?", fragte Walter.

„Sicher. Komm mit." Jake bedeutete mir, ihm zu folgen.

Einen Moment später traten wir durch eine schwere Eichentür und gingen eine breite Steintreppe in einen halbdunklen Weinkeller hinunter. Als wir am Fuß der Treppe ankamen, war es einige Grad kühler. Der schwach beleuchtete Raum beruhigte meine Sinne etwas.

Ich sah mir stirnrunzelnd die vielen Reihen der Holzregale an, die mit Weinflaschen vollgestopft waren. Hier musste ein ganzes Vermögen gelagert sein. Mehr als Rosalina und ich in unserem ganzen Leben verdient hatten.

„Ähm, Jake, ich weiß gar nichts über Wein und welcher zu welchem Essen passt. Kannst du einen aussuchen?"

„Natürlich." Er ging eine Reihe von Regalen entlang, bog dann nach rechts ab und verschwand.

Ich folgte ihm langsam, während ich die Vielfalt bewunderte. Ich entdeckte Jake, der stirnrunzelnd eine staubige Flasche betrachtete und das Etikett las.

„Du weißt auch nicht, was du tust, oder?", fragte ich amüsiert.

„Nicht wirklich." Er sah zu mir herüber. „Google es. Sieh nach, was zu rotem Fleisch passt?"

Ich zog mein Handy heraus und tippte etwas ein.

„Hier steht, dass ein Petite Sirah oder Cabernet Sauvignon zu einem guten Stück rotem Fleisch passen würde."

Ich sah von meinem Handy auf und stellte fest, dass Jakes Aufmerksamkeit auf meine Gesichtszüge gerichtet war. Ein Kribbeln stieg in meinem Unterleib auf und spannte meine Muskeln an. Es war wie ein elektrischer Impuls, etwas, das ich außer bei Jake noch bei niemandem gespürt hatte.

„Gott, du bist so wunderschön", sagte er mit träumerischer Stimme, bei der ich langsam blinzelte und die ein Kribbeln an bestimmten Stellen auslöste.

Das kann nicht dein Ernst sein, Toni.

Ohne seinen Blick von mir abzuwenden, legte er die Weinflasche wieder auf das Regal und drehte sich langsam wieder zu mir um. Ein Strom spürbarer Energie floss zwischen uns. Er trat einen Schritt näher, bis wir nur noch Zentimeter voneinander entfernt waren und die Spitzen seiner Stiefel meine berührten, während sein Handrücken meine Hüfte streifte.

Eine Stimme in meinem Hinterkopf schrie mir zu, nach oben zu rennen und in den Kühlschrank zu springen, bis meine Eierstöcke zu Eis am Stiel wurden. Leider war diese Stimme schwach und kam nicht gegen die Stärkere in mir an, die mir sagte, ich solle dort bleiben und die jeden vernünftigen Gedanken in mir überschattete. Denn wenn es um Jacob Knight ging, schien Logik keine Rolle mehr zu spielen.

Nur noch Instinkte.

Sein gesenkter Blick fiel auf meine Lippen. Er atmete scharf ein und kam näher. Er hatte mir schon einmal gesagt, dass mein Duft ihn in den Wahnsinn trieb, dass er Dinge mit ihm anstellte, die er nie zuvor erlebt hatte. Wirkte er immer noch auf dieselbe Weise? Ich hoffte es wirklich, denn sonst wäre es nicht fair – nicht, wenn sein berauschender Duft meine Gedanken in weniger als einer Nanosekunde von null auf hundert wirbeln lassen konnte.

Er stieß einen zitternden Atemzug durch leicht geöffnete Lippen aus. Eine große Hand legte sich um meine Taille und zog mich an ihn. Meine Brüste schmiegten sich perfekt unter seine Brustmuskeln. Er atmete zischend ein, als sich unsere Körper aneinander pressten. Ich ließ meine Finger an seiner Seite hinaufgleiten und genoss seine Stärke.

Ich wollte ihn unbedingt küssen, aber es so langsam anzugehen war köstlich, als würde man sein Lieblingsdessert bis zum letzten Bissen genießen. Seine andere Hand berührte meine Wange.

„Toni, warum kann ich dir nicht widerstehen?", fragte er, wobei sein süßer Atem meine Lippen streifte und einen Funken Hitze in meinem Innersten entfachte.

„Das fragst du mich?" Meine Stimme klang heiser, tief und sie schien den letzten Rest an Willenskraft, den er noch hatte, zu zerstören.

Seine Lippen berührten meine. Die Welt explodierte vor Gefühlen, die ich seit so langer Zeit nicht mehr gespürt hatte. Mein ganzer Körper kribbelte und wurde vor Verlangen lebendig. Seine Zunge glitt in meinen Mund; begierig darauf, mich zu schmecken. Erinnerungen überfluteten mich; sein nackter Körper auf meinem, das Wiegen seiner Hüften gegen meine eigenen, erfahrene Finger, die geheime Stellen streichelten.

Seine Hände glitten um meinen Hintern und er hob mich hoch und drückte mich gegen die Wand. Er hielt mich dort fest und eroberte mich mit stählernen Muskeln und Sehnen. Ich spürte seine Erektion an mir und ich stöhnte unwillkürlich auf. Ein Knurren ging von seiner Brust aus und sein Mund löste sich von meinem, um meinen Hals zu erkunden. Seine Zunge zeichnete ein Muster über meine Halsschlagader.

Ich flüsterte in sein Ohr. „Jake, ich habe dich so sehr vermisst."

Verdammt! Wo war das hergekommen? Das war nichts, was ich zugeben wollte. Ich musste dem ein Ende setzen, ihn wegstoßen und ihm sagen, dass es ungeplant war und nichts bedeutete. Ich wollte ihm nicht dafür vergeben, mich verlassen zu haben. Ich würde die Tür nicht mehr öffnen, um ihn einzuladen, auch wenn meine Beine, die fest um ihn geschlungen waren, einladender nicht sein konnten.

Und warum tat er das überhaupt? Wenn er mich so sehr wollte, warum hatte er mich dann überhaupt verlassen?

Ah, zum Teufel mit all diesen Fragen.

Sein stoppeliger Kiefer kratzte über meinen, als seine Lippen zu meinem Mund zurückkehrten. Dort fuhr seine Zunge über meine Unterlippe, als er mich kostete. Ich kannte seine Küsse gut und liebte die Fülle seiner Unterlippe. Sie gab mir etwas zum Beißen, zum Saugen, zum Genießen.

Er riss an meiner Bluse und zog sie aus meinem Hosenbund. Seine Hand glitt über meinen Bauch und plötzlich wünschte ich, die ganze Welt würde verschwinden und nur uns beide zurücklassen, die sich der Hitze hingaben. Seine Finger fuhren meinen Brüsten entgegen. Ich vergrub meine eigenen Finger in seinem Haar und krümmte meinen Rücken.

„Ihr hört besser damit auf und bringt den Wein hoch", rief Walter von oben herunter.

Jake sprang von mir weg; keuchend, mit geweiteten Augen und geschwollener Unterlippe. Ohne seinen an mich gepressten Körper fühlte ich mich hilflos und kalt.

Ich schüttelte den Kopf und war wütend auf mich selbst. „Scheiße, was machen wir da? Wir hätten nicht..."

„Es tut mir leid, Toni. Du hast recht. Das sollten wir nicht tun." Er hob eine Hand in sein hellbraunes Haar und drehte mir den Rücken zu.

Schnell stopfte ich meine Bluse wieder in die Hose und strich die Vorderseite glatt. Ich strich mir die Haare aus dem Gesicht und wischte mir mit einer Hand über die Lippen, um das anhaltende Gefühl von Jakes Druck gegen meinen Körper zu ignorieren.

Er ging einen der Gänge entlang und wählte schnell eine Flasche aus. „Cabernet Sauvignon. Gut, das sollte passen."

Er drehte sich um und ging an mir vorbei, ohne mich eines Blickes zu würdigen. „Lass dir Zeit."

Er fing an, die Treppe hinaufzugehen und ließ mich dort ratlos und verwirrt stehen.

Jetzt konnte er sich nicht mehr weigern, mit mir zu reden und mir zu sagen, warum er fortgegangen war. Wenn die gleiche Anziehungskraft noch zwischen uns bestand, wenn ich immer noch diese Wirkung auf ihn hatte, schuldete er mir eine Erklärung, die Sinn machte. Die ganze Zeit über hatte ich mir vorgestellt, dass er mich satthatte. Ich hatte mir eingeredet, dass er sich eine neue Frau gesucht hatte, weil ich ihn langweilte. Aber vielleicht gab es einen anderen Grund, einen, den ich nicht einmal ansatzweise ergründen oder verstehen konnte.

Einen Moment später betrat ich die Küche. Sie war leer. Jake und sein Großvater saßen draußen und warteten ungeduldig auf mich, damit sie ihre Steaks verzehren konnten. Verlegen gesellte ich mich zu ihnen.

Walter verhielt sich dankenswerterweise normal und ignorierte, was in seinem Keller geschehen war.

Ich rührte mein Essen kaum an, auch wenn es köstlich schmeckte. Das Steak zerging auf meiner Zunge und war perfekt medium-rare gegart. Der gedämpfte Brokkoli war knallgrün und knackig und die hausgemachte Vinaigrette passte wunderbar zu dem Salat, der Gurke und den Tomaten.

Ein paar Mal begegnete ich Jakes Blicken. Er schien abgelenkt zu sein, obwohl er keine Mühe hatte, sein Steak zu verschlingen und später zwei Stücke Apfelkuchen zu verputzen.

Walter plauderte angeregt über das herrliche Frühlingswetter und die Fledermäuse, die über den Garten flogen, wenn sie abends aus ihren Verstecken kamen. Er sprach gerade darüber, was er morgen zum Mittagessen kochen sollte, als das Telefon in der Küche klingelte. Er entschuldigte sich und ging für ein paar Minuten weg. Als er zurückkam, hatte er einen Notizblock in der Hand.

„Ich habe jemanden gefunden, der einen Lieferwagen gesehen hat, der auf die Beschreibung passt." Er legte den Notizblock vor Jake auf den Tisch. „Er verfolgt ihn jetzt gerade. Das ist der letzte Ort, an dem er gesehen wurde und die Nummer, unter der du meinen Kontaktmann erreichen kannst."

Jake schnappte sich den Notizblock und eilte ins Haus.

„Jake, warte!" Ich holte ihn ein, als er die Küche betrat.

Er sah über seine Schulter.

„Ich komme mit dir."

„Nein. Zu gefährlich."

Ich eilte ihm hinterher und joggte den Korridor entlang, der zur Haustür führte, während Bones hinter uns herlief. Jake ließ die Haustür einen Spalt offen und als ich dort ankam, saß er bereits auf seinem Motorrad und ließ den Motor an.

„Du kannst mich nicht einfach hierlassen!", brüllte ich über das aufheulende Motorrad.

Jake löste die Bremse und bretterte mit quietschenden und rauchenden Reifen davon.

Ich sah mit geballten Fäusten zu, wie er verschwand.

Walter tauchte neben mir auf, schnaubte und schüttelte den Kopf. „Immer zuerst handeln und dann Fragen stellen."

Das beschrieb Jake ziemlich gut.

„Wo fährt er hin?", wollte ich wissen und drehte mich zu dem alten Mann um.

Walter hielt mir ein gefaltetes Blatt Papier hin. „Ich habe gerade noch einen Anruf erhalten. Es scheint, als ob der Wagen gerade ein wenig repariert werden muss."

Ich entfaltete den Zettel und las ihn.

„Stans Auto- & LKW-Werkstatt" stand darauf. Ich sah auf und blickte Walter an.

„Warum?" Die Frage kam heraus, bevor ich mich bremsen konnte.

„Du wolltest doch mit ihm gehen, oder?"

Ja, aber warum sollte Walter gegen den Willen seines Enkels handeln, der mich beschützen wollte? Oder gegen das allgemeine Bedürfnis von Männern, Frauen sicher und an der Leine zu halten?

„Ich bin nicht deine Mami ... oder seine." Walter drehte sich auf dem Absatz um und ging ins Haus.

Für einen langen Moment überlegte ich, was ich tun sollte, dann bestellte ich ein Uber.

Auf keinen Fall würde ich Jake die ganzen Lorbeeren für die Rettung von Stephen ernten lassen. Letztendlich könnte sich dieser spektakuläre Fall positiv auf mein Geschäft auswirken. Zumindest sagte ich mir das, als ich in den Wagen stieg und dem Fahrer die Adresse der Werkstatt nannte.

KAPITEL 33

Auf dem Rücksitz des Ubers konnte ich nicht stillsitzen und überlegte hin und her, ob meine Entscheidung, Jake zu folgen, brillant oder einfach nur dumm war.

Die Tatsache, dass ich eine Rechtfertigung für mein Handeln geschaffen hatte, war mir klar. Die Agentur konzentrierte sich auf das Aufspüren von Partnern, nicht auf das Aufspüren von *Entführten*, zum Teufel noch mal. Was tat ich also da? Stephen zu finden, würde uns zwar in die Schlagzeilen bringen, aber diese Art von Aufmerksamkeit passte nicht zu dem, wonach Rosalina und ich suchten. Eigentlich wollten wir uns davon fernhalten.

Mehr als einmal beugte ich mich nach vorne und wollte dem Fahrer sagen, er solle umdrehen und mich nach Hause fahren, aber jedes Mal lehnte ich mich wieder zurück und kaute auf meiner Unterlippe herum, während der Fahrer mich verkniffen im Rückspiegel anstarrte. Ich rief Ulfen an und sprach ihm auf die Mailbox, als er nicht abnahm. Ich sagte ihm, dass wir vielleicht einen Hinweis auf Stephens Aufenthaltsort hatten und gab ihm die Adresse. Wenn es Ärger geben würde, könnten er und sein Rudel vielleicht rechtzeitig dort sein, um zu helfen.

Mir wurde klar, dass ich meine Entscheidung zu kommen zwar rational begründet hatte, aber in Wahrheit musste ich mir eingestehen, dass Logik nichts mit dem zu tun hatte, was ich tat. Eine seltsame

Entschlossenheit und – wenn ich ehrlich war – ein Bedürfnis nach Gefahr trieben mich vorwärts und ließen meinen Körper vor Spannung kribbeln. Meine Haut juckte immer heftiger, wenn ich daran dachte, wie ich Jake dabei helfen würde, Stephen aus den Klauen seiner Entführer zu befreien.

„Sind Sie sicher, dass Sie hier aussteigen wollen?", fragte der Fahrer, als wir die Ecke Warne und Lee Avenue erreichten. Ich sah mich um und hielt meine Tasche näher an den Körper. Dieser Teil der Stadt war definitiv nicht der Sicherste und um diese Uhrzeit sah ich keine Lebenszeichen.

Im Himmel hing ein voller Mond, um den ich froh war, da alle Laternen kaputt zu sein schienen. Das Mondlicht erleuchtete die kahlen Bäume, das rissige Pflaster und das überwucherte, leere Grundstück auf der anderen Straßenseite.

Geh nach Hause, Toni. Bleib am Leben. Die Stimme der Vernunft in meinem Kopf meldete sich zu Wort, aber wenn es um Jake ging, trat die Vernunft in den Hintergrund.

„Ja, hier bin ich richtig", sagte ich dem Fahrer und setzte ein fröhliches Lächeln auf.

Als ich an der Ecke aus dem Auto stieg und der Fahrer verschwand und mich dort allein ließ, überdachte ich meine Entscheidung ernsthaft.

Ah, was ist nur los mit mir? Ich verliere den Verstand.

Ganz abgesehen von der fragwürdigen Nachbarschaft, standen Vampire und Werwölfe kurz vor einem Krieg. Wenn es brenzlig würde, könnte ich bei lebendigem Leib gefressen werden. Ich versuchte, mich mit der Waffe in meiner Handtasche zu trösten, aber sie hätte genauso gut eine Banane sein können.

Meine Sorge um Jake verdoppelte sich sofort, als ich mir eine Horde von Vampiren vorstellte, die ihn in Stücke rissen. Ja, er war stark, aber nicht unzerstörbar und seine Neigung zu unvernünftigem Verhalten brachte ihn oft in Schwierigkeiten.

Nein, ich konnte nicht gehen. Ich musste nicht hineinstürmen, um Stephen zu retten, sondern konnte die Sache stattdessen vorsichtig angehen, die Situation abschätzen und, falls nötig, die Polizei verständigen.

Mein Herz raste, als ich um die Ecke bog und vorsichtig auf die Werkstatt zuging, wobei das gelbliche Mondlicht meinen Weg beleuchtete.

Die Werkstatt an der nächsten Ecke. Ich ging über die Straße und auf die Gebäude zu, wobei ich mich im Schatten hielt. Als die Werkstatt schließlich in Sicht kam, zog ich mich in eine schmale Gasse zurück, allerdings nicht ohne vorher einen wachsamen Blick auf einen Müllcontainer und einen hohen Stapel ausrangierter Holzkisten zu werfen. Der beißende Gestank von Müll lag in der Luft; fauliges Obst mit einem Hauch von toter Ratte. Ich rümpfte die Nase.

Sehr schlau, Toni, du versteckst dich in einer dunklen, stinkenden Gasse. Genau der richtige Weg, um zu vermeiden, jemals Oma zu werden.

Die Gasse schien jedoch leer zu sein, also drückte ich mich gegen die Wand und sah zur anderen Straßenseite hinüber. Die Werkstatt bestand aus einer offenen Garage mit einem massiven Metalltor, Stacheldraht auf jeder Backsteinwand und einem kleinen Büro auf der rechten Seite. Ich ließ meinen Blick umherschweifen und versuchte, Lebenszeichen zu entdecken, aber ich sah nichts, nicht einmal Jake und sein Motorrad. Hatte Walter mir eine falsche Fährte gelegt? Ich hatte das Gefühl, dass er mich nicht besonders mochte, also war es vielleicht ein Versuch, dafür zu sorgen, dass ich ausgeraubt und ermordet wurde und aus dem Leben seines Enkels verschwand.

Ich schüttelte den Kopf über diesen verrückten Gedanken. Im Ernst?! Woher kam das denn? Ich kannte den Mann kaum und schon hatte ich ihn als *Widerling* abgestempelt? Er war sehr nett gewesen.

Ich überlegte, ob ich lässig auf die Werkstatt zugehen sollte, als sich eine Hand um meinen Mund legte und ich tief in die Gasse geschleift wurde. Ich strampelte und zappelte und versuchte, mich zu befreien, aber derjenige, der mich festhielt, war zu stark.

„Wen haben wir denn hier?", sagte eine tiefe Stimme mit Akzent in mein Ohr.

Ich erschauderte und versuchte, die Stimme einzuordnen, aber der warme, süße Geruch erreichte meine Erinnerungen zuerst. Bienenwachs mit dem metallischen Beißen von Metall; der gleiche Geruch, den ich auch in Bernadettas Limousine gerochen hatte.

Die Stimme gehörte Bertram. Dem Fahrer der Vampirin. Oh Gott, wenn er hier war, bedeutete das, dass Stephens Aufenthaltsort wirklich herausgekommen war und dass seine Entführer es wussten. Das konnte kein gutes Zeichen sein.

Der Vampir drehte mich um und drückte mich mit dem Rücken an die Wand, dann durchbohrten seine dunklen Augen meine und sein Blick befahl mir, nicht zu schreien.

Ich versuchte, um Hilfe zu rufen, aber die Worte blieben mir im Hals stecken.

„Miss Sunder", sagte er mit seinem leicht deutschen Akzent. „Dies ist kein Ort für Leute wie Sie. Ich rate Ihnen, zu gehen."

Überraschenderweise ließ er mich los und bevor ich mich versah, verschwand er mit einer so schnellen Bewegung, dass ein Windhauch durch meine Haare wehte. Ich blieb an der Wand stehen, während mein Herz wie ein aufziehender Sturm donnerte. Ein lautes Krachen hallte die Straße hinunter. Ich bewegte mich eine ganze Minute lang nicht. Als ich mir endlich sicher war, dass ich mir nicht in die Hose machen würde, schaute ich wieder in Richtung der Werkstatt. Die Tür zum Büro war aufgebrochen und Bertram war nirgends zu sehen.

Nicht, dass ich mich darüber beschwerte, aber warum hatte er mich nur mit einer Warnung davonkommen lassen? Das ergab keinen Sinn. Trotzdem erschien mir die Erleichterung, die mich überkam, wie eine zweite Chance im Leben. Einen Moment lang hatte ich gedacht, dass es aus sei.

Plötzlich überkam mich ein Anfall von Empfindlichkeit und ich beschloss, das Gelände zu verlassen. Ich begann, aus der Gasse zu gehen, als ich auf der anderen Straßenseite Jake an der Dachschräge entlang schleichen sah. Oh nein! Mit klopfendem Herzen presste ich eine Hand auf den Mund, um dem Drang zu widerstehen, eine Warnung auszurufen, die seinen Standort verraten würde. In der Hocke näherte er sich, spähte hinunter in den offenen Garagenbereich, sprang hinein und verschwand aus meinem Blickfeld.

Verdammter Mist! Bertram war in der Werkstatt. Jake war in der Werkstatt. Das war übel!

Ich konnte jetzt nicht gehen. Ich fasste in meine Tasche und tastete nach der Pistole. Meine Hand umfasste den Griff.

Du weißt, wie man sie benutzt. Du bist nicht wehrlos.

Normale Kugeln konnten einem Vampir nichts anhaben, aber ich könnte Jake etwas Zeit verschaffen, wenn er in der Klemme steckte und fliehen musste.

Nein. Nein. Sei nicht dumm. Verschwinde von da, rief die vernünftige Stimme in meinem Kopf. Aber diese vernünftige Stimme bedeutete wenig, wenn es um Jake ging. Die vernünftige Stimme konnte hingehen, wo der Pfeffer wuchs. Ich musste Jake einfach helfen. Um ehrlich zu sein, selbst nach all dem, was passiert war, würde ich mein Leben für ihn geben. Ja, ich neigte dazu, so eine loyale Idiotin zu sein. Also...

Scheiß drauf. Los geht's.

Ich zog die Waffe heraus, versteckte meine Tasche hinter dem Müllcontainer und überquerte die Straße.

KAPITEL 34

Verstohlen wie eine Diebin schlich ich mich zur Werkstatt und drückte mich mit dem Rücken an die Wand neben der kaputten Tür. Mein Herz und alle meine Sinne überschlugen sich und eine intensive Anspannung überflutete mich, die ich noch nie zuvor gespürt hatte. Der Geruch von Öl und Benzin war so stark, dass er alles andere überdeckte und mir schwindlig wurde. Ich dachte, neben dem Hämmern meines Herzens jemandes Atem und leichte Schritte zu hören, aber das war unmöglich. Niemand war in Sicht und so empfindlich waren meine Ohren nicht. Ich musste es mir eingebildet haben. Entweder das, oder das Adrenalin, das mir durch die Adern schoss, war das Beste, das ich je produziert hatte und ich könnte es für Millionen auf dem Schwarzmarkt verhökern.

Konzentriere dich. Hör auf, herumzualbern, Toni.

Ich kniff die Augen zusammen und bemühte mich, die Reizüberflutung beiseitezuschieben. Langsam ging ich auf dem Bürgersteig in die Knie und spähte in das Büro. Dunkelheit begrüßte mich. Als sich meine Augen daran gewöhnten, konnte ich Umrisse von Möbeln erkennen: ein Schreibtisch, ein Aktenschrank, Regale an den Wänden. Ich starrte hinein und versuchte, Bewegungen auszumachen. Mir fielen keine auf.

Im hinteren Bereich des Raumes lag eine weitere zerstörte Tür auf dem Boden.

Krass! Bertram kam einer Dampfwalze gleich.

Ich blieb unten und ging in den Raum hinein, wobei ich meine Pistole umklammerte. Ich schlich mich mit dem Mondlicht hinter mir hinein. Ein Schweißtropfen lief mir über den Rücken, als ich mich an der Wand entlang auf die andere Tür zubewegte. Dahinter gab es einen langen Flur, der rechts von Regalen und links von Fenstern gesäumt war. Die Regale waren in Mondlicht getaucht, das Kartons voller Autoteile beleuchtete. Der Geruch von Benzin und Öl wurde immer stärker.

Ich verließ das Büro und trat in den Korridor. Die Fenster waren hüfthoch, also hockte ich mich hin und spähte über die Kante in den Außenbereich der Werkstatt. Er war ungefähr so groß wie ein Basketballfeld und verschiedenste Fahrzeuge warteten dort auf ihre Reparatur.

Eines davon war der Lieferwagen des Lucciola Kerzengeschäfts.

Mein Atem stockte und mein Herz schlug bedenklich schnell.

Stephen.

War er in diesem Lieferwagen? Ich holte tief Luft, als ob ich unter all diesen Gerüchen den vertrauten Duft aus dem Van ausmachen könnte. Wahrscheinlich hatten sie ihn in ein anderes Fahrzeug gebracht. Das ergab Sinn, wenn dieser hier repariert werden musste.

Ich sah mich nach Bewegung und Versteckmöglichkeiten um. Jake war dort hineingesprungen, aber wo war er? Und was war mit Bertram? War er der Fahrer des Lieferwagens? Er schien für einen solchen Job zu hoch in der Rangordnung zu stehen. Er hatte Fiore selbst gefahren.

Was soll ich tun? Soll ich selbst im Lieferwagen nachsehen und mich dabei möglicherweise enttarnen?

Nein. Jake war bereits da draußen und ich konnte alles gut überblicken. Von hier aus könnte ich gut zielen und ein paar Mal schießen, wenn es sein müsste.

Eine Bewegung erregte meine Aufmerksamkeit. Ich hielt die Luft an und starrte auf die Gestalt, die sich um das Auto herumschlich, das vor dem Lieferwagen geparkt war.

Jake.

Er hatte immer noch seine menschliche Form, aber er hätte auch auf allen Vieren laufen können, denn er sah aus wie ein Raubtier, als er um den Lieferwagen herumging. Ich wollte ihm eine Warnung zurufen und ihm sagen, dass ein Vampir in der Nähe war, aber das würde nur seine Position verraten ... und meine.

Ich biss mir auf die Unterlippe und versuchte, ruhiger zu atmen. Mein Körper kribbelte und juckte überall; er fühlte sich an, als ob er nicht zu mir gehörte, als ob meine Haut geschrumpft wäre.

Plötzlich sprang der Vampir aus dem Nichts auf den Lieferwagen, wobei das Metall unter ihm krachte. Sein Gesicht war zu einer Maske der Grausamkeit verzogen, die Reißzähne traten hervor, die Augen waren erfüllt von schwarzer Tinte, aus seinen Händen ragten fünf Zentimeter lange Krallen.

Ohne nachzudenken, stand ich auf und richtete die Pistole auf Bertram. Ich fokussierte mich auf ihn, drückte den Abzug und traf ihn mitten in die Brust. Er taumelte nur leicht nach hinten und sah verärgert auf das Loch in seinem Hemd hinunter. Dann schüttelte er seinen Kopf und warf mir einen vernichtenden Blick zu, bei dem ich hätte erstarren sollen, doch stattdessen drückte ich den Abzug wieder und wieder, bis das Magazin leer war. Jede Explosion hallte laut wider, wie Hammerschläge, die direkt auf mein Gehirn einschlugen.

Die Schüsse trafen ihr Ziel mit unglaublicher Genauigkeit. Das Training mit Tom in der Schießanlage zahlte sich aus. Bertram zuckte bei jedem Treffer und es lenkte ihn so lange ab, dass Jake sich verwandeln konnte.

Ein wunderschöner grauer Wolf sprang auf das Auto hinter dem Lieferwagen. Er war riesig und erfüllte mich mit Ehrfurcht. Ich hatte sein Tier bisher nur zweimal gesehen. Das erste Mal, nachdem ich ihn angefleht hatte, es mir zu zeigen und das zweite Mal in der Nacht, in der wir Emily Garner gerettet hatten, als er seine außergewöhnlichen Sinne einsetzte, um ihren genauen Standort zu ermitteln.

Aber jetzt sah er größer aus.

Selbst auf allen Vieren war er anderthalb Meter groß, von seinen massiven Pranken bis zu seinem Kopf. Seine Schultern waren breit und er bestand nur noch aus straffen Sehnen. Seine Pranken waren so groß wie Fußbälle und hatten dunkle Krallen, die so scharf waren wie Operationsskalpelle.

Ein tiefes Knurren drang als unmissverständliche Drohung an den Vampir aus seiner Brust. Er sprang mit einer flüssigen Bewegung über die Frontscheibe des Lieferwagens und landete auf dem Dach, dann sprang er wieder, wobei seine Klauen über das Metall kratzten. Wie eine Abrissbirne prallte er gegen den Vampir und warf ihn um.

Bertram schlug hart auf dem Boden auf und versuchte, auf die Füße zu kommen, aber Jake landete auf ihm und benutzte seine Krallen, um ihm die Brust aufzureißen. Der Vampir ächzte vor Schmerzen, als Jake die Krallen auf seine Kehle zubewegte. Aber die Kreatur war keine leichte Beute, denn er legte seine Hände um den Hals des Werwolfs und benutzte seine eigenen Krallen, sodass Jake aufjaulte.

Nein!

Ich hatte keine Kugeln mehr und selbst wenn, was könnte ich schon damit ausrichten?

Als sich Jake und Bertram auf dem Boden wälzten, knurrten und einander in Stücke rissen, bewegte sich plötzlich eine Person in dem Lucciola-Lieferwagen.

Was zum …?

Ich kniff die Augen zusammen und spähte durch das schwache Licht, als die Person die Tür öffnete, vorsichtig ausstieg und sich vom Van und den knurrenden Wesen wegschlich. Als sich die Gestalt hinter einem weiteren Fahrzeug versteckte, keuchte ich. Es war eine Frau mit einem kurzen, buschigen Schwanz und kurzen Rehhörnern.

Eine Fae!

War sie diejenige, die Stephen umhergefahren hatte und war er möglicherweise noch im Wagen? Bedeutete das, dass die Fae ihn entführt hatten? Hatten sie es getan, um einen Krieg zwischen den Werwölfen und Vampiren anzuzetteln, wie ich es vermutet hatte? Sie würden ganz sicher davon profitieren und damit ihre Stellung in der Welt der Menschen stärken, während die der anderen geschwächt würde. Oder arbeitete diese Fae für die Dunkle Donna? Es war ungewöhnlich für Fae, anderen zu vertrauen, aber nicht unmöglich.

Sie beugte sich tief herunter und rannte zum Ausgang. Gekonnt sprang sie, kletterte über die Mauer, umging den Stacheldraht mit Leichtigkeit und verschwand auf der anderen Seite.

Mist! Ich konnte sie nicht davonkommen lassen. Ich musste sie aufhalten, damit wir die Wahrheit herausfinden konnten. Ich wirbelte herum und stürmte so schnell ich konnte wieder nach draußen. Auf dem Bürgersteig kam ich zum Stehen und mein Blick fokussierte sich sofort auf ihre rennende Gestalt. Sie war so schnell wie eine Gazelle und ihr kurzer Schwanz wippte hin und her, während sie rannte.

Verdammt, ich kann sie auf keinen Fall einholen. Trotz dieser Sicherheit spürte ich etwas in mir; ein Instinkt, der mich dazu brachte, die Verfolgung aufzunehmen.

„Hey, stehenbleiben!", rief ich und mein Schrei hallte durch die verlassene Straße.

Die Fae sah über ihre Schulter und rannte dann noch schneller.

Jeder ihrer Schritte schien drei meiner auszumachen. Ich würde nie so schnell laufen können wie sie. Wut und Frust baute sich in mir auf, während meine Beine und Arme sich so schnell bewegten wie sie konnten und die Distanz zwischen uns trotzdem wuchs.

Plötzlich erreichte mich ihr Geruch mit dem Wind; eine Kombination aus Erde und Holz, wie ein Frühlingstag nach dem Regen. Der Duft und die Verfolgungsjagd weckte etwas Wildes in mir; rastlose Energie und diesen Hunger, der die ganze Zeit in mir gewesen war, den ich jedoch nicht hatte stillen können. Die Intensität machte mir Angst und brachte mich fast dazu, stehenzubleiben. Aber ich konnte nicht aufhören, nicht jetzt, wo Kraft in meine Beine stieg und die Fae in Reichweite zu sein schien. Überrascht blinzelte ich und bemerkte, wie weit ich innerhalb von Sekunden gekommen war.

Bevor ich wusste, was ich tat, sprang ich in ihre Richtung und warf sie zu Boden. Wir fielen mit verschränkten Armen und Beinen hin und rollten uns auf dem Bürgersteig herum. Am Ende war ich auf ihr. Sie starrte mich mit panischen Augen an und ihre Pupillen weiteten sich. Ihr dünner schwarzer Mund öffnete sich und eine zittrige Stimme drang heraus.

„Tu mir nicht weh, du Biest", flehte sie mit ihrem lallenden Akzent.

Biest?

Ich versuchte zu sprechen, doch stattdessen kam ein Knurren heraus. Ich erstarrte, während meine Hände die Schultern der Fae festhielten. Sie stieß ein Wimmern aus, als sich meine Daumen in ihre Haut gruben und ihre Haut aufrissen. Warmes, klebriges Blut drang aus ihrer weichen Haut. Ich riss meine Hände zurück und starrte auf die Krallen an meinen Fingerspitzen. Bei dem monströsen Anblick begann ich zu zittern. Was passierte hier? Was war das für ein Trick?

Eine Verwandlung der Fae. Das musste es sein. Es gab keine andere Erklärung.

„Aufhören!", befahl ich ihr und meine Stimme war wieder ein Knurren, durch das die Worte kaum verständlich waren.

„Bitte, bitte, ich war nur heute die Fahrerin. Das ist alles", sagte die Fae.

Ich hyperventilierte und ihre Stimme war nur noch ein Surren, das kaum das donnernde Grollen in meinen Ohren durchdrang. Leugnende Worte hallten in meinem Kopf wider.

Das ist nicht real. Nicht real.

„Hör auf, du Schnepfe!" Ich packte sie an der Kehle und zwang sie, aufzustehen. Sie stellte sich auf ihre Zehenspitzen, als ich meine Hände um ihren Hals legte. „Hör auf, mich zu verzaubern!"

Sie schüttelte den Kopf ganz leicht. „Ich habe nicht ...", krächzte sie und sah verwirrt aus.

Ich schleifte sie zurück zur Werkstatt, wobei ich sie immer wieder schubste und dazu brachte, zu stolpern. Sie versuchte nicht wieder wegzulaufen, was mich nur noch mehr verwirrte. Fae waren gute Kämpfer, aber ich schien sie wirklich einzuschüchtern. Ich sah meine Hände an, während ich sie einen ganzen Häuserblock weit vor mir her schubste. Keine Verzauberung mehr. Die Krallen waren verschwunden. Gut.

Wir näherten uns der Werkstatt. Lautes Poltern und Knurren kam von hinter dem Metalltor.

Jake.

Meine Brust zog sich vor Sorge zusammen. Dem Lärm nach zu urteilen, kämpften sie immer noch, aber gewann er auch?

Ich drückte die Fae gegen die Außenwand der Werkstatt. „Ist Stephen Erickson in dem Lieferwagen?" Dieses Mal klang meine Stimme mehr wie meine eigene. Die Fae hatte endlich begriffen, dass ihre billigen Verzauberungen bei mir nicht funktionierten.

Sie nickte und betrachtete mein Gesicht ängstlich durch zusammengekniffene Augen.

„Ist er ... ist er am Leben?"

„Ja", sagte sie.

Ein Wirrwarr von Gefühlen brach in mir aus. Stephen war am Leben und nichts von alledem war umsonst gewesen.

Ich versuchte zu entscheiden, was ich als Nächstes tun sollte, als sich der Gesichtsausdruck der Fae veränderte und sich ein zufriedenes Lächeln auf ihren schwarzen Lippen ausbreitete. Die Angst, die ihre Züge verzerrt hatte, verschwand langsam und wurde durch Freude ersetzt. Ihr Blick verweilte auf etwas hinter mir. Ein Schauer lief mir über den Rücken, als das Geräusch von Schritten zu mir durchdrang.

Langsam ließ ich die Fae los und trat von ihr weg, wobei ich meinen Körper zur Seite drehte. Ich sah hinter mich und entdeckte vier dunkle Gestalten auf der anderen Straßenseite, die vom Mondlicht nicht berührt wurden, als wären sie gar nicht wirklich da.

„Mal sehen, was deine kleinen Klauen gegen meine Freunde ausrichten können", sagte die Fae amüsiert.

Eine der Gestalten löste sich von der Gruppe. Ich hielt den Atem an, als sich das Mondlicht über die attraktiven Züge von keinem anderen als Prinz Kalyll Adanorin ergoss. Die Frau neben mir stieß ein Wimmern aus und ihre Selbstsicherheit erstarb und verwandelte sich in Entsetzen. Es war anscheinend nicht der, den sie erwartet hatte.

Sie senkte den Kopf und fiel voller Reue auf die Knie.

„Endlich finde ich dich, Gonira, und wie es scheint, bist du in unerfreuliche Geschäfte verwickelt." Kalylls Stimme triefte vor düsterer Wut und Enttäuschung. „Deine Bestrafung wird ... wohlüberlegt sein." Er hob eine Hand und winkte mit zwei Fingern. Zwei Gestalten traten aus der Dunkelheit und kamen nach vorne. Sie trugen ihre schwarzen Tuniken mit dem aufgestickten Schild an der Brust. Jeder von ihnen ergriff einen von Goniras Armen und sie führten sie weg.

„So sehen wir uns wieder, Antonietta Sunder", sagte Prinz Kalyll.

Wow, der Seelie-Prinz erinnert sich an meinen Namen! Ich war, gelinde gesagt, baff.

„Du solltest hier verschwinden", sagte er.

„Ich kann nicht ... mein Freund ..." Ich deutete auf die Werkstatt. Drinnen stieß etwas gegen das Tor und erzeugte ein lautes Krachen. Ich erschrak und mein Herz hämmerte gegen meine Rippen.

Mondlicht fiel auf Kalylls mitternachtsblaues Haar, als er ein bedauerndes Gesicht machte. „Ich würde bleiben und dir helfen, aber ich kann mich nicht in Angelegenheiten von Menschen einmischen, besonders nicht in diese. Es ist schlimm genug, dass sich Gonira mit den falschen Personen eingelassen hat."

So wie es sich anhörte, hatte Gonira auf eigene Faust gehandelt. Bedeutete das also, dass die Fae nichts mit all dem zu tun gehabt hatten? Scheinbar war es so.

Von Drinnen kam noch mehr Knurren und Gepolter.

„Bist du sicher, dass du bleiben möchtest?" Der Prinz zog eine seiner perfekten Augenbrauen nach oben, als ob er meine Intelligenz abschätzen und feststellen würde, dass sie fehlte.

Ich nickte und dieselbe Entschlossenheit, die mich hergebracht hatte, rauschte durch meine Adern.

„Nun gut. Auf Wiedersehen", sagte Kalyll, als er erkannte, dass ich mich nicht davon abbringen ließ. Er drückte eine Faust an seine Brust, senkte den Kopf und dann war er weg.

Die Gestalten zogen sich in die Dunkelheit zurück und verschwanden ebenfalls. Ich wollte gerade wieder hineinrennen, um nach Jake zu sehen, als sich etwas in den Schatten bewegte. Es schien, als ob der Prinz doch beschlossen hätte, zu bleiben – nur, dass die Gestalten, die wieder auftauchten, nicht Kalyll und seine Wachen waren. Sie hatten verschiedene Formen und Größen, zwei von ihnen waren riesige Männer und andere hatten die Proportionen und die Haltung von großen Gestaltwandlern.

Was zur Hölle? Das mussten die Freunde *sein, die Gonira vorhin gemeint hatte!*

Ich kniff die Augen zusammen, um sie besser sehen zu können. Die Gestalten fingen an, knurrend und grollend in meine Richtung zu kommen. Adrenalin entfachte sich in meinen Adern und ich wirbelte herum und rannte.

KAPITEL 35

Ich eilte durch die zerstörte Tür in die Werkstatt. Ohne stehenzubleiben, stürmte ich durch die hintere Tür. Die Regale und Fenster schwirrten vorbei. Druck baute sich in meinen Fingerspitzen auf und ich spürte, wie meine Haut riss, als sich die Krallen wieder bildeten.

Was zum Teufel? Warum wieder diese Verzauberung?

Einer der Wandler folgte mir und fetzte durch das Büro. Ich konnte ihn spüren, sein Schnaufen hören, seinen fauligen Schweiß riechen. *So* nah war er. Ich sah mich nicht um.

Ich kam zum Stehen und bog scharf nach links ab. Hinter mir hörte ich ein Krachen. Ich rannte weiter und kam an Stufen an, die nach oben führten und weiteren, die nach unten führten. Links von mir war eine Tür. Ich versuchte, sie zu öffnen, aber sie bewegte sich nicht. Ich erstarrte einen Moment lang und war nicht sicher, welche Richtung ich einschlagen sollte.

Ein schreckliches Knurren schallte durch den engen Raum und ich wirbelte herum, um mich einer riesigen Kreatur der Form und Größe eines Gorillas zu stellen. Er stand auf zwei Beinen und schlug sich mit seinen felsengroßen Fäusten auf die Brust. Er war ein Wandler, wie ich ihn noch nie zuvor gesehen hatte. Das Knurren hallte in meinen überempfindlichen Ohren wider. Ich rümpfte die Nase, als mich der animalische Gestank traf. Und meine Augen ... alles sah anders aus, irgendwie schärfer, besonders die Klauen und spitzen Zähne der Kreatur.

Im nächsten Moment knurrte ich zurück und hockte mich mit einer Hand auf dem Boden hin.

Ähm, was zur Hölle?

Konnte eine Verzauberung jemandes Gehirn so sehr einnehmen, dass man dachte, man sei die Königin des Dschungels? Ich glaubte nicht. Zumindest hatte ich noch nie von so etwas gehört, aber es gab so viele Geheimnisse auf dieser Welt, also war alles möglich.

Eine kleine Stimme in einer noch kleineren Ecke meines Hirns versuchte, zu mir durchzudringen.

Das ist keine Verzauberung, du Dummerchen.

Was zum Teufel ist es dann?

Was auch immer die Antwort darauf war, es war nicht wichtig – nicht, wenn King Kong in meine Richtung stürmte.

Ich sprang.

Im Ernst? Was um alles in der Welt war in mich gefahren? Befand ich mich bei Planet der Affen?!

Ich flog durch die Luft wie eine Art Akrobatin und eine Sekunde später schlug ich gegen die Brust des Biestes. Meine Krallen hieben und meine Zähne schnappten nach etwas. Das Ohr von King Kong?

Igitt!

Ich sprang zurück, drehte mich in der Luft, landete auf allen Vieren und spuckte auf den Boden. King Kong brüllte und presste eine ledrige Hand an seinen Kopf. Er schüttelte sich, beugte sich vor und legte die Hände auf den Boden, dann streckte er die Brust heraus und brüllte wutentbrannt.

„Igitt, hast du schonmal von Mundwasser gehört? Oder von Pfefferminzbonbons?"

Noch ein stinkiges Brüllen.

Mist! Ich hatte ihn richtig sauer gemacht.

Er stürzte sich auf mich. Ich hielt einen Moment lang still, dann sprang ich aus dem Weg. Das Biest flog auf die Treppe zu, prallte an den Stufen ab, krachte in das Geländer und landete am unteren Treppenabsatz.

Ich wirbelte herum und trat gegen die verschlossene Tür. Ich starrte sie mit offenem Mund an, als sie mit dem Geräusch von splitterndem Holz aufschwang. Womit hatte Walter dieses Rib-Eye-Steak gewürzt? Ich stürmte durch die Tür und fand mich in einer überdachten Werkstatt mit einigen Autos auf Hebebühnen und etwas Platz für noch mehr Wagen wieder. Es war dunkel und ich sollte nicht sehen können, aber meine Augen schienen irgendeine Superman-Sache abzuziehen.

Der Geruch von Benzin und Öl war hier schlimmer und mir wurde übel. Riesige, geschlossene Metalltore säumten die linke Seite, solche, die an einer Kette nach oben gezogen wurden. Vor den Toren konnte ich die Klänge eines tobenden Kampfes hören. Gegen wie viele kämpfte er gerade?

Gott, bitte, lass es ihm gut gehen.

Mein Blick wanderte umher, als ich mich nach einem Ausgang umsah, aber ich hatte eine Sackgasse erreicht. King Kong brüllte hinter mir und seine riesigen Füße donnerten auf den Boden. Er kam mir nach. Panisch suchte ich die Wand nach einem Knopf ab, der die Tore öffnen würde. Nichts. Ich rannte zum anderen Ende und suchte dort. Immer noch nichts.

King Kong platzte in den Raum und stampfte wie ein Riese herum. Sein wilder Blick hatte mich sofort im Visier. Er konnte mich ebenso deutlich sehen wie ich ihn.

Ich ging auf alle Viere – was sollte das eigentlich? – und verstecke mich hinter einer breiten Werkzeugkiste auf Rollen, die Art mit den vielen kleinen Schubladen. Das Biest kam auf mich zu und seine Füße prallten auf den Betonboden. Ich blickte nach rechts und links und suchte nach einem Ausweg. Es gab keinen.

Das Biest kam um die Kiste herum und ohne nachzudenken, sprang ich in die nächstgelegene Werkstattgrube und ließ mich in der Hocke auf den Boden fallen. Ich blickte aus der Tiefe wieder nach oben. King Kongs Kopf erschien über mir; eine riesige Birne in der Größe eines Autoreifens.

Er passt nicht hier rein. Er passt nicht.

Die Schultern des Biestes waren so breit wie ein Schrank und diese Grube war gerade groß genug für einen Menschen, vorzugsweise einen Mechaniker. Diese Überlegung war schön und gut, aber sie änderte nichts an der Tatsache, dass ich verdammt noch mal in einem Loch gefangen war, das schnell mein schmieriges Grab werden konnte. Ich rümpfte die Nase angesichts des teerigen Geruchs und wischte mir die Hände an meiner Hose ab. Das Zeug war überall auf mir verschmiert und ich stank danach.

Ohne meinen Blick von dem Biest abzuwenden, bewegte ich mich auf die Metallsprossen zu, die aus der Grube herausführten. King Kong marschierte in diese Richtung und versperrte den Ausgang mit seinem massiven Körper. Er legte eine Hand auf jede Seite des Spalts und brüllte in den engen Raum hinein. Ich presste meine Hände auf meine Ohren, weil mein Trommelfell zu platzen drohte. Er streckte einen Arm nach mir aus und versuchte mich mit seiner riesigen Hand zu fassen. Mit dem Herz in der Hose hockte ich mich hin.

Panik überkam mich. Kribbelnde Energie fuhr durch meinen Körper und wuchs, pochte. Mein Herz hämmerte in meinen Ohren und wurde schneller und schneller, wie eine Lokomotive. Meine Angst stieg wie Lava in einem Vulkan auf und suchte nach einem Ventil. Mein Körper krampfte sich zusammen.

Oh, verdammt. Panikattacke.

Atmen, Toni, atmen.

Mein Herz drohte zu zerspringen. Ich hatte einen Krampfanfall.

King Kong brüllte wieder. Das Geräusch brachte mich um den Verstand und ich wurde ohnmächtig.

KAPITEL 36

E ine Welle der *Veränderung* durchströmte mich.

Es war eine Befreiung und ein Abschluss, beides gleichzeitig. Ein Teil von mir genoss den Moment, während der andere darum kämpfte, es zu beenden. Aber der erste Teil war so lange verleugnet worden, dass er nicht aufgeben wollte.

Die Zeit war gekommen.

Endlich.

Jedes meiner Glieder geriet außer Kontrolle, verformte sich von innen heraus und fand eine neue Form, nach der es sich seit Anbeginn der Zeit gesehnt hatte. Die Knochen verlängerten und verdickten sich, drehten sich in verschiedene Richtungen. Sehnen verdichteten sich und wurden immer kräftiger. Meine Kleider zerrissen und fielen in Fetzen von mir ab.

Schmerz ergriff mich. Er war exquisit und ich begrüßte ihn. Ich hatte mich danach gesehnt, ich wollte ihn und er war endlich da. Niemand konnte es jetzt aufhalten.

Ich war so lange eingesperrt, unterdrückt und verboten, aber jetzt nicht mehr!

Fell und Klauen und ein Schwanz ... Sie waren alle an ihrem Platz, dort, wo sie immer hätten sein sollen. Meine Sinne, die ich immer für scharf gehalten hatte, entfalteten jetzt ihre wahre Kraft. Was ich jetzt hören, sehen und riechen konnte, stellte alles in den Schatten. Selbst das über viele Jahre angesammelte Motoröl, das sich in den Ecken der Grube verbarg, kam jetzt ans Licht.

Freude überkam mich und ich heulte, hob meinen Kopf, legte die Ohren an und genoss zu wissen, was ich war: eine Werwölfin.

Mein Kopf drehte sich meinem Feind entgegen, der immer noch den Ausgang versperrte. Er hatte aufgehört zu brüllen und starrte mich neugierig an. Sein Arm war erstarrt.

Ohne Angst, ohne jegliche Hemmungen, griff ich an.

Ich stürzte mich auf ihn und schnappte mit meinem Kiefer nach dem Unterarm des Tieres. Er wich zurück, aber ich ließ nicht los. Dieser Feind war stark, aber ich hatte keine Angst vor ihm. Ich konnte mich behaupten. Ich war auch stark. Er schwang seinen Arm und ich hielt mich weiter fest, während bitteres Blut in meinen Mund strömte.

Als er mich auf den Boden schlagen wollte, ließ ich ihn los, sprang durch die Luft und landete auf allen Vieren. Mit gefletschten Zähnen umkreiste ich das Biest. Meine Gedanken fühlten sich wie Flüssigkeit an, die sich durch den Geschmack von Blut entzündet hatte. Meine Instinkte übernahmen die Kontrolle und ich wusste genau, was ich tun musste.

Ich täuschte vor, in Richtung der Grube zu laufen und als sich die Bestie in diese Richtung bewegte, um mir den Weg zu versperren, sprang ich in die entgegengesetzte Richtung gegen die Wand, prallte davon ab und sprang dann auf den schweren Körper des Biestes zu. Ich schlug gegen seine Schulter, womit ich ihn aus dem Gleichgewicht brachte und landete dann ein paar Meter weit weg. Mein Feind taumelte ein paar Augenblicke und mit einem letzten Schubser mit meiner Hüfte fiel King Kong zur Seite und sein Körper wurde in der Grube eingeklemmt. Zur Sicherheit sprang ich noch einmal auf ihn und landete dann wieder auf dem festen Beton.

Sein sichtbarer Arm und sein Bein strampelten, während er versuchte, sich herauszuziehen, aber er erreichte damit nur, dass er noch weiter hineinrutschte. Ich fletschte triumphierend die Zähne, dann richtete ich meine Aufmerksamkeit auf die Kampfgeräusche draußen.

Mit großen Schritten verließ ich die Werkstatt auf dem Weg, aus dem ich gekommen war. Als ich den mit Fenstern gesäumten Flur erreichte, sprang ich ohne zu zögern auf eine der Glasscheiben zu. Ich durchbrach sie und Scherben regneten um mich herum herunter und landeten im Außenbereich der Werkstatt.

Meine scharfen Augen suchten den Hof ab. Ich war zwischen einem dunklen SUV und der Wand aufgekommen. Mit einem weiteren Stoß meiner Hinterbeine sprang ich auf das Auto und gelangte über die Motorhaube auf das Dach. Von dort aus konnte ich den Kampf sehen, der ein wildes Verlangen in mir entfachte, mitzumachen und zu kämpfen. Aber gegen wen?

Das Chaos regierte hier und ich hatte keine Ahnung, wer Freund und wer Feind war. Autos waren zerstört worden. Das Metalltor, das zur Straße führte, stand offen und war verdreht. Auf der einen Seite waren Krallenspuren sichtbar. Einige Leichen lagen blutüberströmt auf dem öligen Boden – ungefähr ein Dutzend andere kämpften immer noch. Wo waren sie alle hergekommen?

Krallen, Reißzähne, Stoßzähne, Hörner blitzten auf. Ich sah Vampire, Werbären, Werkoyoten, aber wo war der Wolf? Er war mein Freund. Ich musste *ihm* helfen.

Ein panisches Gefühl baute sich in meiner Brust auf. Ich sah ihn nicht. Dann hörte ich ein Knurren, das meine Aufmerksamkeit erregte. Ich wirbelte herum und sah einen dunkelgrauen Wolf, der von zwei ihn überragenden Vampiren in die Enge getrieben wurde. Er blutete aus einer Wunde an seiner Schnauze und einer weiteren in seiner Seite.

Ich sprang über zwei Autos hinweg, erreichte ihn und stürzte mich auf einen seiner Angreifer. Überrascht stieß der weibliche Vampir einen markerschütternden Schrei aus. Mein Kiefer schloss sich um ihren Hals und ich biss mit aller Kraft zu. Als wir umfielen, holte die Vampirin aus und grub ihre Krallen in meine Kehle.

Wir landeten auf dem harten Boden. Ich war groß, viel größer als sie. Ich drückte mein ganzes Gewicht auf die Vampirin und versenkte meine eigenen scharfen Krallen in ihr. Dann riss ich meinen Kopf herum und zerfetzte ihr die Hälfte des Halses. Sie schrie vor Schmerz auf. Ich spuckte auf den Boden und biss erneut zu. Meine große Schnauze umfasste das, was von ihrem Hals übriggeblieben war und als mein Kiefer zuschnappte, trennte ich ihren Kopf ab. Ich knurrte und schüttelte mich. Der Kopf der Vampirin rollte zur Seite. Ihre ölschwarzen Augen blinzelten nicht und ihre Zunge hing aus ihrem Mund heraus.

Irgendetwas in mir erschauderte beim Anblick ihres abgetrennten Kopfes.

Was tust du da?!

Ich schüttelte meinen massiven Kopf – womit ich die leise, lästige Stimme beiseite schob – und drehte mich zu dem zweiten Vampir und dem Wolf. Er war schwerverletzt und legte sein Gewicht auf seine linke Seite, er humpelte – aber er behauptete sich trotzdem vor seinem Feind. Ich trat an seine Seite und knurrte den Vampir an, einen großen Mann mit dickem Hals und schulterlangem Haar.

Der graue Wolf warf mir einen Seitenblick zu und seine Nase zuckte, als er meinen Geruch aufnahm. Misstrauen erfüllte seine Augen. Mein Fell stank auf eine unangenehme Weise nach dem dunklen Zeug aus der Grube. Ich konnte es selbst riechen. Es gefiel ihm genauso wenig wie mir. Ich nahm an, dass er mich nicht erkannte, aber das spielte keine Rolle. Ich kannte ihn und ich wusste, dass ich ihn beschützen musste.

Er war mein Rudel.

Dieser Gedanke erschien mir richtig und falsch zugleich, aber in diesem Moment war nur der Kampf wichtig.

Zusammen griffen wir an. Ich zielte nach oben, während der graue Wolf sich den unteren Teil vornahm. Der Vampir war schnell und seine Arme schlugen mit blitzartigen Bewegungen gegen meinen Kopf. Ich flog zur Seite und knallte gegen ein Auto. Benommen stand ich auf und blinzelte.

Der graue Wolf hatte sein Maul um den Knöchel des Vampirs geschlossen. Der Feind beugte sich hinunter, um ihn zu packen, aber ich stürzte nach vorne und krachte in ihn hinein. Er verlor das Gleichgewicht und fiel hin. Der graue Wolf und ich stürzten uns auf seinen Hals. Er war zuerst da und biss dem Vampir mit einem kräftigen Ruck den Kopf ab.

Der graue Wolf spuckte Blut und streckte seine lange rosafarbene Zunge angewidert heraus. Sein Blick traf meinen. In seinen Augen leuchtete ein betörendes silbernes Licht. Er senkte den Kopf, um mir zu danken. Ich verneigte mich leicht und beobachtete ihn genau. Ich war froh, dass es ihm gut ging und dass seine Wunden bereits heilten.

Der Kampf ging um uns herum weiter. Ein kleiner Kojote sprang über uns hinweg und krachte durch das Fenster und ins Gebäude hinein.

Plötzlich erfüllten Sirenen die Luft um uns. Sie heulten, durchdrangen die Nacht und wurden mit jeder Sekunde lauter. Meine Ohren stellten sich auf und die des grauen Wolfes ebenso.

Hilfe naht, sagte ein Teil von mir, auch wenn ich nicht ganz verstand, warum. Die einzige Hilfe, die ich brauchte, waren meine Reißzähne und Krallen und meine eigene Kraft.

Der Kampf löste sich langsam auf. Dann rannten alle davon; aus dem verbogenen Metalltor, sie sprangen auf die Autos und auf das Dach, um zu fliehen.

Ich wirbelte zu dem weißen Lieferwagen herum, als der graue Wolf darauf zustürmte. Ich folgte ihm, entschlossen, an seiner Seite zu bleiben, um ihn zu beschützen. Er ging zu den hinteren Türen. Dort verwandelte er sich, sein prachtvoller, behaarter Körper wurde länger und glatter – fremd und vertraut zugleich.

Ich drehte den Kopf und sah ihn neugierig an. Er brach in den Lieferwagen ein, indem er eines der hinteren Fenster mit seinem Ellenbogen einschlug, dann griff er hinein, um an etwas zu ziehen und riss endlich die Türen auf. Er schien den Atem anzuhalten, als er in das dunkle Innere blickte.

Ich kam näher, um besser sehen zu können.

Ein süßer, warmer Geruch stach mir in die Nase und gab mir das Gefühl, niesen zu müssen. Ich atmete aus und schüttelte den Kopf. In dem Wagen saß ein Mann, der an einen festgeschraubten Stuhl gefesselt und in viele Gerüche gehüllt war.

„Stephen!", rief derjenige, der gerade noch der graue Wolf gewesen war. Er stürzte in den Lieferwagen und auf den seltsam riechenden Mann zu.

Ich streckte mich nach oben, legte meine Vorderpfoten auf die Ladefläche und sah hinein. Ich blickte die Menschen an und ein seltsames Gefühl der Ruhe überkam mich. Ich wollte nicht mehr kämpfen. Alles würde gut werden.

Jake presste seine Finger an Stephens Hals.

Ich schüttelte den Kopf.

Jake? Stephen?

Ja. Das waren ihre Namen, oder nicht?

Ein Wimmern entkam mir, als immer mehr verwirrende Gedanken in meinem Kopf auftauchten.

„Gott sei Dank!", rief Jake. „Alles wird gut, Kumpel."

Ich wandte mich von dem Lieferwagen ab und meine Vorderpfoten landeten auf dem kalten Beton. Jake sah in meine Richtung und runzelte die Stirn.

„Danke", sagte er und senkte den Kopf. „Wie heißt du?"

Ich erschauderte. Mein Name? Wie war mein Name?!

Die Sirenen erreichten uns. Auf der Straße schlugen Autotüren zu. Stimmen. Schnelle Schritte. Panik erfüllte meine Brust. Sie durften mich nicht finden. Ich sollte nicht hier sein. Ich drehte mich um und rannte.

„Warte!", rief Jake hinter mir her. „Sag mir, wer du bist."

Ich ignorierte ihn und sprang durch das Loch, das ich im Fenster hinterlassen hatte. Ich landete im Inneren, kam zum Stehen und rannte zu der Treppe, wo ich King Kong zuvor bekämpft hatte. Dann stürzte ich die Stufen hinauf und ignorierte das wütende Brüllen des Biestes aus der Werkstatt. Es schien, als wäre er immer noch in der Grube gefangen.

Mit vier großen Sprüngen erreichte ich die dritte Etage, wo ich, ohne anzuhalten, eine dünne Tür durchbrach und auf ein Flachdach hinaus platzte. Ohne eine Pause rannte ich in Richtung des scheinenden Mondes und sprang von Dach zu Dach, bis ich mich in den Geräuschen, Eindrücken und Gerüchen der Stadt verlor.

KAPITEL 37

I ch erwachte nach und nach und wurde mir schmerzhaft etwas Kribbligem auf meiner Haut bewusst. Meine gesamte linke Seite fühlte sich gereizt an. Außerdem war mir kalt, sehr kalt. Ich blinzelte und sah einen violetten Himmel, der an den Rändern gelb und orange war. In der Ferne sangen ein paar Vögel.

Was zur Hölle?!

Ich kam in eine Sitzposition, wo ich bemerkte, dass ich nichts trug außer Nagellack. Und der war ziemlich abgeblättert. Keuchend legte ich meinen rechten Arm um meine Brüste und meine linke Hand über meinen Schritt. Mein Blick wanderte panisch umher und meine Lunge versuchte sich hektisch mit Luft zu füllen.

Wo zur Hölle bin ich? Und wie um alle Hexenlichter bin ich hergekommen?

Ich versuchte, zumindest die erste Frage zu beantworten. So wie es aussah, war ich auf einem Dach, auf Kies neben einer Klimaanlage.

Und zur zweiten Frage ... das Letzte, an das ich mich erinnerte, war ...

Moment mal, nein!

Das Letzte, an das ich mich erinnerte, musste ein Traum sein, denn auf gar keinen Fall waren mir Krallen gewachsen und ich hatte eine Fae eingeholt. Ich erinnerte mich außerdem an vier Gestalten, die aus dem Nichts aufgetaucht waren und dann ... und dann was?

Ich hatte keine Ahnung. Und was war mit Jake? Ging es ihm gut?

Zitternd kam ich auf die Füße und ging zum Rand des Daches, wobei ich meine wichtigsten Körperteile weiterhin bedeckte. Auf der anderen Straßenseite befand sich Cup o' Java mit zugezogenen Fensterläden.

Verdammt!

Ich war auf dem Dach meines Bürogebäudes, aber wie war ich hier hingekommen? Vielleicht war ich ohnmächtig geworden und Jake hatte mich hergebracht. Ich schüttelte den Kopf. Nein, das ergab überhaupt keinen Sinn. Er hätte mich nicht nackt auf dem Dach zurückgelassen. Vielleicht war ich von Aliens entführt worden und jetzt war ich mit einem glubschäugigen grünen Baby schwanger. Ich erschauderte.

Und was war mit Stephen? Hatte Jake ihn gefunden?

Die Fragen vervielfachten sich in meinem Kopf wie Kaninchen auf Hormontherapie und egal, wie kreativ ich mit meinen Antworten wurde, keine von ihnen ergab einen Sinn. So wichtig es auch war, herauszufinden, was passiert war, ich hatte ein dringenderes Problem ... Ich musste hier herunterkommen, bevor die Leute die Straße unten bevölkerten. Es war wahrscheinlich schon kurz vor 6 Uhr morgens, also würde es nicht mehr lange dauern.

Ich rannte zum hinteren Teil des Gebäudes und zuckte zusammen, als sich der Kies in meine Fußsohlen bohrte. Es gab keine Feuertreppe, also war ein efeubewachsenes, altes Spalier meine einzige Rettung. Als ich dort ankam, seufzte ich erleichtert, als ich feststellte, dass das Spalier bis zum Dach reichte.

Nachdem ich mich vergewissert hatte, dass mich niemand sehen konnte, schwang ich ein Bein über den Vorsprung und ließ meinen nackten Hintern auf das Spalier sinken, wobei meine Füße und Hände in den dichten Ranken nach Halt suchten. Ein kühler Wind blies mir um die Pobacken und ließ mich frösteln. Zu allem Überfluss bekam ich Gänsehaut und meine Brustwarzen wurden hart. Meine Wangen erröteten, als ich mir vorstellte, wie irgendein Perversling zusah, wie ich hinunterkletterte. Aber ich weigerte mich, mich noch einmal umzusehen und sagte mir, dass niemand zu dieser Uhrzeit in der Gasse unterwegs wäre.

Das Spalier knarzte und ich hatte Angst, dass es unter meinem Gewicht nachgeben würde, aber es hielt und ich schaffte es nach unten.

Ich bestätigte, dass die Gasse tatsächlich verlassen war und dass niemand meinen Hintern angestarrt hatte. Oder meine Brüste.

Der Gestank von Müll, der von dem nahegelegenen Container herüberwehte, erinnerte mich daran, dass ich meine Tasche in der Werkstatt liegen gelassen hatte. *Verdammt*, würde sie jemand finden? Ich musste noch einmal hingehen, um sie zu holen. Aber das war ein Problem für später, da ich immer noch an der Sache mit der Nacktheit arbeitete.

Ich sah mich in beide Richtungen der Gasse um und als ich sicher war, dass mich keine Spanner beobachteten, rannte ich durch die Gasse und um das Gebäude. Zweifellos enthielt mein Mietvertrag eine Klausel, in der es um weibliche Flitzer ging.

An der Ecke blieb ich stehen und überprüfte die Straße. Niemand war zu sehen. Ich wollte gerade zu meinem Büro hinüberrennen, blieb jedoch stehen, als ich ein Auto hörte. Während ich wartete und den Rücken gegen die Wand drückte, schlug mir das Herz bis zum Hals. Das Auto rauschte vorbei und verschwand.

Ich atmete aus, stürmte hinaus und rannte an Jakes Büro vorbei. Als ich meine Tür erreichte, zog ich am Griff, aber sie war natürlich abgeschlossen. Fluchend ging ich wieder zurück zu Jakes Gebäude, doch erstarrte, als ich bemerkte, dass mich jemand von der anderen Straßenseite aus beobachtete.

Einen Moment lang tat ich so, als ob es mich unsichtbar machen würde, mich nicht zu bewegen. Dann schluckte ich und sah zum Kaffeehaus hinüber. Willow McNeel, die Besitzerin von Cup o' Java, starrte mich mit offenem Mund an. Ich grinste und wackelte fast zum Gruß mit den Fingern in ihre Richtung, nur, dass meine Hände anderweitig beschäftigt waren. Sie zeigte keinerlei Reaktion und starrte mich weiterhin erstaunt an.

Das war's. So verliere ich meine Agentur.

„Bürgersteig", murmelte ich leise, „bitte öffne dich und verschling mich."

Der Bürgersteig gehorchte mir nicht, also riss ich meinen gedemütigten Blick von Willow los und ging würdevoll zu Jakes Tür. Ich sprach ein stilles Gebet. Fast jedes Mal, wenn ich hierhergekommen war, hatte seine Tür offen gestanden. Sie würde auch dieses Mal offen sein. Ich griff nach dem Knauf, drehte ihn und zog.

„Verdammt, verdammt, verdammt!", fluchte ich, während Tränen meine Augen füllten.

Was jetzt? Was JETZT?!

„Psst, psst."

Ich sah über meine Schulter. Willow bewegte einen Finger und bedeutete mir damit, zu ihr zu kommen. Tja, sie hatte alle meine Argumente bereits von Weitem gesehen. Es wurde Zeit, dass sie sie auch aus der Nähe bewundern konnte. Nachdem ich mich nach Verkehr umgesehen hatte, rannte ich über die Straße, wobei meine nackten Füße auf dem schwarzen Asphalt aufschlugen.

Geschickt steckte Willow einen Schlüssel ins Schloss, öffnete die Tür des Kaffeehauses und trat aus dem Weg, während ich hineinlief und nicht eher stehen blieb, bis ich das Badezimmer erreicht hatte und mich dort vor Kälte zitternd einschloss. Der Spiegel über dem Waschbecken zeigte mir eine verschlafene Frau mit einem Wirrwarr aus Haaren mit rosafarbenen Spitzen und ölverschmierten, prallen Brüsten.

Was zur Hölle hatte ich mir eingebrockt?!

Ich stank nach verbranntem Motoröl. Ich verzog das Gesicht und fuhr mit den Fingern durch mein Haar, dann attackierte ich mich selbst mit Seife und Papierhandtüchern, bis meine Haut sauber und knallrot vom Schrubben war.

Einen Moment später klopfte es an der Tür. „Geht es dir gut, Schätzchen?"

„Ähm, ja?" Ich stopfte die schwarz-verschmierten Handtücher so tief es ging in den Mülleimer. Ich hatte fast die ganze Rolle aufgebraucht.

„Ich habe etwas zum Anziehen für dich", sagte Willow. „Du kannst auch mein Handy benutzen, um Rosalina anzurufen, oder wen auch immer du gerade brauchst."

Ich schluckte meinen Stolz hinunter, der mir wie eine übergroße Pampelmuse im Hals stecken blieb und öffnete die Tür einen Spalt weit. Willow schenkte mir ein sanftes Lächeln und reichte mir ihr Handy zusammen mit einem Bündel, das aussah wie die grünen Schürzen, die ihr Personal trug.

„Hier sind zwei Schürzen", sagte Willow. „Ich dachte, dass du eine vorne und eine hinten tragen könntest."

„Danke."

Mein Gesicht fühlte sich an, als würde es vor Scham zerbrechen. Ich sah in den Spiegel, um sicherzugehen, dass es nicht abfiel. Nein, es war immer noch dran, doch vielleicht nicht mehr lange.

Ich tat, was sie vorgeschlagen hatte und hing eine Schürze richtig herum um meinen Hals und band sie im Rücken zusammen. Die andere zog ich falsch herum an und verknotete sie vorne, dann seufzte ich erleichtert. Die Schürzen berührten sich nicht und ich hatte zwei große Lücken an meinen Seiten, aber sie waren besser als nichts.

Ich hielt mein Kinn nach oben, als ich aus dem Badezimmer kam, um Willow gegenüberzutreten. Sie stand hinter der Theke und befüllte die Maschinen mit gemahlenem Kaffee, um sie für die erste Stoßzeit vorzubereiten.

„Danke", wiederholte ich. „Ich weiß nicht, was ich getan hätte, wenn …"

„Schon gut, Liebes. Das passiert uns allen mal." Sie schenkte mir ein mitleidiges Lächeln, bei dem ich mich fragte, was sie in ihrer Jugend wohl so getrieben hatte. Willow hatte drahtiges graues Haar, das normalerweise in vielen Locken um sie herum fiel, aber gerade wurde es von einer blauen Schleife zusammengehalten. Sie hatte stechende braune Augen, die von vielen Lachfalten umgeben waren. Heute hatte sie blauen Lidschatten und roten Lippenstift aufgetragen und sah aus, als bräuchte sie dringend Tipps von Rosalina.

„Ehrlich gesagt, weiß ich nicht, was passiert ist", sagte ich.

Willow wischte sich die Hände ab und blickte mich an. Ihre Schürze hing über einem Kleid mit Blumenmuster, das mich an tropische Dschungel erinnerte. „Das passiert oft, wenn man zu viel trinkt, junges Mädchen." Sie hob ihren Zeigefinger. „Du musst deine Grenzen kennen."

Ich öffnete meinen Mund, um zu protestieren, aber dann beschloss ich, dass Trunkenheit die perfekte Erklärung für all das war. „Ich … werde mich bemühen, herauszufinden, wo sie liegen."

„Tu das." Sie lief in ihrem Geschäft herum und füllte Servietten, Rührstäbchen und Zuckerpäckchen mit geübter Effizienz auf, während ich Rosalinas Nummer wählte.

„Hallo?", sagte sie und ich konnte quasi hören, wie sie bei der fremden Nummer die Stirn runzelte.

„Rosalina, ich bin's."

„Toni! Wo zur Hölle bist du? Ich habe mir solche Sorgen gemacht. Ich habe dich tausendmal angerufen und dir eine Million Nachrichten geschickt."

„Wow, ich freue mich schon, sie alle durchzugehen."

„Mach jetzt keine Scherze, Antonietta Luna Sunder. Ich musste deine Mutter anrufen und ich weiß nicht, was los ist, aber sie ist außer sich. Du musst sie zurückrufen. Sofort."

Verdammt! Manchmal nervte es, wenn man Leuten wichtig war. Warum musste Rosalina meine Mutter anrufen? Sie würde mich darüber ausfragen. Sie wusste, dass Rosalina nicht so schnell ausflippte. Außerdem hatte ich Moms Anrufe schon ein paar Tage lang ignoriert.

„Okay, ich rufe sie an, aber ... meinst du, du kannst mich abholen und ... mir Klamotten mitbringen?"

Eine Pause. „Wo bist du?"

„In Willows Kaffeehaus."

„Und warum brauchst du Klamotten?"

„Ähm, das ist kompliziert. Ich kann es dir später erklären."

„Ist irgendwas mit Jake passiert? Hat er dich verletzt? Denn wenn es so ist, dann schwöre ich ... oh Gott! Bitte sag mir, dass du nicht mit ihm geschlafen hast."

„Nein, so ist es nicht, aber hey, weißt du seine Nummer noch?"

„Nein. Du hast die Karte mitgenommen."

Und sie war in meiner Tasche. Bei meinem Handy. „Egal. Komm einfach und hol mich ab."

Ich seufzte, als ich auflegte. Ich überlegte, Mom anzurufen, aber ich wollte mich gerade nicht mit ihr befassen. Mit wem ich wirklich sprechen wollte, war Jake. Ich musste unbedingt herausfinden, was passiert war.

Ich drehte mich zu Willow um. „Danke, dass ich dein Handy benutzen durfte."

„Jederzeit." Sie sah mich kaum an, während sie ihr Handy in die Tasche ihrer Schürze steckte und dann von Tisch zu Tisch ging und die bereits sauberen Oberflächen mit Desinfektionsmittel abwischte.

Ich öffnete den Mund, um sie um eine Tasse Kaffee und einen Muffin zu bitten, als ein Motor draußen aufheulte und Jake vor seinem Büro vorfuhr.

Mit einem Schrei stürzte ich aus der Tür und rannte über die Straße. Eine Windböe wehte mir über den Rücken und hob die Schürze an. Ich schlug sie herunter und schlurfte unbeholfen auf die andere Straßenseite.

„Jake!"

Er erschrak und drehte sich zu mir um. Er sah schrecklich aus. Sein Haar war zerzaust und ein blauer Fleck mit einer klaffenden Wunde in der Mitte zog sich über seinen Kiefer. Unter seinen Augen, die vor Erschöpfung halb geschlossen waren, bildeten sich starke Schatten.

„Toni." Er sah mich von oben bis unten an. „Was zur Hölle trägst du da? Wo sind deine Schuhe?" Er starrte meine Zehen an und ich bewegte sie unbehaglich.

„Ähm, wilde Party, aber das ist jetzt egal. Stephen, hast du ihn gefunden?"

Langsam breitete sich ein Lächeln auf seinem Gesicht aus. „Das habe ich. Er ist im Krankenhaus. Von dort komme ich gerade. Er wird wieder gesund."

„Oh, Gott sei Dank!"

„Es war ein verdammt harter Kampf. Vampire und Gestaltwandler haben zusammengearbeitet. Aber Ulfens Rudel ist aufgetaucht und ich hatte ungeahnte Hilfe." Er runzelte die Stirn und seine Augen wurden einen Moment lang trüb. Dann riss er sich aus seinen Gedanken und sprach weiter. „Als die Polizei kam, sind alle weggerannt. Niemand wurde verhaftet."

„Verdammt!" Dann hatte Ulfen meine Nachricht also erhalten. Gut.

Er nickte und trotz seiner Erschöpfung konnte ich sehen, dass ihm eine große Last von den Schultern genommen worden war. Er hatte erreicht, was er sich vorgenommen hatte. Er hatte seinen Freund gefunden. Lebend.

„Ohne dich hätte ich es nicht geschafft", sagte er.

Ich winkte ab und überlegte ihm zu sagen, dass ich ihm zur Werkstatt gefolgt war, nachdem sein Großvater mir verraten hatte, wo ich ihn finden würde, aber irgendetwas an der ganzen Situation passte mir nicht – ganz zu schweigen von der Tatsache, dass ich mich an die Hälfte der Nacht nicht mehr erinnern konnte. Also entschied ich mich stattdessen für Schuldzuweisungen.

„Es war nicht cool, dass du mich bei deinem Großvater gelassen hast", sagte ich.

Er legte seinen Kopf schief. „Ich dachte, dass du nichts damit zu tun haben willst ... mit Detektivsachen."

„Das ist nicht fair und das weißt du. Ich habe mit da drin gesteckt."

Er machte ein Geräusch, als würde er es in Erwägung ziehen, dann fiel sein Blick auf die Lücken, die die Schürzen an meinen Seiten ließen. Hitze kroch meinen Hals hinauf und erwärmte meine Wangen.

„Ich glaube, ich mag dieses Outfit", sagte er. „Es schreit irgendwie *Barista-Chic*. Vielleicht rufst du einen neuen Trend ins Leben."

Ich weigerte mich, mich von ihm in Verlegenheit bringen zu lassen, also stemmte ich meine Hände auf die Taille und streckte meine Hüfte vor. „Das könnte ich."

„Du solltest verschiedene Farben ausprobieren. Rot steht dir am besten."

„Ich bringe auch eine Version für Männer raus."

„Ooh, sexy." Er schürzte die Lippen, als ob ihm die Idee gefiele.

Meine Fantasie ging mit mir durch und ich musste den Blick abwenden, bevor er herausfand, dass ich ihn mir in einem Lendenschurz vorstellte.

„Toni." Er trat einen Schritt näher und ergriff meine Hand.

Mein Blick wanderte zurück zu ihm.

„Ich möchte mich bei dir bedanken. Wie ich schon sagte, ohne deine Hilfe wäre Stephens Leben immer noch in Gefahr oder schlimmer." Seine Stimme war leise und tief und verursachte ein seltsames Gefühl in meiner Brust. Ich stieß einen heißen Atemzug aus und wusste nicht, was ich sagen sollte. Am Anfang hatte ich nicht helfen wollen. Ich war egoistisch gewesen. Ich hatte keine Anerkennung verdient.

Als ob er meine Gedanken gelesen hätte, sagte er: „Ich hatte kein Recht, dich da mit hineinzuziehen und dein Leben auf den Kopf zu stellen. Ich hätte es nicht getan, wenn ich nicht jede andere Möglichkeit ausgeschöpft hätte. Es tut mir leid, dass es nicht immer einfach war, mit mir auszukommen."

„Das ist eine Untertreibung."

Er lachte und fing an, kleine Kreise auf meinem Handrücken zu zeichnen.

„Es tut mir leid, dass ich ... egoistisch war", brachte ich heraus.

Jake schüttelte seinen Kopf. „Das warst du nicht. Du hast getan, was für dich richtig war und das bewundere ich." Er kam einen winzigen Schritt näher und sein silberner Blick fiel auf meine Lippen.

Gigantische Schmetterlinge schwirrten in meinem Bauch umher, als ich daran dachte, dass ich unter meinen Schürzen nichts trug.

Er kam näher und erinnerte mich an den Moment im Weinkeller seines Großvaters.

Ich räusperte mich. „Jake, warum hast du mich gestern Abend geküsst?"

Da schien er zu merken, dass er mich gerade wieder küssen wollte und er trat einen Schritt zurück und ließ meine Hand los.

Ich schnaubte. „So läuft das also?" Ich hob mein Kinn und schluckte den Kloß in meinem Hals. Dann öffnete ich meinen Mund, um noch etwas zu sagen, etwas, das ich bereut hätte – doch zum Glück fuhr Rosalina in ihrem kleinen Auto vor, aus dessen Lautsprechern Salsamusik drang, die so gar nicht zu meiner Stimmung passte. Ich sah zu meiner Freundin, die bei meinem Anblick die Stirn runzelte.

Schweren Herzens trat ich von Jake zurück. „Rosalina nimmt mich mit."

Er beugte sich vor und sah aus, als wollte er etwas sagen, aber am Ende biss er sich auf die Lippe und winkte mir nur leicht zu.

Ich wirbelte herum, stieg ins Auto und sah Rosalina an. „Fahren wir."

Sie presste ihre Lippen zu einer dünnen Linie zusammen, als sie auf mein Outfit blickte. Zum Glück sagte sie nichts dazu und fuhr uns einfach nach Hause.

KAPITEL 38

Der nächste Tag war ein wunderbarer Frühlingstag mit Sonne und perfekten zweiundzwanzig Grad. Ich schlenderte mit zwei großen Blumensträußen in das Barnes-Jewish Krankenhaus – einer für Tom und einer für Stephen. Beiden Männern ging es besser und sie standen kurz vor der Entlassung, was mich beruhigte.

Gestern, nach meinem nackten Debakel, hatte ich mich damit beschäftigt, meine Tasche hinter diesem Müllcontainer hervorzufischen. Was für ein Spaß. Zumindest war sie noch dort gewesen und nur eine Kakerlake war hinein gekrabbelt. Die Werkstatt auf der anderen Straßenseite hatte bei Tageslicht wie ein nukleares Katastrophengebiet ausgesehen, aber ich war nicht lange dort geblieben. Bevor mich jemand bemerken konnte, war ich durch den hinteren Teil der Gasse wieder verschwunden. Außerdem hatte ich nicht wenig Zeit damit verbracht, Rosalina zu erklären, dass ich nicht wusste, wie ich im Evakostüm auf dem Dach unseres Bürogebäudes gelandet war und jetzt machte sie sich genauso viele Sorgen um dieses schöne Rätsel wie ich.

Ich hielt mein Kinn hoch und versuchte, aus dem schönen Tag und dem Wohlergehen meiner Freunde Optimismus zu schöpfen. Ich hatte heute zwei Termine mit potenziellen Kunden und ich brauchte alles an Zuversicht, was ich bekommen konnte. Keiner der Leute, mit denen ich nach Celina Morellis Debakel geredet hatte, hatte uns engagiert und ich begann mir Sorgen zu machen. Heute Morgen hatte ich als Erstes unser Budget durchgesehen, um herauszufinden, wie viel Zeit wir hatten, bevor wir unseren Kredit nicht mehr bedienen konnten. Wir hatten höchstens ein paar Monate, wenn wir den Gürtel enger schnallten. Nach diesem Besuch würde ich meine Maklerin anrufen müssen, um ihr zu sagen, dass die Wohnung in Compton Heights nicht infrage kam. Verdammt, es fühlte sich an, als würde mein Leben in die Brüche gehen.

Nachdem ich meine Gedanken sortiert hatte, fuhr ich mit dem Aufzug in den zweiten Stock und erntete ein Lächeln von einer alten Dame, die mit mir fuhr.

„Wunderschöne Blumen", sagte sie.

„Da haben Sie recht."

Ein Klingeln ertönte und die Türen glitten auf. Ich beschloss, zuerst zu Stephen zu gehen. Ich brachte die schwierigeren Aufgaben gern zuerst hinter mich. Es wäre seltsam, ihn wiederzusehen, aber ich musste es tun. Außerdem hatte Jake gesagt, dass Stephen mich sehen und mir für meine Hilfe bei seiner Rettung danken wollte.

„Kann ich die Blumen hierlassen, während ich den ersten Patienten besuche?", fragte ich eine grauhaarige Krankenschwester an der Empfangsstation.

„Sicher, Liebes."

„Danke."

Ich ließ einen Strauß dort, dann ging ich zu Zimmer 2366 und klopfte an die Tür.

„Herein", rief eine vertraute Stimme von drinnen.

Ich öffnete die Tür und war erstaunt, als Ulfen Erickson mich mit einem freundlichen Lächeln begrüßte. Meine Überraschung war dumm, denn es war nur natürlich, dass ein Vater seinen Sohn nach einer schrecklichen Tortur wie der, die Stephen durchgemacht hatte, besuchte – egal, wie entfremdet sie gewesen waren.

„Oh, ich kann später wiederkommen." Ich sah Stephen an, der auf der anderen Seite des Raumes war.

Er schien einen Moment lang überrascht zu sein, dann breitete sich ein Lächeln auf seinen Lippen aus und verjagte die ernste Miene, die zuvor auf seinem Gesicht geruht hatte.

„Toni!", rief er von seinem Bett aus und drückte sich auf die Ellenbogen. „Bitte, komm herein!"

Unsicher sah ich Ulfen an.

„Kommen Sie herein, Miss Sunder." Ulfen winkte mit der Hand. „Ich wollte gerade gehen."

„Sind Sie sicher?"

„Ja." Ulfen nickte und neigte höflich den Kopf. Er trug einen grauen Anzug mit einer silbernen Krawatte; sein rotes Haar und sein Bart waren perfekt gestylt. Er überragte das Bett mit seinen zwei Metern und schüttelte seinem Sohn zum Abschied die Hand. Ich runzelte die Stirn, weil mich sein geschäftsmäßiges Auftreten irritierte. „Ich komme dich morgen abholen", sagte er und wandte sich zur Tür.

Ich trat zur Seite, um ihn durchzulassen, stand unbeholfen neben meinen Blumen und schaute über die dichten Blütenblätter hinweg. Sie rochen wunderbar und ich genoss ihren süßen Duft, seit ich sie im Blumenladen abgeholt hatte. Jetzt freute ich mich darüber, wie sie mich vor dem bösen Werwolf beschützten.

Ulfen blieb an der Tür stehen und warf mir einen Seitenblick zu. „Mir wurde zugetragen, dass Sie maßgeblich daran beteiligt waren, meinen Sohn zu finden."

„Oh, das würde ich so nicht sagen."

Er ignorierte meinen schwachen Protest und fügte hinzu: „Ich würde dir gern danken." Seine blauen Augen waren trotz seiner Worte ernst und unnachgiebig, als hasste er es, mir etwas zu schulden.

Ich senkte den Kopf leicht und lächelte. Ich hatte es nicht für ihn getan. Tatsächlich hatte ich es nicht einmal für Stephen getan. Wenn Ulfen jemandem danken wollte, sollte es Jake sein. Ich fragte mich, ob er es bereits getan hatte, oder ob er wie immer arrogant gewesen war.

Damit war die Sache erledigt und er verließ den Raum mit den festen Schritten seiner teuren Lederschuhe. Ich drehte mich zu Stephen um, der einen Seufzer der Erleichterung ausstieß und seine volle Aufmerksamkeit auf mich richtete.

„Ich habe dir Blumen mitgebracht." Ich ging zu ihm hinüber und legte den Strauß auf seinen Nachttisch.

„Das musst du doch nicht."

Er sah zu mir hinauf und seine blauen Augen ähnelten denen seines Vaters so sehr und doch überhaupt nicht. Sie waren von echter Güte erfüllt und in ihren Winkeln zeichneten sich schwache Lachfalten ab. Die Ähnlichkeit ging auch über die Augen hinaus. Er hatte das gleiche rote Haar und die gleichen breiten Schultern, nur war er im Augenblick dünn und blass.

Ich sah ihn besorgt an. Ein gelbliches Hämatom zeichnete sich auf seiner linken Wange ab und erstreckte sich bis zu seinem leicht geschwollenen Auge. Verbände bedeckten seine linke Hand und ich musste den Blick abwenden, als ich an seinen abgeschnittenen Finger dachte.

Er bemerkte meine Reaktion und hielt seine Hand hoch. „Einen Ehering werde ich nicht so einfach tragen können. Sie haben den Ringfinger genommen", sagte er mit einem verächtlichen Lachen.

„Es tut mir so Leid, Stephen."

„Oh, das muss es nicht. Es hätte schlimmer kommen können. Dem armen Blake ist es nicht so gut ergangen." Er senkte den Kopf, als ihn Trauer überkam. Er war mit diesem Bodyguard aufgewachsen. Sie waren die besten Freunde gewesen. Stephen sah zu dem Tisch auf der anderen Seite des Bettes. Darauf lag etwas Vertrautes, das mich daran erinnerte, dass ich ihm mehr mitgebracht hatte, als nur Blumen.

Ich griff in meine Hosentasche und zog den silbernen Manschettenknopf heraus, den ich dazu benutzt hatte, ihn aufzuspüren; den, den Ulfen mir in seinem Club gegeben hatte. Ich streckte die Hand aus und hielt ihn ihm hin. „Hier."

Er nahm ihn überrascht aus meiner Hand. „Wo hast du den her?"

„Dein Vater hat ihn mir gegeben, damit ich dich aufspüren kann."

Die Falten auf seiner Stirn wurden tiefer, als er den Manschettenknopf vom Tisch nahm und ihn neben den anderen auf seine Handfläche legte. Zwei Mondsicheln.

„Blake hat sie mir letztes Jahr zum Geburtstag geschenkt", flüsterte Stephen.

Ein Kloß bildete sich in meinem Hals.

Er rieb sich das Kinn und kniff die Augen zusammen, während er stark über etwas nachzudenken schien. „W-wie hat mein Vater ihn bekommen?", fragte er in den Raum. „Ich dachte … ich erinnere mich … " Er verstummte.

Ich beugte mich vor. „Was?"

Stephen schüttelte den Kopf und lachte selbstironisch. „Nichts. Ich dachte, ich hätte beide Manschettenknöpfe bei mir im Lieferwagen gehabt, aber meine Erinnerung an das alles ist schwammig. Sie haben mir ein paar Mal auf den Kopf geschlagen."

Mein Atem stockte, als ich seinen Gedankengang verstand. Wenn er beide Manschettenknöpfe im Wagen dabei gehabt hätte, würde das bedeuten, dass Ulfen seinen von den Entführern bekommen hatte. Plötzlich schossen mir eine Million Fragen durch den Kopf. War das möglich? Könnte Ulfen seinen eigenen Sohn entführt haben, um einen Krieg anzuzetteln? Hatte er diese Männer geschickt, um mich zu schnappen? Und wenn ja, warum? Damit ich seine Pläne nicht durchkreuzen konnte? Ich blickte auf Stephens verbundene Hand hinunter. War Ulfen für den verstümmelten Finger verantwortlich?

„Hey." Stephen holte mich in die Gegenwart zurück. Er setzte ein versöhnliches Lächeln auf. „Ganz ruhig, ich weiß, was du denkst, aber so etwas würde er nie tun."

Ich schenkte ihm ein schwaches Lächeln. Ich glaubte, dass Ulfen zu vielen Dingen fähig war, aber ich kannte ihn nicht genug, um anzunehmen, dass er seinem Sohn so wehtun würde.

Stephen schnaubte. „Er sorgt sich zu sehr um sein verdammtes Vermächtnis, um seinen einzigen *Erben* zu gefährden." Sein Ton war höhnisch.

Ich nickte. Das war wohl wahr. „Wer war es dann?", fragte ich. „Hast du eine Idee, wer dahinterstecken könnte?"

Er schüttelte den Kopf. „Nein. Der Lieferwagen wurde vor einem Monat als gestohlen gemeldet und bisher gibt es keine Beweise dafür, dass Bernadetta und ihre Leute etwas Falsches getan haben. Sie besteht darauf, nichts damit zu tun zu haben."

Verdammt, es war so verwirrend. Ich hatte Bernadettas Fahrer dort gesehen und jetzt fragte ich mich, ob Ulfen es getan hatte. Und was war mit der weiblichen Fae und dem Prinzen? Gott, ich musste jemandem sagen, was ich wusste. Ich war so beschäftigt mit der Nacktheits-Sache gewesen, dass ich nicht gemerkt hatte, dass ich vielleicht die einzigen

Informationen hatte, die zu den Tätern führen würden. Ich musste mit Tom sprechen. Er wüsste genau, was zu tun war.

„Ist alles in Ordnung?", fragte Stephen und griff mit seiner gesunden Hand nach meiner.

Seine warme Berührung überraschte mich, als seine große Hand meine umschloss.

„Ja, natürlich." Es hatte keinen Sinn, Stephen damit zu belasten – nicht, wenn es uns nicht zu seinen Entführern führte.

„Jake hat mir erzählt, was du getan hast. Danke, Toni."

„Du musst mir nicht danken." Hitze stieg meinen Hals hinauf, als ich mich daran erinnerte, wie egoistisch ich am Anfang gewesen war. „Jake ist derjenige, dem du danken solltest."

Nachdenklich nickte Stephen. „Das weiß ich. Er ist gestern Abend bei mir geblieben, bis meine Familie ankam. Er ist ein toller Freund."

„Er hat mir erzählt, wie ihr euch in New Orleans kennengelernt habt."

„Stell dir vor, wie überrascht wir waren, als wir herausfanden, dass du eine … gemeinsame Bekanntschaft bist."

„Bekanntschaft" war eine Art, es zu beschreiben, aber ich war froh, dass er nicht „Freundin" gesagt hatte.

„Ich muss zugeben, dass ich eifersüchtig war", sagte Stephen und sein Blick brannte sich mit der gleichen Intensität wie früher in meine.

Ich leckte mir über die Lippen und fühlte mich plötzlich unbehaglich. Wenn ich die Situation richtig einschätzte, fühlte er sich immer noch zu mir hingezogen und ehrlich gesagt fühlte ich dasselbe. Er war attraktiv und aufmerksam, was könnte man *mehr* wollen?

„Ich werde morgen entlassen", sagte er und seine Finger drückten meine. „Ich möchte dir richtig danken. Lass mich dich zum Mittagessen einladen. Du kannst dir aussuchen, wo."

Lud er mich zu einem Date ein? Es fühlte sich so an.

„Ähm … dein Vater …"

„Vergiss meinen Vater. Er hätte sich nie in unsere Angelegenheiten einmischen dürfen und ich hätte es nicht zulassen sollen. Ich habe das immer bereut. Ich habe mich im letzten Jahr sehr verändert, Toni und ich habe gelernt, mich nicht von ihm kontrollieren zu lassen. Bitte, geh mit mir aus. Wir haben viel zu besprechen."

„Aber solltest du dich nicht ausruhen?"

Er schüttelte entschlossen seinen Kopf. „Das ist das Letzte, was ich will. Ich dachte, dass ich sterben würde. Du weißt nicht, wie verdammt gut es sich anfühlt, am Leben zu sein. Ich kann es nicht abwarten, rauszukommen. Ich war elf Tage und fünfzehn Stunden in diesem Lieferwagen eingesperrt. Ich brauche frische Luft."

Ich verstand, wie er sich fühlte, aber mit ihm auszugehen schien keine gute Idee zu sein. Doch wie konnte ich nein sagen, nach allem, was er durchgemacht hatte?

„Klar, ich würde mich freuen." Ein Mittagessen. Das wäre alles.

Er grinste von einem Ohr zum anderen und seine Augen glänzten. Dann richtete sich sein Blick auf die Tür und ich drehte mich um, um zu sehen, was seine Aufmerksamkeit erregt hatte. Mein Herz rutschte mir in die Hose. Da stand Jake mit neutraler Miene, aber zu Fäusten geballten Händen.

„Hey Jake!", rief Stephen, ohne zu wissen, dass Jake kurz vor dem Explodieren war. „Wir haben gerade darüber gesprochen, was für ein toller Freund du bist."

Bei dem Wort *Freund* zuckte Jakes linkes Auge. So wie er mich ansah, gefiel ihm die Verwendung dieses Wortes nicht, allerdings war ich nicht diejenige, die es benutzt hatte. Das war Stephen gewesen. Jake stand nicht einmal auf meiner Freundesliste. Sein Name stand ganz für sich in einem Katalog mit der Überschrift „Arschloch". Nicht, dass er das einzige Arschloch war, das ich je getroffen hatte, aber er war das einzige, das ich im Auge behalten musste, besonders, weil ich so eine Schwäche für ihn hatte.

Diese verdammte dumme Anziehungskraft von Jake Knight!

Er schlenderte gelassen in den Raum, seine Hände entspannten sich, seine Züge nahmen einen unbekümmerten Ausdruck an. Er versuchte, cool zu wirken, aber ich hatte seine Eifersucht bemerkt. Und weil ich eine schlechte Person war, wünschte ich mir, dass es wirklich möglich wäre, vor Neid grün zu werden.

„Ich sollte gehen", sagte ich.

Stephen hielt mich fest. „Nein, bleib."

Jakes kühler Blick fiel auf unsere Hände. Ein Muskel in seinem Kiefer zuckte.

Ich zog meine Hand sanft aus Stephens. „Ich muss noch jemand anderen besuchen und habe später Termine mit Kunden, aber wir sehen uns dann später."

„Okay." Er kramte ein Handy unter der Decke hervor und gab es mir. „Speichere deine Nummer ein, damit ich dich anrufen kann."

Ich tippte meine Nummer in sein Handy und gab es ihm mit einem breiten Lächeln zurück. „Ich freue mich auf unser Treffen."

„Ich mich auch."

„Bis dann, Jake." Ich winkte ihm leicht zu und verließ den Raum. Vor der Tür blieb ich stehen und atmete durch – ich wusste nicht, was ich darüber denken sollte, was gerade passiert war.

„Es macht dir doch nichts aus, dass ich sie zum Essen einlade, oder?" Stephens Stimme drang aus dem Raum und direkt in meine Ohren. Ich hörte genauer hin.

Keine Antwort von Jake.

„Ich meine, bei unserem letzten Gespräch über sie hast du gesagt, dass du mit ihr fertig bist."

„Das war vor Monaten", sagte Jake mit leiser Stimme.

„Oh, du willst sagen, dass du ..."

Jake lachte. „Nein, Mann. Ich nehme dich nur auf den Arm. Mach ruhig. Es ist mir egal."

Dieses Mal wurde mein Herz schwer und *verdammt noch mal*, Tränen brannten in meinen Augen. Ich marschierte davon und holte Toms Blumenstrauß an der Schwesternstation ab.

„Danke, dass Sie ihn aufbewahrt haben", sagte ich und schluckte den Kloß in meinem Hals.

„Gerne, Liebes", sagte die Krankenschwester, ohne von ihrem Computerbildschirm aufzusehen.

Während ich zu Tom ging, versuchte ich, meinen Ärger zu verdrängen, aber das konnte ich nicht. Ich hasste mich dafür, dass ich Jake so an mich heranließ. Es sollte mir egal sein, dass es ihm egal war. Ich sollte ihn hassen, oder noch besser überhaupt nichts fühlen, als gäbe es ihn gar nicht.

Bevor er aufgetaucht war, war ich wirklich gut klargekommen, aber jetzt ...

Ich blieb vor Zimmer 2221 stehen, atmete tief durch und war entschlossen, Jake aus meinem Kopf zu verbannen. Wenn er mich trotz unserer unbestreitbaren Anziehungskraft so leicht vergessen konnte, dann konnte ich das auch. Ja, die Chemie zwischen uns war schon immer extrem gewesen, aber das war nicht dasselbe wie Liebe. Es schien, als hätte ich diese beiden Dinge schon einmal miteinander verwechselt und ich weigerte mich, das wieder zu tun.

Ich straffte die Schultern, setzte das Gesicht der fröhlichen und höflichen Toni auf, die Tom verdiente, klopfte an seine Tür und trat ein.

KAPITEL 39

„Toni!" Tom begrüßte mich mit einem ebenso warmen Lächeln. Er hatte ferngesehen und drückte jetzt die Aus-Taste auf seiner Fernbedienung. Sein von Grau durchzogener Ziegenbart fehlte und ohne ihn sah er seltsam aus. „Ich habe mich schon gefragt, wann du mich besuchen kommst."

Ich legte seine Blumen auf den Nachttisch und gab ihm einen Kuss auf die Stirn. „Es ist so schön, dich zu sehen."

„Es ist auch schön, dich zu sehen, Kind." Er tat so, als würde er mir gegen das Kinn schlagen.

„Du siehst gut aus!"

„Nicht wahr?" Er fuhr mit den Händen über sein Krankenhaushemd, als ob er zeigen wollte, wie toll er darin aussah.

„Ich wollte dich schon mehrere Male besuchen, aber sie wollten mich nicht reinlassen, weil ich nicht zur Familie gehöre."

Er schnaubte. „Idioten! Du bist mehr Familie für mich als all diese Leute, die es vorgeben. Vielleicht können wir da etwas machen. Für die Zukunft, weißt du."

„Ähm, klar, aber ich hoffe, dass du in nächster Zeit nicht planst, wiederzukommen." Ich wackelte mit dem Zeigefinger.

„Auf gar keinen Fall. Noch ein paar Tage und ich sollte entlassen werden. Die Heiler sorgen dafür, dass mein Fuß mir keinen Ärger macht. Es war ein Wunder, dass sie ihn wieder anbringen konnten. Die Explosion hat ihn einfach abgerissen, aber die Sanitäter haben ihn aufgesammelt, was gut war."

Ich zuckte zusammen und erinnerte mich daran, wie schlimm es gewesen war. Das Chaos, der Rauch, die Schreie. Wer auch immer diese Bombe platziert hatte, musste hinter Gitter gebracht werden und vielleicht konnte ich dabei helfen.

„Ich merke doch, dass du etwas auf dem Herzen hast." Er zeigte auf einen Stuhl in der Ecke. „Warum setzt du dich nicht?"

Ich zog den Stuhl heran und ließ mich darin nieder. „Ich bin sicher, du hast schon gehört, dass wir Stephen gefunden haben."

„Das habe ich." Er kniff seine dunklen Augen zusammen. „Ich habe gehört, dass du eine große Rolle dabei gespielt hast. Obwohl du dich eigentlich nicht mehr in solche Sachen einmischen wolltest."

„Das stimmt, aber Jake war … hartnäckig und es war das einzig Richtige. Ich bin froh, dass ich helfen konnte."

„Warum siehst du dann so besorgt aus?"

„Tja, ich habe es noch niemandem gesagt, aber ich war dort, als Jake ihn gefunden hat und ich habe zwei der Leute dort erkannt, einschließlich eines Angestellten von Bernadetta Fiore."

Tom legte den Kopf schief und ohne ein Wort zu sagen, lauschte er meiner Geschichte. Ich erzählte nicht alles. Ich musste mein Blackout und die Tatsache, dass ich nackt auf dem Dach meines Bürogebäudes aufgewacht war, auslassen. Ich wollte nicht, dass er sich Sorgen um mich machte, oder dass er anfing, Fragen zu stellen, die ich nicht beantworten konnte, also hielt ich es für das Beste, die unerklärbaren Details zu verschweigen. Im Grunde beschränkte sich meine Geschichte darauf, dass Bertram mich in der Gasse in die Enge getrieben hatte und wie Prinz Kalyll aufgetaucht war, um die Fae vom Gelände zu schaffen. Natürlich erwähnte ich nicht, dass ich sie herumgeschubst hatte – zumal ich immer noch nicht wusste, ob ich vorübergehend verrückt geworden war und mir die ganze Sache nur eingebildet hatte oder nicht.

Als ich fertig war, dachte Tom für einen langen Moment nach. Ich fragte mich, ob er meine Lügen durchschaut hatte, aber ich konnte es wirklich nicht sagen.

Endlich sagte er: „Ich werde ein paar Anrufe machen. Du musst zur Wache gehen und eine Aussage machen, dann können wir Bernadettas Fahrer zur Befragung mitnehmen. Außerdem werden wir einen Zeichner damit beauftragen, ein Phantombild von dieser Gonira anzufertigen, falls sie hier wieder auftaucht."

„Klingt gut. Ich hoffe, es kommt etwas dabei heraus."

„Ich auch. Ich auch." Er nickte nachdenklich. „Wir brauchen einen Durchbruch. Sie haben die Leiche der Frau gefunden, die die Bombe platziert hat, das führt also zu nichts. Wer auch immer sie geschickt hat, hat darauf geachtet, dass sie dabei draufgeht."

Mich übermannte der Gedanke, dass sie es verdient hatte.

Es klopfte an der Tür und Pater Vincent kam in legerer Kleidung, Jeans, Oxfords und einem bis zu den Ellbogen hochgekrempelten Hemd, herein. Ohne seinen klerikalen Kragen und die dunkle Kleidung sah er anders aus. Entspannter und viel besser.

„Ich habe schon Angst gehabt, dass du nicht auftauchen würdest", sagte Tom.

Pater Vincent sah auf seine Armbanduhr. „Ähm, ich bin zwei Minuten zu spät."

„Genau."

Der Priester lachte, schüttelte den Kopf und richtete seine Aufmerksamkeit auf mich. „Toni, schön, dich zu sehen." Seine Wangen erröteten, als ob er aus irgendeinem Grund beschämt wäre.

„Dich auch." Ich schenkte ihm ein warmes Lächeln und merkte an ihrem Gespräch, dass sich die zwei angefreundet hatten.

„Du siehst ... anders aus." Ich zeigte auf seine Kleidung.

„Ja ..." Er hielt einen Finger hoch, öffnete die Tür und streckte seinen Kopf nach draußen. „Hey, du kannst jetzt reinkommen."

Ich runzelte die Stirn, tauschte einen Blick mit Tom und sah ihn mit einem „Was ist hier los?"-Gesichtsausdruck an. Er zuckte die Achseln. Einen Moment später fiel ich fast aus meinem Stuhl, als Celina Morelli in den Raum kam. Mein Mund öffnete und schloss sich und ein schockiertes Quietschen blieb in meiner Kehle stecken.

„Celina, sieh mal, wer hier ist." Pater Vincent nickte in meine Richtung.

„Oh, hallo Toni." Sie lächelte mich breit an. Ihre braunen Augen funkelten, als ob Sterne in ihnen feststeckten. Tatsächlich schien dieser engelsgleiche Schein ihr ganzes Gesicht zu umgeben.

„Wie ... habt ihr zwei ...?"

„Ihre Partnerin", sagte Celina.

„Was?!" Ich konnte es nicht glauben. Rosalina hatte es ohne meine Zustimmung erzählt? Sie hatte mich verraten?

Celina kam einen Schritt näher. „Oh, bitte seien Sie nicht sauer auf sie. Es ist nicht ihre Schuld. Nach unserem Telefonat war ich wütend, also bin ich in die Agentur gefahren, um meine Anzahlung zu holen und die Wahrheit über Ihr angebliches Versagen zu erfahren. Wie Sie sehen, habe ich sie aus ihr herausbekommen."

„Aus ihr herausbekommen? Wie?" Und warum zum Teufel hatte mir Rosalina nichts von all dem erzählt?

„Ich habe vielleicht ... damit gedroht, die Agentur zu verklagen."

„Sie haben was?!"

„Das hätte ich natürlich nicht."

Aus irgendeinem Grund glaubte ich ihr nicht. Mein Blick fiel auf Pater Vincent. Sollte ich ihn überhaupt noch so nennen? Er stand mit seinen Händen in den Taschen da und wippte von seinen Fersen auf die Zehenspitzen und wieder zurück. Tom saß still in seinem Bett und verfolgte die ganze Sache mit großem Interesse, als ob er eine Seifenoper ansehen würde.

Celina hakte sich bei ... Vincent ein. „Nachdem Ihre Partnerin es mir verraten hat, bin ich zu ihm gegangen und habe alles erklärt. Es ist genau so, wie Sie es versprochen haben. Wir sind perfekt füreinander."

„Aber ... was ist mit seinem Job?" Ich fühlte mich schrecklich. Das war alles meine Schuld. Er hatte seine Berufung aufgegeben und all diese Menschen, denen er hätte helfen können, hatten jetzt einen Engel weniger an ihrer Seite. „Oh Gott, ich fühle mich schrecklich."

„Bitte nicht", sagte Vincent und sah schüchtern zu Celina. „Ich muss zugeben ... nichts hat sich in meinem Leben je so richtig angefühlt. Außerdem gibt es mehr als eine Art und Weise, glücklich zu sein und dem Herrn zu dienen."

Was?! Er musste wirklich eine religiöse Erfahrung gehabt haben, eine wahrhaft ekstatische, um seine Meinung so drastisch zu ändern.

Verdammt, Toni, hör auf, so versaut zu denken.

„Gehe ich recht in der Annahme, dass du die Kirche verlassen hast?", fragte Tom und verschränkte die Arme über der Brust.

„Das habe ich", bestätigte Vincent.

„Das alles für eine Frau?"

Ich zuckte zusammen. Tom wählte seine Worte nicht immer weise.

„Mh-hmm." Vincent sah aus, als würde er ein Lächeln zurückhalten; als ob er und Tom einen geheimen Witz teilten. „Ja."

„Tja, dann herzlichen Glückwunsch, Kumpel!", rief Tom.

Ich blinzelte ihn an. Tom sollte ein gläubiger Katholik sein und er war damit einverstanden? Was war hier eigentlich los? Und warum fühlte ich mich plötzlich wie die älteste Person im Raum, obwohl ich die Jüngste war?

Tom und Vincent schüttelten einander die Hände und Letzterer grinste wie ein Idiot.

„Sunder's Gefährtenvermittlung", sagte Tom in einem heiteren Ton, „bringt verlorenen Seelen überall Glück. Vielleicht muss ich auf dein Angebot, jemanden für mich zu finden, zurückkommen." Er lächelte und war froh, am Leben zu sein – wie Stephen.

„Also." Ich stand auf. „Meine Arbeit hier ist scheinbar getan."

Unerwarteterweise schloss mich Celina fest in die Arme. „Danke. Sie sind toll." Sie zog sich zurück und hielt meine Schultern fest. „Ich war, gelinde gesagt, skeptisch, aber Sie haben mich überzeugt. Ich habe Ihre Partnerin bereits bezahlt und einige meiner Freunde wollen unbedingt mit Ihnen sprechen."

„Wirklich?" Ich blinzelte wiederholt, als der Traum, die Agentur zu behalten und die Wohnung zu kaufen, vor meinen Augen Form annahm.

Ich verließ das Krankenhaus mit einem breiten Lächeln auf dem Gesicht. Mein Leben ging anscheinend doch nicht in die Brüche.

Mein Lächeln verblasste, als ich auf dem Parkplatz auf mein Auto zuging und Jake dagegen lehnen sah. Er trug eine Spiegelbrille und hatte seine

Arme über der Brust verschränkt. Als er mich bemerkte, ließ er den Camaro hinter sich und nahm seine Brille ab, dann hing er sie in den Ausschnitt seines grauen Henley-Shirts.

„Hey." Seine silbernen Augen betrachteten mich von Kopf bis Fuß.

Ich machte eine mentale Notiz über die Unterschiede, die ich kaum bemerkt hatte, als ich ihn im Krankenhaus sah. Er sah frisch geduscht aus und hatte seinen Bart kurz geschnitten und ihn an den Rändern präzise rasiert. Unter seinen Augen waren keine Schatten und der wilde Duft von Kiefer und Regen mischte sich mit einem Hauch von Sandelholzseife. Ich wollte zu einer Pfütze zerschmelzen, setzte jedoch eine harte Miene auf und nickte ihm kaum merklich zu.

„Ähm, Stephen sieht gut aus, oder?", fragte er.

„Ja."

„Ich konnte endlich etwas schlafen, jetzt, wo ich weiß, dass es ihm gut geht."

„Schön für dich."

Er stieß ein Seufzen aus. „Okay, ich schätze, ich komme besser zur Sache. Ich bin hier, weil ich dir danken möchte, für—"

„Das muss nicht noch einmal sein." Ich ging um ihn herum und öffnete die Fahrertür.

„Toni, warte."

Ich sah ihn mit hochgezogenen Augenbrauen an.

Er schluckte. „Ich schulde dir eine Erklärung, eine, die ich dir hätte geben sollen, bevor ich nach New Orleans aufgebrochen bin."

Ich wandte mich vom Auto ab und schenkte ihm meine ungeteilte Aufmerksamkeit. Mein Herz fing plötzlich an zu rasen. War das der Moment? Würde er mir endlich sagen, warum er mich verlassen hatte?

„Ich weiß, dass ein *Danke* nicht genug dafür ist, was du getan hast, um Stephen zu helfen", fuhr er fort, „und auch wenn ich glaube, dass meine Gründe dafür, dich zu verlassen, es nur noch schlimmer machen werden, ist es vielleicht eine bessere Art, meine Dankbarkeit zu zeigen, weil es das ist, was du willst."

Ich war nicht sicher, ob es ein gutes Dankeschön sein würde, aber ich musste es wissen, ich musste es verstehen, damit ich endlich so mit ihm abschließen konnte, wie er mit mir abgeschlossen hatte.

Er kam einen Schritt näher und sah mir in die Augen. „Ich wünschte, ich wäre nicht so ein Feigling gewesen und hätte dir ins Gesicht gesagt, warum ich gehen musste. Aber ich hatte Angst, dass ich ... ich es nicht beenden könnte, wenn ich mit dir rede."

Ich blinzelte langsam. Was wollte er damit sagen?

„Toni, ich bin nicht gegangen, weil du mir nicht wichtig warst. Ich bin gegangen, weil ... du mir zu viel bedeutet hast."

Verwirrung machte sich in mir breit. „Das ergibt keinen Sinn."

„Wir hätten nie zusammenziehen sollen. Ich hätte es nicht so weit kommen lassen sollen, wenn ich wusste, dass eine langfristige Beziehung zwischen uns unmöglich ist."

Ich schüttelte den Kopf. „Unmöglich? Warum?"

„Weil ich eine Pflicht zu erfüllen habe. Als mein Bruder verschwand und mein Dad irgendwann die Suche aufgegeben hat, hat er mir aufgetragen, die Blutlinie zu erhalten. Da Neil nicht mehr da ist, bin ich der Letzte in einer Reihe einer ehemals mächtigen Werwolf-Dynastie."

Ich trat einen Schritt zurück, während meine Gedanken und Emotionen außer Kontrolle gerieten und ich langsam begriff, was er meinte.

„Ich wollte nicht gehen, Toni, aber ich musste es. Ich habe ein Versprechen gegeben. Ich schulde es meinem Vater, meinem Großvater und Neil unser Erbe weiterzugeben und mit dir ... wäre das unmöglich." Bei diesem letzten Satz wurde seine Stimme leiser.

Tränen liefen mir über das Gesicht, als mir das Ausmaß dessen, was er sagte, bewusst wurde. Er hatte mich nicht verlassen, weil ich ihm nicht mehr wichtig war. Er hatte mich verlassen, weil ich keine Werwölfin war und so könnte ich ihm nie Kinder schenken, um die Knight-Blutlinie fortzuführen. Aber, genauer gesagt, verließ er mich, weil er seinem Vater ein Versprechen gegeben hatte.

Oh Gott, das war der Grund, warum er nicht gerne Versprechen gab.

Er streckte eine Hand aus, berührte meine Wange und wischte eine Träne mit seinem Daumen weg. In seinen silbernen Augen funkelten Emotionen und Reue. „Seitdem ich gegangen bin, ist kein Tag vergangen, an dem ich nicht an dich gedacht habe und als ich dich wiedersah, habe ich gemerkt, dass die Zeit, in der wir getrennt waren, nichts an meinen Gefühlen für dich geändert hat."

„Jake." Ich schluchzte seinen Namen, als mein Herz unerträglich schwer in meiner Brust wurde.

Mit seiner Hand an meiner Wange sprach er weiter. „Ich habe dich zu meinem Großvater mitgenommen, weil ich hoffte, dass er etwas in dir spürt, das ich nicht sehen konnte. Es ist selten, aber es passiert. Aber er hat dieses Potenzial nicht in dir gesehen. Du und ich, wir könnten nie—"

„Oh Gott, bitte hör auf." Ich wich von ihm zurück und ließ die Tränen jetzt fließen. Er hatte recht gehabt. Es war viel schlimmer, als es nicht zu wissen. Zu verstehen, dass ich ihm wichtig war, er aber eine andere Frau wählen musste, die ihm Kinder schenken konnte, war reine Folter.

Er senkte den Kopf und seine dunklen Wimpern verdeckten seine Augen. „Vergib mir."

Jake trat einen Schritt zurück, als wollte er gehen. Ich ergriff seine Hand. Es dauerte einen Moment, aber er sah mich an und eine tiefe Traurigkeit zeigte sich in seinen Augen, die Meine widerspiegelte.

„Ich verstehe es." Ich nickte und versuchte, die Tränen zurückzuhalten. „Ich weiß nicht, ob ich dir dafür vergeben kann, dass du mir nicht die Wahrheit gesagt hast, oder für den Schmerz, mit dem ich die ganze Zeit leben musste, aber ich verstehe es."

„Toni." Er zog an meiner Hand und schloss mich in seine Arme. Er drückte mich an seine harte Brust und vergrub seine Nase in meinem Haar. Ich biss die Zähne zusammen und schloss die Augen.

Wir hielten einander eine lange Zeit fest, ohne ein Wort zu sprechen. Was gab es noch zu sagen? Der Schmerz, den ich hinter mir gelassen zu haben glaubte, blühte neu auf, zerrte an meinem Herzen und vermittelte mir ein Gefühl der Endgültigkeit, das größer war als das, das ich an dem Tag empfunden hatte, als er mich verließ. Ich durfte nicht der Grund sein, warum er das Versprechen brach, das er seinem Vater gegeben hatte und auch nicht der Grund, warum seine Blutlinie zu Ende ging.

Natürlich verstand ich es.

Langsam zog ich mich zurück und brachte Distanz zwischen uns. „Danke, dass du es mir gesagt hast. Ich weiß, dass es nicht einfach war, aber ich glaube, es ist das Beste. Ich muss es dir jetzt nicht mehr vorhalten." Ich lächelte. „Viel Glück dabei, jemanden zu finden. Wenn du möchtest, kann ich dir helfen."

„Bitte mach keine Witze darüber."

„Entschuldige."

Er lachte traurig. „Du wirst dich nie ändern."

„Tja." Ich deutete mit dem Daumen auf das Auto. „Ich sollte besser gehen. Mom wartet auf mich."

„Dann sehen wir uns irgendwann ... und ich werde dich in Ruhe lassen, wie ich es versprochen habe."

Ich stieg ins Auto und raste vom Parkplatz. Die vielen Tränen, die ich zurückgehalten hatte, flossen ungehindert über mein Gesicht, als mein Herz zum zweiten Mal in meinem Leben in Stücke zerbrach.

KAPITEL 40

Ich fuhr in The Hill herum, bis ich meine Emotionen unter Kontrolle bekam und es schaffte, Jake lange genug aus meinem Kopf zu verbannen, dass meine Tränen trocknen konnten. Um diese Gefühle zu verdrängen, konzentrierte ich mich auf meine Mutter, die mich seit Tagen dazu drängte, sie zu besuchen.

Ich hatte sie am Telefon beruhigt, aber erst, nachdem ich ihr versprochen hatte, zum Mittagessen nach Hause zu kommen. Sie versicherte mir, dass sie mich suchen und mit einem Schutzzauber belegen würde, der so stark sei, dass ein Keuschheitsgürtel vor Neid erblassen würde, wenn ich nicht pünktlich auftauchte. Nicht, dass mich ihre Drohung erschreckt hätte. Ich brauchte keinen Keuschheitsgürtel, so wie mein Sexleben lief – oder eben nicht lief. Aber sie hatte mir noch nie so deutlich gedroht, also dachte ich mir, dass das, was sie wollte, wichtig sein musste. Außerdem hatte sie mir versprochen, mir zum Mittagessen Tortellini mit Sahnesoße zu machen.

Als ich meinen Camaro am Bürgersteig vor Moms Haus parkte, überlegte ich, Rosalina wegen Celina Morelli anzurufen. Aber ich würde warten, bis ich sie sah, denn ich wollte sie dafür küssen, dass sie unsere Ärsche gerettet und meine Versuche ignoriert hatte, das moralisch Richtige zu tun.

Zum Teufel damit, das Richtige *zu tun. Wer braucht das schon?*

Ich lachte in mich hinein, als ich die Einfahrt hinauflief. Mom öffnete die Tür, bevor ich überhaupt die Treppe zur Veranda hinaufgegangen war. Ihre braunen Augen weiteten sich, als sie mich von Kopf bis Fuß betrachtete.

„Ist alles in Ordnung, Liebes?" Sie packte meine Schultern, als ich in den Eingangsbereich trat und drehte mich nach rechts und links, während sie mich genau unter die Lupe nahm.

„Mir geht's gut, Mom." Ich schlug ihre Hände weg und legte meine Handtasche auf den Tisch. Ich schnüffelte und versuchte, die Tortellini zu erschnuppern, aber es lag weder Knoblauch noch Parmesan in der Luft. Stirnrunzelnd ging ich in Richtung Küche, fest entschlossen, mein Essen zu finden.

Als ich in die Frühstücksecke kam, erstarrte ich. Ein schlanker Mann in einem schwarzen Umhang und einem seidigen Zylinder stand mitten in der Küche. Er hatte kurzes weißes Haar, ein spitzes Kinn und trug eine runde schwarze Brille, die seine Augen verbarg.

Mom trat hinter mich und legte eine Hand auf meine Schulter. Mit fragendem Blick sah ich hinter mich.

„Ähm, du hast nicht erwähnt, dass du Besuch hast", sagte ich.

„Das ist Damien Ward. Er ist ein Freund."

„So?"

Was?! Mom war mit einem Magier zusammen? Soweit ich wusste, liefen nur Magier mit Umhängen und Zylindern herum. War das der Grund, warum sie mich unbedingt hatte herbringen wollen? Wahrscheinlich wollte sie nicht, dass meine Schwestern es ausplauderten, bevor sie die Gelegenheit hatte, es mir selbst zu sagen. Er sah nicht wie Moms Typ aus, aber jeder wie er mag.

„Wir waren zusammen am College." Moms Stimme zitterte.

Sie war nervös. Komisch. Ich hielt ein Lächeln zurück und sah mir den Kerl genauer an. Er hatte seine manikürten Hände vor seinem Körper verschränkt und stand starr da, was mir nicht gefiel. Ich runzelte die Stirn. Wenn Mom ihn seit dem College kannte, wieso hatte ich dann noch nie von ihm gehört?

Mein Herz schlug unangenehm schnell. „Äh, was ist denn los, Mom? Wo sind die Tortellini?"

Vielleicht verstand ich das alles falsch und der Mann war hier, um … eine Gebühr für alte Schulden oder ein Vergehen einzutreiben? Die verschiedenen Szenarien wirbelten in meinem Kopf herum, als ein Instinkt mich in Alarmbereitschaft versetzte und mir sagte, dass etwas faul an der Sache war.

„Nichts ist los, Liebes." Sie schenkte mir ein Lächeln, aber es erreichte ihre Augen nicht. „Er stattet mir nur einen Besuch ab. Warum setzt du dich nicht? Und ich wärme dir deine Tortellini auf." Sie ging zum Kühlschrank hinüber.

Aufwärmen? Jetzt wusste ich, dass etwas ganz und gar nicht stimmte. Mama würde nie etwas Aufgewärmtes servieren. Sie kochte immer genaue Portionen und hatte etwas gegen Reste. Sie sagte, die Hälfte davon lande immer im Müll und sie hasste es, Essen zu verschwenden.

Ich blieb stehen, denn meine Fluchtbereitschaft ließ nichts anderes zu.

Damien nahm seine dunkle Brille ab und entblößte kupferfarbene Augen. Ein Schauer lief mir über den Rücken und meine Sinne arbeiteten wie in der Nacht zuvor auf Hochtouren. Ich schnupperte und blickte mich um wie ein eingesperrtes Tier. Ein Kupfermagier stand im Haus meiner Mutter. Aber wie? Und warum? Sie waren die mächtigsten Magier, abgesehen von den Schwarzmagiern. Er hatte in unserem Haus nichts zu suchen.

Ohne ein Wort zu sagen, hob der Magier eine Hand in meine Richtung und mein Herz hämmerte gegen meinen Brustkorb, als Energie über meine Haut kribbelte.

„Mom, er tut irgendwas!" Panik durchdrang meine Stimme.

Aber Mom sah mich nicht einmal an. Tatsächlich stand sie mit dem Rücken zu mir vor dem Kühlschrank. Ein seltsamer Geruch erfüllte die Luft; eine Kombination aus sauer und süß. Der Geruch war mir sofort vertraut.

Magie.

Ich kannte sie aus Zaubershows, wo schwache Magier ihre Kunden mit billigen Darbietungen unterhielten.

„Mom, lass uns verschwinden." Ich versuchte, nach ihr zu greifen, sie mit mir fortzuziehen, aber ich konnte mich nicht bewegen.

Der Magier kam näher, hielt weiter seine Hand nach oben und setzte ein Grinsen auf. Er runzelte die Stirn und beobachtete mich neugierig.

Seine Pupillen waren nicht rund, sondern sahen aus wie Tintenkleckse. Solche Augen hatte ich noch nie gesehen. Sein Blick schien in mich einzudringen, zu forschen, nach etwas zu suchen. Ich versuchte, den Blick abzuwenden, aber er ließ nicht von mir ab. Aus dem Augenwinkel sah ich, wie Mom sich endlich zu uns umdrehte.

Der Magier legte seinen Zeigefinger auf meine Stirn und fing an, ein kompliziertes Muster zu zeichnen. Hitze stieg in meinem Schädel auf und ich spürte ein fiebriges Gefühl am ganzen Körper. Unzusammenhängende Bilder blitzten vor meinen Augen auf. Irgendwie wusste ich, dass es Erinnerungen waren, auch wenn ich mich nicht genau erinnern konnte, wann sie passiert waren. Knurrend rannte ich auf den Mond zu und spürte Kraft und Wildheit durch meine Adern rauschen.

Oh Gott, was ist das? Und warum tat Mom nichts, um diesen Wahnsinnigen aufzuhalten?

Ich fing an zu zittern. Schmerz durchzuckte meinen Körper, als ich versuchte, mich loszureißen und gegen die starke Magie anzukämpfen, die in meinen Verstand eingedrungen war, um zu versuchen ... zu versuchen ...

Ich knurrte und schüttelte mich. Endlich konnte ich mich bewegen. Krallen sprossen aus meinen Fingerspitzen. Mom stieß einen erstickten Schrei aus und Tränen liefen ihr über das Gesicht. Der Magier zischte, rieb sich die Hand und verzog vor Schmerz das Gesicht.

„Oh nein." Mom bedeckte ihren Mund mit einer bebenden Hand.

„Es ist zu spät, Amelia", sagte der Magier. „Sie hat sich bereits verwandelt. Den Zauber zu erneuern ist unmöglich."

Lesen Sie Tonis Geschichte weiter: <u>Das Geheimnis der fährtensucherin</u>